沉默的
希臘少女

派特・巴克

呂玉嬋——譯

The Silence of
the Girls
Pat Barker

目錄

獻給我的孩子，John與Anna

一如既往，深切懷念著親愛的David

「你們知道歐洲文學是怎麼開始的嗎？」他第一堂課點完名後問。「以一場爭吵開始，整個歐洲文學起源於一場爭鬥。」然後，他拿起他的《伊里亞德》，給全班同學朗讀了開頭幾行。

「『神聖的繆斯女神啊，請歌詠阿基里斯震天駭地的憤怒吧……從他們——人中之王阿伽門農與偉大的阿基里斯——第一次爭吵開始吧。』他們這兩個凶暴強悍的傢伙在吵什麼呢？跟酒吧鬥毆一樣原始，他們為了一個女人爭吵，其實是一個女孩，一個從她父親那裡偷來的女孩，一個在戰爭中被俘虜的女孩。」

——《人性污點》，菲利普・羅斯

第一部

1

偉大的阿基里斯，出眾的阿基里斯，閃耀的阿基里斯，神一般的阿基里斯……稱號累積了那麼多，而我們不曾用這些稱號叫過他；我們叫他「屠夫」。

健步如飛的阿基里斯，這一個倒有點趣味了。比起其他東西，比起才智，比起蓋世功勛，他的速度才是他最顯著的特徵。有個故事是這麼說的：他在特洛伊平原追逐阿波羅，據說阿波羅最後走投無路時說：「你無法殺死我，我是神。」「嗯，沒錯。」阿基里斯回答。「但我們彼此都知道，若你不是神，你早已經死了。」

沒人允許說最後一句話；就連神也不能。

在見到他以前，我就聽到了他的聲音：他的戰鬥口號響徹了呂耳涅索斯的城牆四周。

我們女人——當然還有孩童——被通知到堡壘去，帶一套換洗衣服，吃的喝的盡量也多帶些。如同所有賢淑的已婚婦女，我很少離開家——儘管不可否認，我的家是一座宮殿——因此大白天走在街上好像度假一樣。只是幾乎。在笑聲、打氣聲和戲謔之中，我想大家都很恐懼，我知道我是。我們都知道男人節節敗退——戰鬥原本在海灘和海港四周，如今已經近在城門下。我們聽到了吶喊、怒吼、刀劍盾牌的碰撞——我們知道，城若是陷落了，什麼命運會降臨在我們身上。然而，這種危險的感覺並不真實——至少對我來說不真實，我不相信其他人更能夠感受得到，這些捍衛我們一生的高牆怎麼可能倒塌呢？

沿著城裡所有的窄巷，婦女三五成群，或抱著嬰兒，或牽著孩子，往大廣場集合。烈日刺眸，寒風戳骨，堡壘的黑影伸出手來接我們。我跌跌撞撞，從明亮的光線走入昏暗，眼睛一時看不清楚。宮娼奴隸集中帶去地下室，皇室和貴族成員往頂樓移動。我們沿著旋轉的樓梯往上走，臺階狹窄，腳跟幾乎無法站穩，爬了一圈又一圈，最後陡然進入一個空蕩蕩的大房間。狹長的窗口朝地板射下一條一條間隔整齊的光，房間的角落則籠罩在陰影之中。我們緩緩環顧四下，找位置坐下，拿出我們的東西，開始設法營造出家的氣氛。

起先還覺得涼爽，後來日頭越升越高，就變得又熱又不透氣。很悶，短短幾個小時，體汗、奶臭、嬰兒糞便與經血的氣味就變得幾乎無法忍受。在高溫下，嬰兒與還在學走路的幼兒煩躁不安，做母親的把最小的孩子放在被褥上，替他們搧風，他們的哥哥姐姐四處亂跑，非常亢奮，根本不知道發生了什麼事。幾個男孩子——十歲或十一歲，還不到打仗的年紀——占據樓梯頂，假裝擊退正要入侵的敵人。口燥唇乾的女人面面廝覷，不多說話，而外頭的喧鬧聲越來越洪亮，撞擊城門的聲音也開始響起。戰鬥口號一遍又一遍傳來，如狼嚎般凶殘。這一次難得生了兒子的女人羨慕起生了女兒的女人，因為女孩能夠活下去；男孩，如果是服役的年齡，照例會死於疆場。就連孕婦有時也會被一刀刺穿腹部身亡，以免她們肚裡的孩子是個男孩。我注意到伊絲梅妮，她懷了我丈夫的孩子，已經四個月了。她雙手緊緊按在肚皮上，想讓自己相信沒有人看得出她懷孕了。

在過去幾天，我時常發現她在看我——曾經小心翼翼避免與我四目相對的伊絲梅妮——她的表情勝過任何語言，清清楚楚地說：現在輪到你了，來看看你會有什麼感覺吧。好傷人，那眨也不眨的放肆眼神。我出身一個善待奴隸的家庭，父親讓我嫁給國王馬尼思後，我在自己的家中傳承這項傳統。我對伊絲梅妮很好，或者我自以為對她很好，但也許主奴之間不可能有什麼好，只有程度不一的殘忍？我隔著房間望著伊絲梅妮，心想：沒錯，你說對了，現在輪到我了。

沒有人在談論敗仗，儘管所有人都認為輸定了。啊，除了一個老媼以外，是我丈夫的姨婆，她堅持認為往城門退後只是一種戰術。馬尼思只是在玩弄他們，她說，讓他們蒙著眼睛掉入陷阱，我們就要贏了，就要把那些四處劫掠的希臘人趕到海上——我猜說不定有些年輕女子信了她的話。然而，戰鬥口號一陣又一陣傳來，一次比一次靠近，我們都知道那是誰，儘管無人說出他的名字。

氣氛凝重，我們知道自己必將面對的未來。母親們用雙臂擁抱那些早熟但還不到適婚年齡的女孩，就算是九歲和十歲的女孩也逃不過。麗特塔俯身向我靠過來。「好吧，至少我們不是處女了。」她咧嘴笑著說，露出了長年產子所造成的齒縫，但沒有一個孩子活下來。我點點頭，擠了個笑容，但什麼也沒說。

我擔心我的婆婆，她選擇留在宮殿，不願坐轎子到堡壘來。我擔心，也氣自己擔心，因為我們的情況要是反過來，她絕對不會關心我。她患病一年了，肚子鼓脹起來，人則瘦得見骨。最後，我決定我還是得去看看她，起碼察看她有沒有足夠的水和食物。麗特塔要陪我去——都站起來了——不過我搖了搖頭。「我去去就回來。」我說。

到了外面，我深深吸了一口氣。即使在那一刻，世界就要在耳邊爆炸傾崩了，呼吸到乾淨空氣，我還是感到一陣寬慰。塵沙飛揚，熱氣蒸騰，我的喉嚨後方像是燒灼一樣，可是忍受過樓上房間的腐臭空氣後，這股空氣仍然散發著清新的氣味。到宮殿最快的路線是直接穿過大廣場，但是我看到了散落在塵土裡的箭，甚至就在我看著時，一支箭飛過牆垣，落在土堆中顫動著。不，還是不要冒險的好。我沿著一條小街跑下去，小街甚窄，我頭頂上方高聳的房屋幾乎不讓任何光線進入。到了宮殿外牆，我從側門進入，僕人逃跑時一定沒把門鎖上。馬兒在右側馬廄裡嘶鳴，我穿過院子，循著通向大殿的通道飛奔。

在我心中，盡頭放著馬尼思王座的高挑大殿是個奇怪的地方。我第一次走進大殿，是成婚那一日。天黑後，我坐上轎子，從父親的房子被抬了出來，周圍全是舉著火把的男人。馬尼思和在他身旁的母親瑪伊若王太后等著迎接我。馬尼思的父親在一年前過世，他沒有兄弟，對他而言，子嗣非常重要，因此他還不到男性預期結婚的年齡就結婚了，不過他無疑已經在宮殿女人堆中廝混，還順便拉了幾個馬夫一同享受。我最後步下轎子，顫顫巍巍站在那裡，女僕脫下我的斗篷面紗——這時，我一定很令人失望吧：瘦巴巴的小東西，只看得到眼睛頭髮，幾乎沒有曲線。可憐的馬尼思，他心目中的美人是那種非常豐腴的女人，要是早上拍一下她的屁股，你回家吃晚餐時，她還在顫動呢。然而，他還是盡了全力，連續幾個月夜夜在我不夠性感的大腿之間苦幹，如同套上車轅的高頭大馬那樣心甘情願。但是，沒有懷孕，他轉眼就覺得無趣，回頭去找他的初戀：一個在廚房工作的女人。當他只有十二歲時，那女人抱著奴隸的微妙心情——喜愛之中摻雜了侵略——帶他上了她的床。

即使在那第一天，看著瑪伊若王太后，我就已經知道我有一場仗要打，而且不會只有一場戰鬥，而是一場血腥的戰爭。當時我十八歲，已經是歷經多次漫長激戰的老手。馬尼思似乎絲毫沒有意識到這種緊張關係，不過話說回來，根據我的經驗，男人非常奇怪，他們對女性的爭強好鬥視若無睹。他們是戰士，戴盔穿甲，持刀拿矛，但似乎看不到我們的戰鬥——或者，寧可不看。也許，他們如果意識到我們不是他們認為的那種溫和的人，內心的平靜會受到干擾？

如果我有孩子——有兒子——一切就不同了。但一年過去了，我的腰帶仍舊頑強地緊束，最後，盼孫子盼急了的瑪伊若指著我纖瘦的腰，公然開始奚落我。她要是沒病倒，我都不知道要發生什麼事。她已經從一戶貴族人家選了一個小妾；雖然沒有正式婚姻關係，那女孩將會成為實質的王后，就缺一個正式名分而已。然而，瑪伊若自己的肚子反而開始大了起來，她還很年輕，因而攪起一池流言蜚語，是誰的？人人都在問，除了去丈夫的墓前祈禱，她從不離開宮殿一步！可是她臉色開始變黃，體重直落，大多數時間都留在寢宮。少了她的驅使，關於這個十六歲小妾的籌商先是停頓，最後夭折。這是我的機會，我的第一個機會，我抓住了。不久，所有對她忠心耿耿的宮廷官員都聽命於我，宮廷的運轉不遜於她掌權時，甚至更有效率。

我站在大殿中央想起這些事，宮殿平日煩囂喧鬧——人聲，丁鈴噹啷的鍋盤聲，奔走的腳步聲——此時卻如墳墓般靜謐。哦，我還能聽到城牆外傳來的戰鬥聲，不過那聲響就像夏夜蜜蜂斷斷續續的嗡鳴，似乎反而讓寂靜更加寂靜。

我真想留在大殿，走到外面中庭坐在我最愛的大樹下更好，但我知道麗特塔會擔心我，所以慢慢走上樓，順著主廊，朝婆婆的房間走去。嘎吱一聲，我把門推開，房裡半明半暗。瑪伊若拉上簾子，我不知道是因為光線刺痛她的眼睛，還是她想瞞著世人她變了的模樣，她原是一個非常美麗的女人——幾週前我注意到，也是她嫁妝的那面寶貴銅鏡不見了。

床上起了動靜，一張蒼白的臉在黑暗中轉向我。

「誰？」

「布莉塞伊絲。」

那張臉立刻轉開。

不是她盼著的名字。她現在相當喜愛應該懷著馬尼思的孩子的伊絲梅妮——大概是他的吧，只是考慮到奴隸的生活，未必總是能夠確定孩子的父親是誰。但是，在最後絕望的幾週、幾個月，那孩子成了瑪伊若的希望。沒錯，伊絲梅妮是奴隸，但是奴隸也能獲得自由，如果孩子是男孩的話……

我朝房裡走去。「你需要的東西都有了嗎？」

「有。」完全沒有思索，只想要我走。

「水夠嗎？」

她瞥一眼床頭櫃。我繞過床，拿起幾乎是滿的水壺，給她倒了一大杯，然後走到離門最遠的一隅，從水缸把水壺又重新裝滿。微溫的水，不新鮮了，水面浮著一層灰。我用水壺舀起缸底的水，拿回床邊。床上幾乎一片漆黑，但腳下朱紫色地毯上有四道細長的光，亮得刺痛了我的眼。

她掙扎著想坐起來，我把杯子拿到她嘴前，她貪婪喝下，每喝一口，消瘦的喉嚨就抽動一次。過了一會兒，她抬起頭來，我以為她喝夠了，但要把杯子拿開時，她發出輕微的抗議聲。最後，她喝好了，用面紗的一角輕輕擦了擦嘴。我感覺到她對我不滿，因為我目睹了她的飢渴，她的無助。

我把她腦後的枕頭拉直撫平，她往前傾身時，蒼白肌膚底下露出驚人的脊骨；你能從煮熟的魚挑起那樣的脊骨。我輕輕讓她躺到枕上，她心滿意足嘆了口氣。我又把棉被撫平，亞麻布的每一個褶層都散發出老年、疾病……還有尿液的味道。我好氣，我這麼憎恨這個女人，恨了這麼久——不是沒有理由的。十四歲時，我，一個沒有母親指點的女孩，進了她家，她大可對我好，但她沒有；她大可幫我適應新環境，但她沒有。我沒有理由愛她，可是那一刻讓我氣的是，她讓自己縮得只剩一堆皺巴巴的肉和嶙峋的骨頭，讓我沒有什麼可恨的。是，我贏了，但這是一場空虛的勝利——不只是因為阿基里斯正在攻打城門。

「有一件事你可以為我做。」她的聲音尖銳、清晰且冷酷。「看見那只箱篋？」

雖然非常勉強，我還是看到了。一個沉甸甸長圓形的雕花橡木箱，占據在床腳自己的影子中。

「我要你拿一樣東西。」

我掀開沉重的箱蓋，羽毛和陳腐草藥的黴味散出來。「要找什麼？」

「有一把刀，不，不是在最上面——在下面……看見了嗎？」

我轉身看著她，她直視著我，沒有眨眼，也沒有低頭。

刀塞在第三層和第四層棉被之間，我把它從刀鞘抽出來，鋒利的刀刃邪惡地朝我閃了閃，我原以為會找到一把裝飾用小刀，有錢女人拿來切肉的那種刀，完全不是，是一把長度與男子禮儀用刀相當的匕首，肯定是她丈夫的。我拿到她面前，放到她的手裡，她低頭看了看，用手指撫摸鑲在刀柄上的珠寶。我想了一下，如果她要我殺了她，我會有什麼感覺。但她沒有這麼要求，而是嘆了一口氣，把刀放到一旁。

她在床上稍微坐高了點，然後說：「你聽到了什麼嗎？你知道現在的情況嗎？」

「沒有，我知道他們接近城門了。」那時，我能夠憐憫她，一個害怕獲悉兒子死了的老女人——疾病令她老了。「如果我聽到什麼，一定會讓你知道……」

她點點頭，把我打發走。我走到門口，把手放在門栓，停下腳步回頭一看，但她已經轉過身去了。

2

我回去時，麗特塔正在給一個生病的孩子洗澡，我必須跨過幾個熟睡的身體才能接近她。我的影子落在她身上時，她轉過身來。「她怎麼樣？」

「不大好，撐不久了。」

「這樣或許也好。」

我發現她好奇地看著我，人人都知道我與婆婆不和，我說——或許是出於自衛——「她本來可以跟我們一起來的，我們可以抬她來，她不想來。」

孩子嗚嗚咽咽，麗特塔把他額上濕漉漉的頭髮往後梳了梳。孩子的母親就坐在離他只有幾步遠的地方，正和一個焦躁不安的嬰兒搏鬥，想吸奶的嬰兒與乳房相鬥，做母親的顯得疲憊不堪。我很好奇，當一個人要為他人的生命負責時，面對未來是否就變得更加困難。我只有自己一個人，望著那個筋疲力盡的母親，我感覺到只有一己負擔的自由——與孤單。然後，我又想起人與人之間有不同的關係，是，我無子無女，但對於房裡的每一個女人和孩子，我都負有責任，更不用說擠在地下室的奴隸。

越來越熱，大多數女人都坐下來想小睡一下，有幾個人睡著了，有一段時間，鼾聲和沉重的呼吸聲越來越大聲。但大多數人只是躺在那裡，無精打采盯著天花板。我閉上眼，太陽穴和下巴上的脈搏不停跳動。這時，阿基里斯的戰鬥口號又響起，這一次非常靠近，所以幾個女人坐起來，恐懼地注視著四周。我們都知道，我們就要接近終點了。

一個小時之後，啪啦啪啦，一陣聲響傳來，是木頭碎裂的聲音。我跑上屋頂，伏在矮護牆上，只見希臘士兵從大門裂縫衝入。就在我的正下方，只見一團扭動的手臂肩膀向前，當我方人馬奮力想要擊退，那一團手臂又往後退。沒用，他們又從裂縫湧入，一面衝來，一面胡砍亂刺。不久，週末舉辦農夫市集的那個平靜廣場就被踩出一片血紅。偶爾，奮戰的隊伍無緣無故出現缺口，在一次這樣短暫出現的空曠中，我看到阿基里斯抬起戴了羽飾的頭，朝宮殿的臺階望去，我的丈夫就站在上頭，而我的兩個哥哥立在他的兩側。下一刻我看到，阿基里斯朝他們走去，當他走到臺階時，侍衛跑下去攔阻。我見他把劍插進一人的肚子，血尿登時齊噴開來，然而垂死的男人完全沒有痛苦的表情，只是輕輕捧著溢出的腸子，像是一位母親在照顧新生兒一樣。我看見男人的嘴巴像鮮紅花朵綻放，但聽不見他們的尖叫。戰鬥聲響此起彼伏，前一分鐘還震耳欲聾，下一分鐘又變得低沉。我緊緊抓著矮護牆，指甲在粗糙石頭上裂開。有時，我可以發誓說時間暫停了。我的么弟——十四歲，勉強才能舉起我父親的劍——我親眼目睹了他的死亡。我看見那支高舉的長矛一閃，么弟倒到地上，像一隻被叉住的豬扭動。就在那一刻，阿基里斯彷彿擁有世上所有的時間，回頭往上瞥了一眼塔樓。他直視著我，看起來是這樣——我想我其實後退了一步——但是陽光照著他的眼，他不可能看到我。然後，以一種分毫不差的精確——但願我忘得了，但我不能——他踩著么弟的脖子，把矛拔了出來，鮮血自傷口噴湧。

么弟還有呼吸，掙扎了足足一分鐘，才靜靜躺著不動。我看見父親的劍從他鬆開的手裡掉下來。

阿基里斯已經往前走了，去找下一個人，然後又一個人。那天，他殺了六十個人。

最慘烈的苦戰發生在宮殿臺階上，我的丈夫——可憐又愚蠢的馬尼思——英勇奮戰，捍衛他的城邦，而在那天以前他還只是個軟弱粗野又優柔寡斷的男孩。他死時雙手緊握著阿基里斯的長矛，好像認為那屬於他，阿基里斯正試圖將它奪走，馬尼思一臉錯愕不已。我兩個哥哥死在他的身旁，我不知道三哥怎麼死的，但不管如何，無論在城門口或是宮殿臺階上，他都走到人生的盡頭。我有生以來第一次——也是唯一的一次——慶幸母親已經辭世了。

城中的男人，無論是在城門口還是在宮殿臺階上奮戰，那天都死了。年老不能打仗的，被拖出家門，當街屠殺。我眼中的阿基里斯，從羽飾頭盔到著涼鞋的雙腳，都是血紅色的。他把臂膀搭在另一個年輕人的肩上，得意洋洋笑著，長矛拖在身後，在紅土上劃出了一條線。

幾小時內就結束了。等到廣場上的陰影拉長時，宮殿臺階已堆滿死屍，但是希臘人在那之後又忙了一個小時，追殺散兵，搜尋可能躲藏傷兵的房舍花園。無人可殺之際，洗劫就開始了。男人如一列列的紅螞蟻，把財物從一隻手傳到另一隻手，堆在城門附近，準備搬到船上去。空間不夠了，他們就把屍體拖到市集的一旁，堆在城牆邊。淌著口水的狗群開始在死人周圍嗅來聞去，稜角分明的瘦削狗影在白色岩石上如刀鋒般銳利。烏鴉嘎嘎地飛進來，棲息在屋頂和牆上，如黑雪一般排列在每一扇門、每一條窗框上。一開始，牠們叫個不停，接著安靜下來，等待。

洗劫行動現在更有秩序了，三五成群的男人從房舍拖出沉重的東西——雕花傢俱、成捆厚布、掛毯、盔甲、三足鼎、炊具，還有一桶桶的酒與穀物。偶爾，男人坐下來喘息，有的席地而坐，有的坐在他們搬來的座椅床榻上。他們全就著酒壺大口大口地喝酒，用血漬斑斑的手背擦嘴，鐵了心要喝個酩酊大醉。天色開始變暗後，他們抬頭望向堡壘窄窗的次數越來越多，他們知道女人一定躲在那裡。船長走來走去，催促一群群士兵再站起來，陸陸續續有人起身，喝了最後幾口，又開始幹活。

我看了幾個小時，看他們把我們幾代人千辛萬苦創造出來的財富從民宅神廟搬出來，在這件事上，他們是那麼拿手，那麼熟練，完全就像是見到一群蝗蟲飛到莊稼地，你知道，牠們連一穗玉米也不會留下。我無助看著宮殿——我的家——被搶得精光。這時，許多女人也來到屋頂，但我們陷在悲傷和恐懼之中，彼此沒有交談。漸漸地，打劫停止了——沒有什麼東西好拿了——那些人開始起勁地喝酒，幾口大甕被推到廣場，酒壺從一個人手中傳到下一個人手中……

然後，他們把注意力轉向我們。

地下室的女奴先被拖了出去。我仍舊在屋頂上看著，有個女人遭到一群男人輪姦，他們共用一只酒壺，等輪到自己時，還客氣地把酒壺傳來遞去。她的兩個兒子——可能十二、十三歲吧——受了傷，奄奄一息躺在離她幾步遠的地方，只是那幾步也像一里路那樣地遙遠，她毫無希望走到他們跟前。她不停伸出手，喊著他們的名字，結果第一個死了，另一個接著也走了。我轉過身，我無法再看

下去。

此時，所有女人都上了屋頂，大家縮作一團，尤其是年輕的女孩，她們緊緊抱著母親。當希臘人擠上樓梯時，我們聽到笑聲。我母親家族那邊的表妹雅麗安娜抓住我的胳膊，無言地說：來吧。然後，她爬上矮護牆，在他們衝上屋頂的那一瞬間，縱身一躍。她跌落時，白袍在她身邊飄動，她宛如一隻燒焦的飛蛾。彷彿過了很久很久，她才跌到地面，雖然可能不過是幾秒鐘的時間。她的哭聲逐漸變成一種叫人悲痛的無聲，在這片無聲中，我緩緩走到其他女人前方，轉身面對男人。他們盯著我，變得尷尬又不安，好像小狗不知該拿牠夾在嘴裡的兔子怎麼辦。

然後，一個白髮蒼蒼的男人走上前，介紹自己是皮洛斯國王內斯特，彬彬有禮地鞠了一躬。我心想，也許這是我生命中最後一次，有人看著我時，看到的是布莉塞伊絲王后。

「別害怕。」他說。「沒人會傷害你。」

我只想笑。佯裝守衛樓梯的男孩已經被拖走了，另一個男孩比他大個一兩歲，卻比實際年齡愚笨，緊抓住他母親的裙子不放，最後一個士兵彎下腰，硬是掰開他胖乎乎的手指。我們聽到他一路尖聲喊著「媽媽，媽媽！」，一路下樓。然後無聲。

我看著內斯特，小心翼翼維持著不動聲色的表情，心想：我會恨你到最後一口氣。

在那之後，一切變得模模糊糊。有幾件事很醒目，仍然像匕首一樣鋒利。我們被押走，穿過我們城市的狹窄巷弄，男人舉著火把驅趕我們。我們雜亂的影子躍上前方的白牆，落到牆後。有一回經過一座有圍牆的花園，暖夜的空氣中飄來含羞草的芳香。很多記憶後來都消失了，我卻仍然聞得到那股味道，牽動我的心弦，讓我想起我所失去的一切。然後，香氣沒了，我們又緊緊抱在一起，在我們的兄弟鋪設的鵝卵石小巷蜿蜒而行。

就這樣一直走到海灘。大海一片黝黑，波濤洶湧，碎浪在他們黑色船頭的映襯下如凝乳般白潔。男人揮著長矛柄尾推我們上船，催促我們爬上梯子，讓我們站在甲板上擠成一團——船艙裝滿了更易腐爛的貨物。我們看了城市最後一眼，大多數房舍神廟都燃起熊熊大火，火焰吞沒宮殿的側廳，我只願我的婆婆在大火燒到她以前，設法鼓起自我了斷的勇氣。

錨鏈發出一陣嘎吱嘎吱的巨響，船駛向了大海。一離開港口的保護，凶險的風就吹鼓了帆，迅速把我們帶離家園。我們擠在船側，渴望再看呂耳涅索斯最後一眼。我們才上船，火勢就立刻蔓延開來，我想起市集上堆積如山的屍體，盼望大火能在狗群到來以前燒到它們。然而，就在我產生這種想法時，我看到哥哥們的斷手斷腳從一條街被拖到下一條街。有一段時間，狗群對著頭上盤旋的黑鳥和笨拙等待的大禿鷹狂吠，每隔一段時間，鳥兒就全飛到空中，然後又緩緩飛下來，像燒焦的布片飄然落下，彷彿是原本掛在宮殿壁上的大掛毯的殘片。不久，狗兒就要開始狼吞虎嚥，等到吃膩了，就偷偷溜出城，遠離節節逼近的大火。這時，就輪到鳥了。

短暫的旅程。在傾斜的甲板上，我們緊緊抱在一起尋求安慰。大多數女人和幾乎所有孩子都嚴重噁心，我想，除了海浪的運動，恐懼也是一大原因。沒過多久，船好像逆著潮水轉了方向，在一陣吱嘎嘎的響聲中，躲入一個巨大的港灣。

突然，男人開始喊叫拋繩子——一條繩子蜿蜒穿過甲板，打到我的腳——也有人躍入海中，走在水深齊腰的浪中，穿過翻騰的水沫，往岸上走去。我們仍舊緊緊抱在一塊，由於船轉向時，一陣浪打上船頭，我們渾身變得濕漉漉，冷得直打哆嗦。我們都恐懼著將要發生的事。他們硬把船開上砂石海灘，又有幾十個男人嘩啦啦跳到海裡，奮力將船拖過潮線。接著，我們一個接一個下了船。我順著海灣的弧線望出去，見到數以百計、掠城奪池的鈎形黑船，數目超過我一生所見，也超過我的想像。全部人上岸後，我們被趕到海灘，穿過一片開闊的空地，朝一排棚屋走去。我走在一個年輕女孩的身邊，她留著一頭黑髮，非常美麗——如果她的臉蛋沒有哭腫的話，她是美麗的。我抓住她裸露的手臂掐了一下，她嚇了一跳，轉身看著我。我說：「別哭了。」她目瞪口呆看著我，於是我更用力地掐她一下。「別哭了。」

我們在棚屋外頭排隊接受檢查。兩個男人——一句話也不說，除了彼此交談——走在女人的隊伍中，拉下這個人的嘴唇，掀開那個人的眼瞼，戳戳肚子，捏捏乳房，手伸到我們的兩腿中間。我知道我們正在為分發接受評估。幾個人被單獨挑出來，推到一間特別的屋子裡，其他人則被帶走。麗特塔不見了，我想抓住她，可是我們被拉開了。一進屋子，我們就拿到了麵包、水和一個桶子，然後他們就出去，門也拴上了。

沒有窗戶，但過了一會兒，眼睛適應了黑暗，也有足夠的月光從牆縫斜斜照進來，我們看到彼此的臉。人少了很多，都是少婦和少女，所有人都很漂亮，看起來都很健康，少數幾個懷中還摟著嬰兒。我四處尋找伊絲梅妮，但她不在這裡。空間悶熱又密閉，空氣不流動，還有嬰兒哭鬧。隨著夜幕降臨，我們被迫使用的桶子傳出了屎臭味。我想我根本沒睡著。

到了早上，同樣兩個男人把一堆外衣塞進門內，粗暴地叫我們穿好衣服。我們自己的衣服又髒又濕，在海上航行時弄皺了。我們按照吩咐做，麻木的手指笨手笨腳綁著應該很好綁的繫帶。一個不到十二、十三歲的女孩哭了，我們能對她說什麼呢？我撫摸她的背，她把濕熱的臉龐貼在我身上。

「不會有事的。」我嘴上這麼說，內心明白不是這樣。

我是第一個出來的。記得嗎？從十四歲後，我就再也未曾不戴面紗、無人作陪邁出過家門，所以我一直低著頭，看著涼鞋上的華麗扣環在陽光下閃閃發光。一陣大呼小叫的讚嘆：嘿，你們瞧瞧上頭那對奶子？大致是善意的，只有一兩個人嚷著惡劣的話，說著他們想對我和其他特洛伊婊子做的事。

內斯特來了。內斯特，一個老人，起碼七十了。他走上前來對我說話——自負但不刻薄。「別惦念著你過去的生活。」他說。「現在那都結束了——如果你開始惦念著那些，只是讓自己痛苦。忘了吧！這就是你現在的生活。」

忘了吧。那麼，我的職責就擺在面前了，像一碗水那樣簡單明瞭：牢記在心。

我閉上眼，橘澄澄的光照在我闔起的眼皮上，眼皮底出現一道道浮動的紫。這時，男人喊得更宏亮了：阿基里斯！阿基里斯！然後，一陣喧鬧響起，我知道他來了。嚎叫，大笑，玩笑戲謔——聽起來像威脅也確實是威脅的笑話。我是一頭牛，拴在繩上，等待成為祭品——相信我，在那一刻，我會欣然接受死亡。我雙手捂住耳朵，用最後一點力氣，讓自己回到呂耳涅索斯。我走過完好無損的城門，再次看到未被燒毀的宮殿神廟，繁忙的街道，井邊洗衣的婦人，把蔬果卸到市場貨攤上的農民。我重建了被毀的城邦，讓街道重新充滿朝氣，丈夫和兄弟起死回生——經過那個我目睹被人強姦的女人時，我露出了笑容，她帶著兩個漂亮的兒子在大廣場上溜達……我做到了，站在那群吵吵鬧鬧的暴徒之中，我把他們推回去，推出競技場，推下海灘，推上了船。我做到了。我，一個人，辦到了。我把殺戮艦隊趕回家去了。

更多人加入呼喊：「阿基里斯！阿基里斯！」在他們所有名字之中最可恨的一個。又一次，我看見他在殺害弟弟的過程中停下來，轉身抬頭看著堡壘——似乎直視著我——讓弟弟躺在那裡，躺在地上動彈不得，然後又轉回去，以他那泰然、從容、優雅的姿態，將矛從他脖子上拔出來。

不，我心想。於是，我從市集廣場走回家，走過涼爽靜謐的街道，穿過宮殿大門，跨入黑暗的大殿——我結婚那日第一次走進的大殿——從那裡立刻去了我最愛的地方。中庭有一棵樹，枝繁葉茂，就算最熱的日子也能遮陰。我常常晚間坐在那裡，聽著大殿的音樂，七弦琴和笛子的樂音悠悠揚揚傳到夜晚的空氣中，日間的一切煩惱都從我身上散落開來。現在，我就在那裡，仰頸望著那棵樹，看見月兒如一條閃閃發光的銀魚，讓黑網似的枝條網住……

接著，一隻指尖沾滿砂礫的手攫住我的下巴，將我的臉左右轉動。我想張開眼，但陽光太過刺眼，當我奮力張開時，他已經走掉了。

到了競技場中央，他停下腳步，將雙手高舉過頭，直到喊聲漸漸平息下來。

「謝了，弟兄們。」他說。「她就行了。」

在寬廣的競技場，每一個人，每一個男人，都笑了。

3

兩個守衛立刻出現，把我帶到阿基里斯的棚屋。說「棚屋」可能給人錯誤的印象，它其實是一座堅固的建築，兩側有檐廊，一排臺階通往大門。他們帶領我穿過一個大廳，進入後頭一個狹小的房間。那房間幾乎不比一個壁櫥大，也沒有窗戶可以看到外頭的世界。我就這樣被丟棄在那裡。我又冷，又驚魂未定，打著哆嗦，在一張狹窄的床上坐下。過了一會兒，我發現我的手摸到一條羊毛床罩，就強迫自己檢察看看。織工相當細膩，有著繁複的花葉圖案，顯然是特洛伊的工藝品——希臘的紡織品遠遠不及我們的好——我好奇是從哪座城掠奪來的。

附近某處傳來杯盤的碰撞聲，烤牛肉的氣味鑽入房間，我的胃一陣翻騰，嘴裡嘗到膽汁的滋味。我強迫自己嚥下去，連續做了幾次深呼吸。我的眼睛淌淚，喉嚨發痛。深呼吸。吸，吐，吸，吐。平穩的深呼吸……

我聽到有腳步聲走近，接著門閂打開。我口乾舌燥地等待著。

一個高個子——不是阿基里斯——端著一個放著食物和酒的托盤走進來。

「布莉塞伊絲？」他說。

我點了點頭，我覺得自己不像是可能有個名字的東西。

「帕特羅克洛斯。」

他說話時指著自己胸膛，好像以為我可能聽不懂。我不怪他，因為我坐在那裡，像頭牛一樣兩眼無神，說不出話來。但我知道這個名字，戰爭已經進行了很長一段時間，我們很清楚敵軍的大將，這位是阿基里斯最親密的夥伴，也是他的副手。但這完全說不通，如此有權有勢的人何以要侍候一個奴隸呢？

「喝吧。」他說。「喝了會舒服一點。」

他倒了一大杯，把杯子遞過來，我接過杯子，假裝舉到嘴邊。

「沒有人會傷害你。」

我盯著他，仔細端詳他的外表——身高，鬆軟的頭髮，斷過的鼻梁——但說不出話來。過了一會兒，他歪著嘴笑了笑，把托盤放在床邊的小桌上，走了。

食物是個難題，我把一塊肉嚼了像有好幾個小時那麼久，然後吐到掌心，藏在盤沿底下。一開始，我以為我也喝不下酒，卻還是硬喝下去。我不知道有沒有幫助，或許有吧，空腹喝了這麼多烈酒，嘴鼻都麻木了，至於其餘部分則是早已麻木。

大廳傳來鬧哄哄的男人聲音，刺耳的大吼大叫淹沒其他一切聲響。現在烤牛肉的氣味更濃烈了，我們的牛肉，三天前，在城陷以前，他們把牛趕走了。一個小時緩緩過去，更多的呼喊，更多的歡笑，更多的歌聲，歌聲總是以敲桌及掌聲作結。在外頭某個暗處，我想我聽到一個孩子在哭泣。

最後，我起身走向門口。門沒鎖，哼，當然沒上鎖，他們何必這麼麻煩呢？他們知道我無處可去。我小心翼翼把門一寸一寸打開，歌聲和笑聲頓時變得響亮。我不敢斗膽出去，卻覺得我必須去瞧瞧，必須知道是怎麼回事，這個小房間開始感覺像座墓室。所以我躡手躡腳，走過通向大廳的短廊，朝半明半暗的地方望去。

一個狹長的大廳，橫梁天花板低矮，散發著松木和樹脂的氣味，牆壁托座上掛著成排冒煙的油燈。兩張跟大廳一樣長的長板桌，兩側都有長凳，男人並肩擠在一起，互相推搡，伸手用匕首刀尖插起大塊紅肉。我看見一行行閃閃發光的臉，血和肉汁順著下巴淌下，在重疊的光圈中閃爍。巨大的影子橫過椽架屋頂，湊在一塊扭打，讓影子主人顯得矮小起來。即使在那樣的距離，我也聞到了汗味，今天的汗味，仍舊新鮮。但是，在那汗味底下，是幾天幾夜的陳腐汗味，漸漸消失在遠方，消失在黑暗，一路回到這場無休止戰爭的頭一年。黑船乍到時，我還是一個玩布娃娃的小女孩。

阿基里斯和帕特羅克洛斯坐在一張小桌旁，面朝通往外面的門，俯視大廳中央。他們背對著我，但我看得出他們經常互看對方。男人各個興致勃勃，吹噓自己在呂耳涅索斯的功勛。越來越多的歌，其中一首描述海倫，一段比一段還要淫穢，歌曲在一陣笑聲中結束。在隨後的停頓中，阿基里斯推開盤子站了起來。起初，沒有人注意到，接著喧鬧漸漸平息下來。他舉起手，用他那濃重的北方方言說了什麼——在正常情況下，我聽得懂希臘語，但頭幾天我覺得他的口音很難辨認——說什麼不想結束聚會，但是……

他一邊說，還一邊笑，他在對自己開某種玩笑。一開始，整屋子的人齊聲嘲笑奚落，接著後頭有一個人喊道：「我們都清楚你為什麼想早點睡啦！」

他們開始捶打桌子，有人唱起了一首歌，大夥便跟著拳頭節奏朗聲高唱。

他為什麼生來如此完美？
他究竟為什麼出生？
他對任何人都他媽的沒用！
他一點用都沒有！
他可能是他母親的開心果，
但是他對我來說是個討厭鬼！

諸如此類。我躡手躡腳回到壁櫥般的小室，關上了門，但歌聲繼續，我又把門打開，只拉開幾寸的門縫，剛好能夠看到阿基里斯的房間。只見牆上懸著華美的掛毯，有一面銅鏡，還有一張床靠著後頭的牆壁。

大約過了一分鐘，沉重腳步聲循著走廊傳來。男人的聲音。雖然知道他們看不到我，我還是往後退開。帕特羅克洛斯走進另一個房間，阿基里斯緊隨其後，手臂搭在朋友的肩上，得意洋洋，暢懷大笑。又一次成功突襲，又一座城滅亡，男人和男孩死去，女人和女孩成奴——總之，這是美好的一天。還有一個夜晚即將來臨。

他們說著要再喝一杯，帕特羅克洛斯把手放在壺柄上準備倒酒，但阿基里斯接著朝我站著的那扇門點點頭，以眼神示意。

帕特羅克洛斯笑了。「對噢，她在那裡。」

我往後退了一步，在窄床上坐下來，雙手緊緊絞在一起，不讓它們顫抖。我想吞嚥口水，但嘴太乾了。幾秒鐘後，門開了，阿基里斯巨大的影子遮住了光。他沒有說話——也許他以為我聽不懂他說的話——只是把大拇指往另一個房間比了一下。我戰競競站起來，跟在他後面。

4

我能說什麼呢？他並不殘忍。我等著——甚至期待著——但沒有那樣的事，至少很快就結束了。他性交與殺人同樣快速，而對我來說，兩者是同一件事。那一夜，我內心有某樣東西死了。

我躺在那裡，心裡恨他，雖然他絕對沒有做任何他毫無權利可做的事。假若他的榮譽獎品是一副大王的盔甲，那麼沒有試穿一下，他是不會安心的。舉起盾牌拿起劍，估量長度，掂掂重量，在空中揮個幾下。他就是這麼對我，他試用我。

我告訴自己我不睡。我疲倦不堪，但是非常緊張，非常害怕周圍的一切，尤其是他的一切。所以他完事後，從我身上滾開睡覺，我就躺在那裡，盯著黑暗，僵硬得像塊木板。每當我眨眼，眼皮就痛苦地摩擦乾澀的眼睛。可是，不知怎麼的，我一定是睡著了，因為當我再定眼注意時，燈火已經暗了。阿基里斯躺著，臉龐離我只有一寸遠，他輕聲打著鼾，上唇隨著每一下呼吸皺縮。我拚命躲開他如熱爐的身體，緊貼著牆壁，把頭扭開不去看他。

幾分鐘後，我注意到一個聲音。不是初次聽到的聲音，我在半夢半醒間就察覺到了。也許是他的呼吸。但我轉念一想，不對，是大海，一定是大海——我們離海只有幾百碼遠。我靜靜聽著，讓海的聲音撫慰我，那無休無止的潮來潮往，那碎浪的濤聲，那浪退時刺耳的嘆息聲。好像躺在一個愛你的人的胸膛上，一個你知道可以信任的人，只是大海不愛任何人，也永遠不能信任。我立刻意識到一種新的欲望：感覺不到任何東西也永遠不會受到傷害的大海，我想加入，我想融化在其中。

然後，我想，我一定又睡著了，因為當我醒來時，他已經走了。

我馬上著急起來。我應該比他先起床，也許還要替他準備早餐？我不知道在這個荒涼的海灘上怎麼備餐，甚至不知道準備食物是否算我的工作。但我又想到，阿基里斯一定有很多奴隸，每個有不同責任：織布，做菜，準備洗澡水，洗滌床單衣物……很快會有人告訴我他們要我做什麼，恐怕除了我已經做了的事，幾乎沒有什麼要做的了。我想起父親那個年輕的小妾，也就是母親死後他再娶的那一個，她的大部分工作都免了。

床很冷。我坐起來，發現他把一扇門開著。我還在設法熟悉環境。有三扇門：一扇通向小房間——我已經開始把它稱為壁櫥了；另一扇外面是通往大廳的短道；第三扇直接通到檐廊，從那裡可以走到海灘。他顯然是從那條路出去的，因為門半開半掩，鉸鏈吱吱作響。

我把披風緊緊披在肩上，站在門檻上。一陣風從海上拂來，吹起我的頭髮，吹乾皮膚上的汗珠。天色還很暗，不過一彎如指甲般鋒利的月亮給了我充分的光線察看這片棚屋。棚屋彷彿有數百間之多，一路延伸到遠方，在它們黑暗雜亂的形影間，我瞥見大海。我回頭向內陸望去，發現天空有一道微光，起初很迷惑，後來才明白那一定是特洛伊。特洛伊的宮殿、神廟、甚至街道，徹夜燈火通明。而這裡棚屋之間的小徑狹窄，血一樣的黑。我覺得來到一個可怕的地方，一個與偉大城邦有天壤之別的地方，一個由黑暗與野蠻統治的地方。

從我站的地方——阿基里斯的營棚門檻上——轟隆隆的驚濤駭浪聽起來像是一場劍盾相碰的戰鬥。但是，話說回來，在我疲憊不堪的腦中，沒有一樣東西聽起來不像是戰鬥，就像世界除了紅色，沒有其他的顏色。我小心翼翼走到檐廊粗糙的木板上，又從那裡跳到沙地。我站了一會兒，腳趾頭踩著濕漉漉的沙礫，經過了一夜的麻木，已經能夠感覺到一些東西，任何東西。我鬆了一口氣，然後光著腳，只披著斗篷，出發尋找大海去了。

與其說是靠視覺，不如說是靠觸覺，我無意發現了一條似乎帶我離開營棚的小路。它先是沿著沙丘邊緩緩蜿蜒，接著陡然一降，就到了海灘。最後的幾步路，小路成了隧道，兩側沙丘長著高高的濱草，我不得不停了一會兒，因為狹窄的空間令我呼吸困難。我內心深處藏著恐懼：要是他回來了，要是他又想要我，而我卻不在那裡，那該如何是好呢？月光灑在隨風搖曳的草葉上，我鑽出來，來到了海灘上，一旁有股微鹹的水在岩石與卵石之間流淌，一路流向大海，越流越寬闊。

現在，有一種新聲音，比海浪還響亮，是一陣要把人的神經都鋸斷的瘋狂敲擊。過了一會兒，我才聽出原來是索具敲打桅頂的聲音。我左邊那團黑漆漆的東西就是船，大多數拖離了潮線，擱在支架上。也有船停泊在近海處，但都是寬艙的小貨船，它們與細長的軍艦的區別，就好比鴨子與吼凱鵰之間的不同。我知道一定有人防備著戰船受到特洛伊襲擊，所以又退回到沙丘，抄近路，爬過一片石楠叢生的小丘，來到廣闊的大海邊。

這裡最主要的聲音是如劍盾碰撞的海浪聲。我走到海邊，希冀能看一眼呂耳涅索斯。我猜，毀城的大火尚在燃燒，但是離水越近，霧就越濃。那一團濃霧彷彿從不知名的地方冒出，冰冷而潮濕，像是死人的手指，把黑船變成幽靈般的形影，似乎不再完全的真實。真奇怪，在颳大風的夜晚，這樣的大霧不但可以形成，還能夠徘徊不散。但是，它釋放了我，甚至讓我看不到自己。

在洶湧的波浪之外，在大海遺忘了陸地的平靜之地，是我死去兄弟的靈魂。他們沒有機會得到葬禮儀式，所以不得進入冥府，註定在生者之中出沒，不是幾天，而是永永遠遠。一次又一次，在我緊閉的眼瞼後方，我看到么弟死去。我為大家悲傷，尤其為他。母親逝世後，他每晚爬上我的床，尋求他白天羞於需求的安慰。就在那裡，在風吹的海灘上，我聽到他在呼喚著我——和我一樣迷惘，一樣無家與無助。

我的腦裡除了想到他，什麼也不知道。我開始走入大海——腳踝、小腿、膝蓋、大腿，突然，一陣寒意襲來，有個高漲的波浪打上我的鼠蹊處，我叉開腿站在那裡，沙子在腳下移動。我把手伸到下方，將他從我身上洗去。接著，我乾乾淨淨——或者永遠也不會再這麼乾乾淨淨——站在水深及腰的地方，感覺巨浪將我抬起，讓我踮起腳來，接著又把我放下。我隨著大海起起伏伏。後來，一個巨浪把我捲了起來，威脅要把我淹沒，我心想：有何不可呢？我感覺到我的兄弟正在等我。

但我聽到了一個聲音。我想了一下，可能是么弟的聲音。我側耳細聽，竭力想從轟鳴的海潮聲中聽個清楚，聲音又響起——肯定是一個男人的聲音，只是我聽不清那些話。我頓時覺得害怕，我已經心驚膽顫了好多天，都忘了不心驚膽顫是什麼感覺。但是，這是一種不同的恐懼。我脖後的毛髮豎起，肌膚隨之匍匐移動。我對自己說，這聲音一定是從營地傳來的，不知怎麼從牆一樣的大霧彈回來，所以好像來自海上。但我又聽到了，這次我確定那聲音來自大海，某個人、某樣東西攪動著破浪後方的海水。動物——一定是，不可能是其他東西，是海豚或殺人鯨吧，有時牠們會游到非常逼近陸地的地方，甚至為了抓岩石上的小海豹而擱淺。但漂移的霧幕暫時拉開，我看見了人的胳膊和肩膀，濕漉漉的肌膚閃著月光。又是翻騰，又是水花激起——接著，陡然安靜下來，他翻身朝下，隨著潮水，在海上來回漂蕩。

這個海岸上的男人不會游泳，他們是水手，他們知道游泳只會延長死亡時間，不會游泳的話，死亡來得快，相對而言是幸運。但這人像海豚或小鯨魚一樣在海中玩耍，好像海才是他真正的家。現在，他張開四肢浮在海面，這姿勢維持了好久，我開始相信他在水中也能呼吸。然而，他突然抬起頭與肩膀，像海豹一樣在水中直立飄浮。我看到他的臉，大吃一驚，我不該吃驚的，因為我早猜到他是誰。

我快步往岸邊走去，急急忙忙想跑回屋子擦乾身子，因為我到底要怎麼解釋身體濕了呢？但到了淺灘，我不得不放慢速度，因為我不想濺起水花引起他的注意。踏到陸地時，我的右腳一陣劇痛，有什麼東西——一顆石頭還是一塊破貝殼——卡在腳跟，我必須彎腰把它拔出來。當我再次抬頭時，我看到阿基里斯了，不是在游泳，而是走在齊膝深的水中朝岸邊而來。我蹲下來屏住呼吸，但他從我身邊走過，沒有看見我。他舉起雙手，抹去眼裡的鹽水。我讓自己再次呼吸，以為都結束了，他要回營地去了。但是，他只是停在潮線上，面朝大海。

他說話時，我以為他在對我說話，於是張開了嘴，雖然也不知道要說什麼。但他又說話了，話語從嘴裡咕嘟咕嘟冒出，像是即將淹死之人的最後一口氣。我完全聽不懂，他似乎在跟大海爭辯，不是爭辯，就是懇求……我想我唯一聽懂的詞是「媽媽」，完全說不通，媽媽？不對，不可能是對的。但他又說了一遍：「媽媽，媽媽。」像一個哭著討抱的孩子。肯定是別的意思，但在很多不同的語言「媽媽」發音相同，或者幾乎相同。不管這是什麼意思，我知道我都不應該聽到。不過我沒有動，而是蹲下身來，等待他停止說話。這句話講了又講，最後含糊的聲音逐漸沉默了。

太陽升起，霧開始消散。他轉過身來，沿著海灘走著。他消失在他那些黑船的影子裡以前，我看到第一道金燦燦的光芒打在他濕漉漉的胳膊和肩膀上。

一確定他走了，我就用最快速度跑過沙丘，只是一進入營地就迷了路。我站在那裡，渾身濕泥，加上驚恐萬分，根本不知道該怎麼辦，也不知道該往哪裡走。不過，這時有個女孩走到一間營棚門口招呼我進去。她說她名叫艾菲思。那天早上，她照顧我，還在浴缸裡裝滿熱水，洗掉我髮上的鹽分。我把斗篷放到一邊準備跨入浴缸時，有樣東西掉到地上，我才發現我把石頭從海灘拿回來了，它割到我的腳的地方還在流血。於是我把它放在掌心仔細觀察，人受了驚嚇有時會這樣，將全部注意力集中在一件小東西上。它是綠色的，如狂風暴雨時大海的綠，但有一條白色斜紋。沒什麼特別的地方，就是很鋒利，非常非常鋒利。我把它拿到面前嗅了嗅，海水和塵土的味道。我舔了舔，沙沙的，有鹹味。我手指沿著鋸齒邊緣摸了摸，怪不得傷口這麼深。當我拿它往手腕一劃——幾乎沒有用力——它留下一道傷痕，血珠沿著傷痕汩出。讓失去感覺的皮膚流血，居然給人一種鬆了口氣的感覺，我很想知道這種寬慰是否會再次出現，於是準備再一次割傷自己。這時，不知道是什麼阻止了我。我不明白大海為什麼給我這個禮物，但我知道它不是用來傷害我自己的工具，我想那樣做的話，營地到處都是刀。於是我又把它放在手掌上看著，什麼也不想，只想著它的顏色、觸感和重量。那片海灘有那麼多卵石——數以百萬計——全讓無情的大海磨得光溜溜，唯獨這一塊沒有。它鋒利依舊。

這塊頑固不化的小石子對我很重要，現在還是很重要。它此時就在我手掌上。

艾菲思給我拿來乾爽的乾淨衣服，我穿上了，更確切地說，是她幫我穿上，我站在那裡，像木頭一樣沒有任何感覺。我把石頭塞進腰帶裡，每一次移動，它就擠壓我的皮膚。不舒服，但叫人安心，讓我想起大海和海灘，以及那個我曾是但永遠不會再是的女孩。

5

除了最初幾天可怕緊張、睜大眼睛的恐懼之外，我記得最清楚的是財富與骯髒的奇妙結合。阿基里斯用餐使用金盤子，晚上把腳擱在嵌著象牙的腳凳上，睡在繡有金絲銀蔥的床罩下。每日早晨，他梳頭編辮時——女孩出嫁那天也不會比阿基里斯上戰場前更精心打扮——對著一面價值肯定足以贖回一個國王的銅鏡檢查成果，據我所知，那張鏡子可能就是某國王的贖金。然而，如果晚餐後要拉屎，他就從大廳一角的粗布堆中拿起一張方巾，走去臭氣熏天、還有一群嗡嗡作響黑蒼蠅的廁所。在往返途中，他必須經過一個巨大的垃圾堆，垃圾應該定期焚燒，但從來沒有燒過，遂成了老鼠的滋生溫床。

那是我記得的另一件事——老鼠。老鼠無處不在，你可能走在兩排營棚中間的小路上，前方的地面會忽然站起來走路——哦，沒錯，就這麼嚴重！在營裡遊蕩的那些瘦皮狗，半飼養半野生，原是要來控制老鼠的，但不知怎的始終控制不了。邁倫負責維護阿基里斯的營區，經常舉辦捕鼠大賽要年輕戰士參加，優勝者的獎品是烈酒。你看到年輕人昂首闊步走來走去，長矛上叉著一排小屍體：鼠肉串。但不管他們殺了多少，似乎總是有更多。

儘管我當時的狀態觀察不了什麼，我很努力——也許也相當絕望——傳達我對軍營的第一印象。

褻的話。我在這裡就像在我丈夫的宮殿裡一樣安全，也許更安全，因為這裡的每個男人都知道，一越了界，他就得對阿基里斯負責。換句話說，就是死。

阿基里斯和帕特羅克洛斯同席，一起祝酒，一起大笑，直到談話變成一種穩定的嗡嗡聲，接著他們大多是彼此交談。如果發生爭吵——他們當然經常爭吵，這群男人自幼訓練有素，哪怕是對自己榮譽最微不足道的侮辱，也要義憤填膺——帕特羅克洛斯會頓時起身，或安撫，或約束，勸說戰士握握手、說說笑，最後又像朋友一樣坐下。然後，他回到阿基里斯身邊，他們馬上又開始交談。他們的關係並不平等，但阿基里斯總是親切表達他的命令；起碼在男人面前，他永遠會稱呼帕特羅克洛斯「王子」或「閣下」。不過，帕特羅克洛斯顯然是二當家，是下屬。只是這並非故事的全貌。有一次，我撞見他們一起走在海灘上，帕特羅克洛斯將手放在阿基里斯的後頸上，男人偶爾會對弟弟或兒子做這個動作，在軍隊裡，沒有人對阿基里斯做了這個動作還能活著。

你好像花了很多工夫觀察他。

沒錯，我觀察他，在醒著的每一分鐘——在他的面前，我不許自己有多少時間可以睡覺。很奇怪，但剛剛我說「我觀察他」時，險些又加上一句「像老鷹一樣」，因為這是一個慣用語，不是嗎？描述一種專注不眨眼的凝視的說法。不過事實完全不是如此，阿基里斯才是老鷹，我是他可以為所欲為的奴隸，完完全全在他的控制之下。要是他某天早上醒來決定把我打死，沒有人會干涉。哦，我整夜觀察他，我像老鼠一樣觀察他。

晚餐後的最後一段時間，我都和艾菲思在一起，她是阿基里斯送給帕特羅克洛斯的女孩。我們常常坐在壁櫥的床上等待傳喚，帕特羅克洛斯幾乎每天晚上都會叫她去，這也不奇怪，因為她皮膚白皙，容貌嬌嫩，好似一朵在纖細枝幹上顫抖的銀蓮花，嬌弱無比，你會覺得它恐怕承受不住搖動它的狂風，儘管它早已撐過所有的風吹雨打。我們聊了許多，就是不提過去，不提我們來到軍營以前的生活，因此從某個角度來說，我對她的了解非常少。事情就是這樣——在軍營的第一天，我們都重生了。她知道自己很幸運能夠給了帕特羅克洛斯，他一向很親切。我注意到他對她非常溫柔，不過懷疑他偏愛她，主要是因為她是阿基里斯送的禮物。

起初我不信任帕特羅克洛斯的好意，因為我無法理解，阿基里斯的無情冷漠更有道理，他幾乎還沒和我說過兩句話。不過，戒心開始放下後，我經常和帕特羅克洛斯說話。記得我才剛到時，他有一回發現我在哭，就要我別擔心，他可以叫阿基里斯娶我。這句話太反常，我不知道該怎麼回答，只好搖搖頭，把目光移開。

破曉前在海邊散步是我的慰藉。我涉水走到腰深的地方，最後踮起腳尖，感受每一波退潮的牽引。通常霧會從海上捲來，偶爾濃到讓人看不見，我就那樣被籠罩著，誰經過都看不見我。我內心很平靜，或許說這是我能得到最接近平靜的狀態。我的兄弟們，他們沒有埋葬的屍體如今一定成了飽受嚙咬的碎骨，那些骨骸似乎聚在我的四周。水邊有一片卵石地，當潮水捲過時，有時屬於大海，有時屬於陸地，那就是我們順其自然的相會地點。我的兄弟的本質已經變得很模糊，因為他們現在既不屬於生者，也不屬於死者。我覺得我也是如此。

籠罩在霧中看不見，但我並不孤單。阿基里斯每天破曉前會來游泳，只是我們之間從未有過任何接觸。他不是沒瞧見我，就是選擇不理會我。他對我沒有好奇心，不把我視為不同於自己的人，晚餐時我把食物或酒水放在他面前，他從來沒有抬頭看過一眼。只有在床上，他才看得見我，在床以外的地方，我是無形的。其實，除了一堆身體部位以外，我也不確定我在床上是否存在。身體部位，那是他熟悉的，那是他的用具裝備。我覺得他唯一真正見到我的時候，是我在他面前接受檢閱的那一瞬間——他當時肯定看著我，只是確保大軍授予了他與戰績相稱的獎勵，他就作罷了。

他不跟我說話，也不看我，但每天晚上都會叫我去。我忍著，告訴自己，有一天——可能很快——一切都會改變。他會想起戴厄米德，我來以前他最喜歡的女孩，然後改叫她來。或者還有更好的，他洗劫了另一座城——天知道，他洗劫城市的欲望似乎沒有止盡——軍隊給他另一個獎品，另一個嚇得打哆嗦的女孩。然後，在他的下屬面前炫耀她，在他的客人面前誇示她，我就會獲准搬去女營，變得默默無聞。

事情確實發生了改變——總是如此——只是沒有朝我所希望的方向發展。我不知道我在軍營待了多久，大概三週吧，就像我說的，在軍營裡幾乎不可能記錄時間，我彷彿活在一個泡泡裡，沒有過去，沒有未來，只有無休無止重複著現在、現在、現在。但我想改變也許是從我開始，麻木開始消失，取而代之的是讓人坐立難安的劇痛。在此之前，我既服從，又異常警覺，只是很奇怪，我沒有任何感情。但我現在經常有沮喪的時刻，甚至感到絕望。在堡壘的屋頂上，雅麗安娜表妹向我伸出手時，我選擇活下去，但如果知道我現在知道的情況，我現在能夠再次重新選擇的話，我還會做出相同的決定嗎？

一天晚餐後，我沒有和艾菲思一起坐在壁櫥等待召喚，而是去了海邊。通常男人吃完後，女人會抓住機會趕緊吃點東西，但我的胃不舒服，光想到食物就受不了。我沿著沙丘之間的小路走著，每一個步伐都灑下了鬆軟的沙。有時，當我想起我的兄弟們，我感到好像有些興奮，只要我還活著，我還記得，他們就沒有完全死去。我想活到目睹阿基里斯在他的火葬堆上發出嘶嘶聲的時候。但這樣的時刻轉眼即逝，接下來總是意識到我就這樣了，從此以後，我的人生就是這樣了。在阿基里斯厭膩我以前，我與他同床，然後降職去提水桶，或割鋪地的燈心草。戰爭結束後，我會被帶到佛提亞——因為希臘人會贏，我知道他們會贏，我見識過阿基里斯打鬥。呂耳涅索斯亡城了，特洛伊一定也將會亡城。更多的寡婦，更多心驚流血的女孩。我不想活著看到這一切。

到海灘時，我如往常直接走到海裡，但是這一次繼續走，直到海水淹沒了我。在我的下方，搖曳的月光在白色沙灘浪痕上斷斷續續閃耀。我想吸一口氣，但令人驚訝的是，即便魂魄準備啟程了，肉體還是掙扎著想要活。我無法強迫自己吸那一口氣，過了一會兒，胸口的鐵箍越來越緊，緊到難以忍受的地步，我不由自主往上用力一推，在一聲吸氣的尖聲中，衝出了水面。

我垂頭喪氣，渾身濕漉漉回到阿基里斯的營區，艾菲思正等著我。我打著哆嗦，她把一件乾淨且乾爽的外衣從我頭上套下去，又將我的頭髮在背後擰成一個結，如此一來，濕髮就不會太過明顯。從頭到尾，她都擔心地咕咕噥噥，拍拍我的肩，又摸摸我的臉龐，盡一切所能讓我看起來像個樣。但後來帕特羅克洛斯要她去，她只得走了。

我繼續坐在那裡。在隔壁的房間，阿基里斯正彈著七弦琴，晚間這個時候他總會彈琴。有一段特別的音樂以一連串的音符結束，那串音符好似暴風雨結束時的最後雨滴，聽起來耳熟能詳，好像我一直都知道，但卻想不起來是什麼曲子；當然，歌詞我是一個字也想不起來。我聽著聽著，然後他停止演奏——這是我永遠恐懼的一刻。我聽見他把七弦琴放在椅旁的桌上。一分鐘後，他打開門，甩了一下頭，示意我進去。

我把外衣丟在地上，站了一會兒，搓了幾下濕漉漉的手臂，然後鑽到被窩裡。他不慌不忙，喝下最後一口酒，拿起七弦琴，又彈了一遍同樣的音符。我躺著聽著，非常厭惡他撥弦的靈巧手指。我知道那雙修剪整齊的手的每一個動作——儘管修剪整齊，這雙手的指甲角質仍然烙印著血，即使是香水浴也不能洗盡全部的污漬。由於我一直熱切觀察他——因為恐懼，而非其他任何理由——我覺得我對他的全部了解，多過於他的手下，多過於任何人，除了帕特羅克洛斯以外。我什麼都知道，也什麼都不知道，因為我一刻也想像不出這個人會是什麼樣子。而他同時對我一無所知，正合我意，我絕對不希望有人了解我。

他最後終於上床了。我閉上眼，希望他把火光調暗，但我知道他不會，他從來不會這麼做。我感覺到他側過身，用那雙可怕的手托起我的乳房，我強迫自己不要僵硬，不要閃避……

然後，他停了下來。「那是什麼味道？」

這幾乎是他對我說的第一句話。我慢慢退開他，我知道這是個錯誤，但我無法阻止自己。他俯上前來，嗅著我的肌膚和頭髮。我明白他一定會怎麼想，我顴骨有結塊的鹽皮，我頭髮有海腐味，我滿心期待他把我踢下床，或是毆打我——在表面之下醞釀多時的暴力終於要襲來了。

結果，他實際的作為更讓我震驚。

他發出呻吟，將臉埋入我的髮中，然後在我的肌膚上移動，又吻又舔，直到移動到我的乳房。當他開始吮吸我的乳頭時，我震驚得弓起了背，因為這不是一個男人在和一個女人做愛——這是一個饑餓的嬰兒，是一個急不可耐的嬰兒，吸著吸著，乳房掉了，於是氣極敗壞，勃然大怒起來。他用緊握的拳頭猛打我的胸部，接著克制自己，開始把我濕漉漉的頭髮往嘴裡塞，然後又來到胸部，將整個乳頭含住，嘴巴用力一咬，你可能會想：為什麼這件事讓你這麼震驚？我只能再說一遍：這不是一個男人，這是一個孩子。他讓我走時，露出喝足奶水的嬰兒那種爛醉般的呆滯表情，一種我過去——或者以後——不曾在男人臉上見過的表情。

結束時，他低頭看著我；他似乎很困惑，幾乎是焦慮不安。我緊張起來，以為他會打我，不是因為我說了或做了什麼，或者沒說或沒做什麼，而只是因為我親眼目睹了這一切。我目睹了他的需求。他沒有動手，而是側身背對我，假裝睡著了。

6

那天晚上之後，一切都變了——不是變好。阿基里斯不再敏捷、爽利、實事求是地利用我的身體來放鬆，而是投入熱烈的情感。熱烈歸熱烈，但不是柔情。他做愛——哈！——好似希望下一次抽插會讓我死。這一刻，他還在想把我踩在塵土裡，下一刻又緊抓著我，彷彿怕我突然消失。有幾個晚上，我以為他可能要掐死我。

艾菲思一直問我好不好，我只是點頭，繼續做手邊的工作。我越來越常冒險從女營走到更遠的地方，一開始去了最近的營火，那裡至少有兩個我在呂耳涅索斯就認識的女人。我在外頭，我讓陽光照在皮膚上，我活了下來。嗯，從某種意義上說，我是活了下來。營裡有一些婦女親眼目睹自己的兒子遭到殺害，至今仍然不能說話，打擊讓她們眼神呆滯，走路磕磕撞撞，甚至在她們面前拍手，她們也不會眨眼。

但事情從來都不是簡單的，不是嗎？令人難以置信的是，有些女人的境況變得更好。有個女孩以前是呂耳涅索斯的奴隸——當時是廚房裡的奴隸，地位最低的那種——現在成了一個大王的妾。她的女主人是一個相貌凡凡、大腹便便的女人，快過了生育年齡，只能在火堆旁勉強找點吃的果腹。現在什麼都不重要，除了年輕、貌美及生育能力。

每個人有每個人的應對之道。我尤其記得兩個女人，我想她們是一對姐妹吧，兩人鎮日待在織布坊，足不出戶，只有傍晚會出來走一小會兒。她們總是手挽著手一起走，戴上厚厚的面紗，我很驚訝她們看得見要去的地方。她們好像希望，透過觀察一個正經女子所有的生活限制，能夠讓時間倒流，回到過去的自己。我常常看著她們，心想：妳們瘋了。

如果要說有什麼不同的話，那就是我走了另一個方向。每天清晨，我取下面紗，獨自在營裡散步。有幾回，我沿著海岸線散步，經過不同的營區，一路走到焚燒屍體的海角。從那裡可以看到幾里之外，在晴朗的日子，可以看到呂耳涅索斯燒毀的塔樓。還有一條路通向內陸，穿過沙丘，進入灌木叢，足跡雜沓的泥路最後通往了戰場。我從那裡可以直接看到平原另一頭的特洛伊，有時甚至還能看到在普萊厄姆國王金冠上閃爍的陽光。他幾乎總是站在矮護牆邊俯視戰場，而他身旁那個盡量往外探著身體的白點，就是海倫。

沒有人相信戰爭能夠拖這麼久。九年來，他們在特洛伊平原戰鬥，前線來回移動，移動的幅度始終不大，兩軍始終未能有所突破。由於兩條蜿蜒流經平原的河在秋冬經常氾濫，昔日肥沃的農田而今已是泥爛的荒地。在戰爭的第一個冬天，為了建造臨時營房、修理船隻，樹木砍了，鳥兒也飛走了，現在數量少得驚人，只有一隻孤鷲在荒景上翱翔。

我不常到那裡散步，看到特洛伊令我覺得痛苦，因為我曾在那裡度過兩年非常愉快的時光。

我漸漸認識了其他「獎品」——軍隊贈給各國王的女子。我們在內斯特的營區見面，因為那裡離中央競技場最近，對所有人都很方便。荷克米蒂是阿基里斯洗劫提涅多斯後內斯特得到的獎品，她調了幾盞烈酒，連同一盤麵包、乳酪和橄欖分給大家。我想她大約十九歲——與我年齡相當——頭髮光滑，皮膚黝黑，動作非常敏捷俐落，讓我聯想到鷦鷯。她是內斯特得到的「戰略規劃獎」，因為他年紀太大，不能參與實際的突襲行動。

「太老，什麼都不行了？」我冒昧地抱著希望說。

同樣來自提涅多斯的烏薩又笑又叫。「你絕對不會相信！他們一向才是最惡劣的，那些老頭子，他們認為你只要做某件事——另一件事，一件你還沒有做的事——那裡就會硬得跟石頭一樣。不了，少年郎我倒隨時歡迎。」烏薩是奧德修斯的獎品，那邊顯然沒有問題，一切非常簡單，結束後他會躺著仰望天花板，沉浸在對妻子潘妮洛普漫長而散漫的回憶中。「他們都念著他們的妻子。」烏薩一面說，一面忍住了呵欠。

我們始終不清楚烏薩在提涅多斯陷落之前的職業，但我認為我可以大膽猜測。

麗特塔轉向我。「阿基里斯怎麼樣？他喜歡什麼？」

「快。」我言盡於此。

我很開心再次見到麗特塔，她被送給了軍隊的主醫師馬查恩，不是因為她的外貌——嗯，絕對不是因為她的外貌——而是因為她療傷的技術。她是寡婦，年紀比我們其他人都大，在一般情況下是不會允許已婚婦女在年輕姑娘面前說這種話。

克里塞伊絲是我們當中最年輕的一個，十五歲，是一名祭司的女兒，提涅多斯陷落時，她還住在父親的房子。阿伽門農從一排等待他檢視的被俘少女中挑出她；身為統帥，他永遠第一個挑選，雖然在沙場上首當其衝的是阿基里斯。克里塞伊絲長得很美，在新蕊乍放的年齡，女孩往往都是美麗的。起初，她似乎非常害羞，但後來我發現根本不是害羞，而是一種令人生畏的矜持。克里塞伊絲在很小的時候，她的母親就去世了，因此她自幼就成了父親家中的女主人，也在神廟幫忙他，雙重責任讓她變得比實際年齡成熟。我第一次見到她時，她很少說話——是害羞、矜持還是拘謹，我不知道——但她是眾人的關注焦點。她比我們先走後，話題立即轉到她身上——但也不是惡意的閒話，大家都很關心她。不過，如烏薩指出的，她有個方面的境況比我們大多數人更好：阿伽門農十分迷戀她。「從不叫其他人去。」她說。

「我很意外她沒有懷孕。」

「他偏愛走後門。」麗特塔說。

她很清楚。麗特塔有一罐鵝油，裡頭混了碾碎的樹根和草藥，營火旁的營妓如果晚上過得特別艱難，就得要靠這一罐。她很謹慎，沒有透露克里塞伊絲找過她，但言外之意顯而易懂。

「真的嗎？」烏薩說。「當然啦，她那麼瘦。」她往後一靠，雙手抱在腦後，讓人注意到她身上豐滿的曲線。

「他愛她。」荷克米蒂說。

烏薩哼了一聲。「對，在他厭倦她以前。你們還記得那個叫什麼的女孩嗎？啊，該死！叫薇什麼的。他應該是愛她的，不過照樣把她給了下面的人，後來還有——」

「他們會那麼做？」我問。

「怎麼做？」

「把俘虜的女人給下面的人。」

烏薩聳聳肩膀，「大家都知道的事。」

「這種事不會發生在她身上。」荷克米蒂說。「他很迷戀她。」

「嗯，但願你是對的。」烏薩說。

麗特塔伸了懶腰，打了個哈欠。「她只要給他生個兒子就行了，為了求生。」

「那不是有點困難嗎？」我問。「要是他喜歡走後門？」

一陣笑聲盪開。如今回想起來，我覺得好不可思議，我們竟然都笑了；但，我們其實常常笑。也許，最關鍵的一點是，我們沒有一個人曾經失去孩子。

另一個也會參加這些聚會的女人是埃傑克斯的獎品塔克美莎，不過來的次數少於其他人。她在軍營四年了，生下一個兒子，據說埃傑克斯極為疼愛這個孩子。由於埃傑克斯的營區就在阿基里斯的旁邊，我時常和她一起走一段路回來。她身材高大，覺得在炎熱的天氣裡走路很辛苦，所以我們都走得很慢，有很多時間說話。不過我覺得很難喜歡塔克美莎這個人，也很難對她有什麼感覺，只有一種氣惱的憐憫。埃傑克斯殺死她的父親兄弟，當晚又強暴她，她卻漸漸愛上了他──至少她是這麼說的。我不確定我是否相信她。無可否認，我不願相信她，我發現她對軍營生活的適應讓我感到威脅──和羞恥。但後來她有了一個兒子，生活都繞著這個孩子打轉。

她另一個愛好是吃。荷克米蒂常常拿出一道特別的菜，裡面混了乾果、堅果和蜂蜜，甜得叫人發膩，大多數人在餐後頂多吃個一兩口，塔克美莎可以吃下一整盤。我們其餘人難以置信看著，不時交換眼色，但誰也沒說什麼。

有一兩次，塔克美莎給我建議，她這建議雖然是出於善意，但聽著令人氣結。她說，我應該好好把握機會，想辦法讓阿基里斯愛上我。「他沒有結婚，你是知道的，他只有一個兒子，對於他這樣的人來說，遠遠不夠，他本來可以娶她的，但他沒有。」據說他的兒子叫皮洛士，阿基里斯從他小時候就沒見過他，那男孩在他母親的家庭長大。「那不一樣。」她堅持說。「有個孩子，而且看著他長大，這是不一樣的。」她的意思很清楚：有一個空缺，我不去補上，就是一個傻瓜。「看看我——埃傑克斯拜倒在我腳下。」

我想：嗯，是啊，看看你，如果你的生活那麼棒，為什麼你的嘴巴從不閉上呢？

有一天，天氣很熱，她居然裹著厚斗篷出現了。當她俯身拾起小男孩的玩具戰艦時，斗篷敞開來，露出她脖子上的黑指印。她知道我們看到了。很長一段時間，沒有人說話。

接著，烏薩佯裝對著空氣自言自語，問了一句：「天堂裡也有煩心事？」

麗特塔搖了搖頭，但為時已晚，塔克美莎的臉浮現斑點，變成了一種醜陋的紅色。「這不是他的錯。」她說。「他經常做可怕的噩夢，有時他醒來以為我是特洛伊人。」

「你是特洛伊人。」我說。

「不，我是說戰士。」塔克美莎說。

那天在返家——這是她說的，不是我說的——的路上，塔克美莎說了前一天晚上發生的事，她用拳頭打了埃傑克斯，埃傑克斯才住手。「他控制不了自己。」可憐的女人，她顯然需要向人傾訴，但我其實是最不適合的人……「阿基里斯會做惡夢嗎？」

我默默地搖了搖頭。

「他會的，遲早會的，他們都會的。總有一天晚上他會醒來，以為你是他的敵人。」

「好吧，他就算會這麼想，他也是對的。」

「等有了孩子，你就不會說那種話了。」

等，我注意到了，不是假如。

在那以前，我一直相信自己不會懷孕。畢竟，結婚都五年了，我都沒能生出一個殷殷期盼的兒子。但有一個眾所周知的事實，如果一匹不生育的母馬和另一匹種馬交配，有時可能會產下小馬。我開始感到懷疑。塔克美莎有小男孩，在軍營四處，女人不是挺著大肚子，就是抱著哭鬧的小嬰兒。那些在這裡生活最久的人，都有了能在火堆旁自己照顧的孩子。然而，我確信這不會發生在我身上。的確，我不是只依賴信念，我仍然每天早上會把他從我身體裡洗去——麗特塔一定會說，這違背了我最大的利益。我心裡也很明白，內斯特說過的話是對的：這就是你現在的生活。對不復存在的過往惦念不忘毫無益處，但我還是記掛著過往，因為，在那個失去的世界中，我曾經是某一個人，一個在生活裡有個角色的人，如果不去想它，我覺得就會失去最後一點的自我。

我在埃傑克斯的營區門口和塔克美莎分手，獨自走了最後的幾百碼路。我看到四周的營妓，她們照料著火堆，端著鍋碗瓢盆，為戰士的歸來做準備。在軍營所有的女人裡，這些人最可憐，很多人身上有著奇怪的圓形瘀傷，那是和長矛柄尾碰觸所留下的。她們在火堆旁生活，晚上睡在棚屋下，之中最小的還不到九歲或十歲。我原以為她們的生活和我的生活天差地別，可我現在知道了，至少阿伽門農有時會把一個侍妾送給屬下公用，也許是厭倦了她，也許是她做了什麼讓他不高興的事，或者也許只是認為他的屬下應該享受一下。阿基里斯做過這種事嗎？我不知道，我只知道軍營驟然變成了一個更有威脅性的地方。

當我走進營區的大門時——大門白天是敞開的——心中充滿對即將到來的夜晚的恐懼。每天打完仗後，阿基里斯和帕特羅克洛斯都要洗一個熱騰騰、香噴噴的澡，所以洗澡水要準備好，暢飲一場的第一杯酒也要備妥。我通常不參與實際的準備工作——營妓會燒水，抬沉重的坩堝——但我總會確定阿基里斯的洗澡水準備好了，因為這會影響他的情緒，而阿基里斯的情緒左右著一切。

他的戰車駛近時，所有人都安靜下來。他每次都會繞到馬廄，看看他的馬有沒有好好擦拭乾淨，有沒有水喝，甚至還沒取下頭盔就過去察看。檢查後，他才會脫下盔甲，扔給扈從清洗。通常，他會跳進海裡，而不是跳進精心準備的熱水澡。在遠離碎浪之處，他翻身仰漂在海上，他的洗澡水則在後方的營地變涼。帕特羅克洛斯通常會跟著他去海灘，站在海岸線上觀看，在這種時候，他總是顯得焦慮，但我無論如何也看不出有什麼值得焦慮——他這樣的游泳高手不大可能淹死。

最後，阿基里斯會慢慢涉水上岸，搖搖晃晃穿過拍打著膝蓋的海浪，最後走到陸地。在那裡，他停下來甩甩身體，沾上鮮血染黑的長髮在頭頂亂飛，水珠讓沙子表面起了褶子，在他的四周形成一個圓。然後，血洗掉了，他站一會兒，擦去眼睛上的水花，眨著眼睛走入光線中。他宛如重生。然後，他攬著帕特羅克洛斯的肩，一同走上散著砂礫的沙坡，接過送到面前的酒杯，走進屋子準備用晚餐。

7

我祈禱好事發生，什麼都好——只要能改變我的生活方式。那時，我覺得一天接著一天，一夜接著一夜，似乎沒有任何進展。但回過頭再看，我發現一些變化，只是當時顯得微不足道。例如，一天晚上，我和艾菲思在壁櫥等待，帕特羅克洛斯進來再拿酒，見我們坐在那裡，就說：「你們為什麼不進來呢？」

我們面面相覷。出乎意料，任何出乎意料的發展都叫人擔憂，但我們已經習於服從，所以站起來跟著他走進另一個房間。到了裡面，我坐在一張儘量遠離阿基里斯的椅子上，啜飲帕特羅克洛斯遞給我的杯子裡的甜酒。我幾乎不敢呼吸。阿基里斯短暫露出詫異的神色，但除此之外沒有多加注意我們。

帕特羅克洛斯帶著艾菲思離開後，我一如往常上了床。這時，我已經發現阿基里斯的行為改變與我髮裡的海水味道有關，我想要遠離海灘，可是做不到，我需要那種沉浸在冰冷、鹹澀、無情的深淵中的感受，隨著時間流逝，我似乎越來越需要那樣的感覺。於是我繼續走到他的床邊，頭髮散發著海腐的惡臭，皮膚因為鹽分繃緊了。我鼓起勇氣面對他的欲望、他的憤怒和他的需求，我害怕——怕得不敢和任何人說，也完全不明白其中的緣故。

後來睡前我和艾菲思受邀到阿基里斯的房間，成了我們的晚間固定活動。有時，阿基里斯和帕特羅克洛斯繼續晚餐時的談話，回顧這一日的戰鬥，決定翌日晨間簡報指示需要強調什麼。如果當天一切順利，談話不會太久，如果失利，阿基里斯就會爆發，對阿伽門農的蔑視滔滔不絕。這人無能，不關心他的手下——任何事都不關心，只在乎自己的貪。更糟糕的是，他是個懦夫，老是待在後方「守船」，而其他人衝鋒陷陣。「而且」——說到這裡，阿基里斯舉起酒杯再討一杯酒——「他會喝酒。」

「我們大家都會喝。」

「沒像他那樣喝。」阿基里斯抬頭看帕特羅克洛斯。「得了吧，你什麼時候見我喝醉？」

最後，在帕特羅克洛斯一番好言安慰後，阿基里斯拿起七弦琴彈奏。

他一旦沉浸在音樂中，我就可以隨意四下張望。華麗的掛毯，金製的餐盤，鑲象牙的雕花錦匣……我想，他可能從家裡帶來了一些，不過大多數是從燃燒的宮殿中掠奪來的。那面全身銅鏡我很想知道是從哪裡來的，七弦琴我倒不好奇，因為我知道那是他從伊厄泰翁的宮殿裡拿來的，就在他攻下底比斯的那日。伊厄泰翁死了，他的八個兒子死了，男人和男孩身亡，女人和女孩成奴，只有這把七弦琴留下。我覺得它是我見過最美的東西。

他彈奏時，火把的光照著他整張臉，我看到他皮膚上有奇怪的印記，頭盔覆蓋前額和臉頰的地方，比眼嘴周圍裸露的皮膚顏色淺些，簡直就像頭盔已成了他的一部分，以某種方式嵌入肌膚。也許我誇大這個印象，我記得對艾菲思提起，她一聽就明白我的意思，但說她並沒有特別留意到。對我來說，他皮膚上的虎紋是他最引人注目的地方，有人對我說：你從不提他的長相。這是真的，我覺得要描述他的長相很困難，當時他可能是世上最美麗的男人，一如他肯定是最凶橫的，然而，這就是問題所在，你想到老虎的美麗，如何不同時想到牠的凶猛？想到獵豹的優雅，如何不同時想到牠的攻擊速度？阿基里斯就是那樣——美麗和可怕，是一枚硬幣的兩面。

阿基里斯彈奏時，帕特羅克洛斯靜靜坐著，下巴靠在緊握的雙手上，有時心不在焉撫弄他最喜愛的獵犬的耳朵，獵犬不是坐著仰頭看他，就是伏在他腳邊。偶爾，狗睡著了，發出一聲奇怪的汪汪叫，追趕著想像中的兔子，帕特羅克洛斯就會微微一笑，阿基里斯則抬起頭笑了幾聲，又把注意力轉回七弦琴上。

歌曲是關於永生的榮耀，英雄戰死沙場，或者（很少）凱旋而歸。許多歌令我想起童年，年幼時在父親的房子，在應當上床睡覺時刻，我經常爬到院子，聽吟遊詩人在大廳演奏歌唱。也許，在那個年紀，我以為所有關於勇氣和冒險的壯烈故事都在為我自己的未來打開一扇門，但是幾年之後——也許是十歲、十一歲——我的世界開始縮小，我意識到這些歌屬於我的兄弟，不屬於我。

被俘的女孩常常走出女營，坐在檐廊臺階聽阿基里斯唱歌。他的歌聲傳得很遠，在軍營的每一頭都聽到歌曲的片段。不過，歌聲最後沉寂下來，一時間沒有人動，也沒有人說話。然後，在一連串的火花中，有根木頭塌入中空的火堆，阿基里斯望著帕特羅克洛斯微微一笑。

這是信號。大家於是起身，帕特羅克洛斯和艾菲思準備離去。我聽到她們在大廳竊竊私語，想知道她是怎麼了。她失去親人，失去家園，帕特羅克洛斯也參與其中，她怎麼會愛上他呢？

阿基里斯脫了衣服，但是慢慢地一次又一次回到七弦琴前。我閉著眼躺在那裡，靜靜聽著，呼吸旁邊牆上樹脂的氣味，等到眼皮漸漸變黑，就知道他在往火堆撒灰。過了一會兒，我會覺得床被他壓得往下陷。

我不知道，也許如果我能與他交流，和他講講話，事情可能有所不同。儘管我認為也很有可能——更有可能——任何提及正在發生的事都會引爆憤怒。這是一種非常私人的儀式，必須在黑暗中默默進行。於是，夜復一夜，我躺在這個男人身體下，他根本不是一個男人，而是一個激憤的孩子，我祈禱一切快點結束。然後，我伸直雙腿，像一具在火葬堆上的屍體，等著他沉睡的呼吸讓我掙脫側身轉向牆壁的那一刻。

我祈求改變。每天早晚，我都祈禱著生活能夠有所改變。

8

我想我可能是軍營裡頭一個見到祭司的人。

我走到海邊，循著海岸線，一直走到奧德修斯的艦隊前，船隻架在緊靠競技場後方的托架上。我停下腳步，回首望向來時路時，他出現了。祭司大步朝我走來，腳步在閃閃發光的沙上留下一道蝸牛般足跡。他頭髮花白，風塵僕僕，看上去疲憊不堪，好像已經走了好幾天的路，甚至幾週了。他走近時，不停改變方向，長袍在風中獵獵翻飛。起先我以為他是一名水手，但他走近時，我看到他的長杖垂掛著阿波羅神的猩紅色長幡，衣服又髒又皺，卻是用上等羊毛縫製。

離我只剩幾步路遠時，他猶豫了，好像不知如何稱呼我。我知道問題在哪裡，是的，我這麼一個年輕女子，一身華服，沒戴面紗，隻身走在外面……如果他在一座城中看到我，肯定知道我是什麼身分。我立刻對他露出強硬的態度，心想：嗯，是的，老先生，我就是這樣的人，但這不是我自己的選擇。

「孩子。」他躊躇地開始說話。「你能不能告訴我阿伽門農的營棚怎麼走？」

我轉身指我左邊，但就在這時，一個奧德修斯的屬下從兩艘船中間走出來，問祭司在那裡做什麼。他說，他來是為了請求阿伽門農王讓他用贖金換回他的女兒，我猜他肯定是克里塞伊絲的父親。

男人走入奧德修斯的營棚報告，奧德修斯本人不久也出現了。

我以最快速度跑到內斯特的營區，在一個織布棚中找到荷克米蒂。我告訴她我所看到的一切，一架又一架的織布機逐漸停下來，女人圍在我們的四周討論祭司到來一事。

「他必須放她走。」荷克米蒂說。

「他不會的。」我說。「他是阿伽門農，對他來說，沒有任何事是必須的。」

祭司到來的消息從一個營棚傳到另一個營棚，等我到達競技場時，已經在整座軍營裡傳開。有一群人已經聚集起來，推推搡搡，激動打著手勢。

自從軍隊把我送給阿基里斯以後，這是我頭一次到競技場，那一日的記憶如此可怕，我不禁想要掉頭，但還是堅持下來。我不是在場唯一的女人，我看見麗特塔立在宙斯神像下，粗壯的雙臂交叉放在胸前。我向她揮揮手，可惜我們離得不夠近，無法說話。祭司到來的消息傳開時，男人不停蜂擁擠來，拉長脖子想看看發生了什麼事，等到阿伽門農出現時，他們發出響亮的歡呼。在競技場的四周，諸神雕像垂目俯視，眼神呆滯冷酷，海上颳來的風已把雕像上的油漆吹得龜裂剝落。

我環顧四周，想找一個可以從人群上方旁觀的好位置。一個動靜引起我的注意，是克里塞伊絲，她正站在沙丘頂一株被風吹彎的矮樹蔭下，我跑去加入她。走近時，我見到她的臉龐有一側是鮮紅的，那一側的眼睛也不停流淚，她不停拉起面紗的一角拭淚。但她沒有提受傷的事，我也沒有，只是用雙臂摟住她，然後站在一起，從人群頭頂俯視競技場。她抓住我的臂膀，見到她的父親在入口附近等著時，輕輕發出了嗚咽。她的父親——阿波羅的祭司——高舉著神的權杖和猩紅色長幡走進競技場中央，克里塞伊絲的手指深深掐進我的手臂。人群登時肅靜無聲，一陣風刮起，沙地上出現小小的沙塵團，旋轉了一兩秒鐘，然後又如來時般快速消失了。祭司開始說話，一陣更猛的狂風捲起他的白髮。首先，他恭恭敬敬問候阿伽門農，祈求阿波羅與眾神賜予他勝利，讓他洗劫普萊厄姆的城邦，用他的船艦將特洛伊的財富運送回家……

「只是要把我的女兒還給我。」

莊重嚴肅的開場白後，他提出令人震驚的請求。突然，我們來到另一個世界，在這個世界裡，父親對孩子的愛比任何被掠奪的財富更加重要。但阿伽門農為了換得讓艦隊航向特洛伊的風，可是將自己的女兒送上了祭壇。我擔心老人家，也擔心克里塞伊絲。之後，祭司似乎久久沉浸在悲痛中，卻還是強迫自己說下去。他帶了一大筆贖金，放在貨船船艙中，船就停在他們都能看得到的海灣。他當眾哭著求阿伽門農收下。

「求你了，阿伽門農王，求你讓我帶她回家。」

競技場裡的每個人都被老人家的眼淚——以及他帶來的巨額贖金——所感動。感傷和貪婪——希臘人對感傷的故事的喜愛，幾乎等同於他們對黃金的喜愛。「收下吧！」他們喊道。「把這可憐的老傢伙的女兒給他！」然後，他們想了想，又喊：「尊敬諸神！」人群馬上起了騷動，戰士推來搡去，高喊著：「把她還了吧！把她還了吧！」

阿伽門農和他的謀臣討論了幾句，然後站起來。喧鬧持續了一兩分鐘，直到人群邊緣的人發現他站起來了，齊聲的呼喊才逐漸平息，只剩下一兩聲孤獨的喊叫。

「老人。」阿伽門農說——沒有頭銜，沒有尊敬——「老人，拿著你的贖金走吧。這次饒你一命，但如果我在軍營再抓住你，神的權杖和長幡也救不了你。」他環視一眼軍中上上下下，他們這時全默然了。「我不會把她還回去，她會在我的宮殿度過餘生，遠離她的故土，白天在織布機旁工作，晚上睡在我床上，生我的孩子，直到變成一個無牙的老婦人。快出去，別再說了，走。記得感恩你還活著。」

祭司默不作聲轉過身去，把權杖拖在沙地上，一道鋒利的線尾隨他到出口。在那裡，他轉身看了阿伽門農最後一眼，嘴唇動了動，但害怕得說不出話來。阿伽門農已經轉身，正和身後的人交談，他微笑，甚至哈哈大笑，享受戰勝一個無力、衰弱又不幸的老人的那一刻。

人群不情不願開始散去，三五成群嘟囔著走開。沒有人喜歡，我覺得我看到一兩個男人做出避邪的手勢。

我幾乎不敢看克里塞伊絲，但知道她必須怎麼做。「快跑。」她呆呆望著我，嚇得沒有聽懂。「回去，快跑回去，回營棚去，他可能派人來叫你。」

我知道他一定會，他無法抗拒用性交來慶賀，她與父親別離的悲痛對他毫無意義。她跑走了，像一頭年輕的母鹿，在營棚之間奔跑，我也開始朝阿基里斯的營區走去。所有小路都擠滿了從集會離開的人，所以我抄近路來到海灘。祭司在那裡，步履艱難走過乾枯的海藻，沉重的腳步揚起一團團在四周盤旋的沙塵。他走得很慢，一邊走，一邊哭著向阿波羅祈禱。我開始跟著他——不是故意的，只是恰好朝著同一個方向走。離阿伽門農越來越遠時，他開始用更大的聲音祈禱，把權杖和長幡舉過頭頂，像是回到自己的神廟，站在祭壇臺階上。

光明之神，請聽我說！
銀弓之神，請聽我說！

他的吟誦越來越響亮，最後他對著天空大吼。

老人感動了我，但也激怒了我。如果呼喚眾神能夠達成任何事，那麼呂耳涅索斯就不會淪陷了。天知道，沒有人比我們更努力祈禱的了。

但我繼續看著聽著，他踉踉蹌蹌在海岸邊走著，口中仍舊吟誦著祈禱。

提涅多斯之神，請聽我說！
斯庫拉之神，請聽我說！
若是我曾在你的祭壇上獻祭羔羊和山羊，
那麼，為你的祭司報仇吧！

我對祈禱能得到回應這種事已經不抱希望，據我所知，沒有一個神會聽奴隸的祈禱。然而，這個老人讓我十分驚奇，他周圍的海天都暗了下來，他嘴裡的謳吟還在繼續，只是現在我對神的頭銜不再

瘟疫之神，請聽我說！

9

什麼也沒有發生。當然什麼也沒發生！當你向神祈禱時，通常不就是什麼都沒有發生嗎？

翌日早晨，男人一如往常在破曉前集合，在一陣劍盾敲打的巨響中，阿基里斯一躍跳上戰車，發出動身的信號。他們走後，吶喊和擊盾聲消失後，軍營照例呈現出稍顯驚訝又凌亂的樣子，和婦孺及留守船隻那幾個白髮男人一樣被拋棄了。

我去找克里塞伊絲，發現她在織布，但見到我就停下來，給了我一杯酒。看著她在屋裡走動，我覺得她走路姿態比前一天更僵硬。可憐的克里塞伊絲，完全不懂得烏薩那種女人控制男人欲望的技巧，我知道也不多，但她是什麼都不會，睡上阿伽門農的床時，她是處女，而且幾乎還是個孩子。不過，平心而論，靠著她對阿波羅的忠誠，以及偶爾蘸點鵝油，她勉強撐了過來。

麗特塔對克里塞伊絲表達同情時，烏薩嗤之以鼻。「我才不同情。」她說。「女人要是知道怎麼做，在他的雞巴靠近她以前就可以完事了。」

「你說『知道怎麼做』是什麼意思？」麗特塔說。「她才十五歲！」

「我十二歲就會了。」

可憐的克里塞伊絲，阿伽門農無法把手從她身上移開。有多少女孩發現自己得到希臘最有權勢的那麼熟悉了。

鼠疫之神，請聽我說！

箭從遠方射來的神，請聽我說！

鼠神，請聽我說！

鼠神？我都忘了——如果我本來曉得的話——阿波羅是鼠神。突然之間，我明白了所有祈禱的目的。阿波羅是鼠神，不是因為老鼠是可愛的、毛茸茸的小動物，他非常喜歡……不是，祂是鼠神，因為大老鼠和小老鼠都會傳播瘟疫；阿波羅，祂是光明之神、音樂之神、治療之神，同時也是瘟疫之神啊。

祭司請求復仇的深切祈禱冉冉升天之際，我發現自己正在和他一起祈禱。

鼠神，請聽我說！

銀弓之神，請聽我說！

箭從遠方射來的神，請聽我說！

到了最後，不該說的話像鮮血或膽汁一樣從我的嘴裡噴湧而出：

男人的喜愛，或者至少被他垂涎，不會因為驕傲而沾沾自喜呢？但克里塞伊絲不是這種人，她孤苦伶仃，一心只想回到父親身邊。她告訴我她想成為女祭司，她的父親訓練她，她本來可以成為一名優秀的女祭司。她非常虔誠，每天祈禱四次：日出，正午，日落，黎明前，祈求神的歸來。阿波羅，黑暗的殺戮者，阿波羅，治癒之神——恰好也是瘟疫之神。有一次，她要我和她一起做午間祈禱，但我找了個藉口溜開，我確實會向阿波羅祈禱——祈禱的次數越來越頻繁——但我的祈禱與妳們不同。

鼠神，請聽我說……

我沿著停泊著的船隻和大海之間的狹長堅硬沙地走回阿基里斯的營區。

光明之神，請聽我說！

祈禱在我的嘴唇空洞地響著；我盤旋墜入黑暗，已經走得太遠，無法讚美阿波羅是光明之神。相反地，我握緊的拳頭敲打手掌上的紋身。

鼠神，請聽我說！

銀弓之神，請聽我說！

箭從遠方射來的神，請聽我說！

那天的大海幾乎是異常的平坦和平靜，海面呈現光滑的乳白色光澤，就像水泡上的皮膚。海浪拍擊海灣邊界，碎成了層層疊疊的彎弧，黃泡沫在碎浪中短暫沸騰，消失在沙中。這種寂靜之中帶有一種可怕，像是暴風雨來臨前的幾分鐘。我看著拖架上的船，看著營棚和悶燒的火堆，感覺皮膚因為期待而膨脹起來。

穿過競技場，眾神茫然的眼睛跟著我，我開始沿著一條貫穿整座軍營的小路穿過沙丘。有一段路會繞過巨大的垃圾堆，儘管天還是陰沉沉的，氣溫卻越來越高了，悶熱難當，這裡可不是個好地方。臭氣熏天，無數嗡嗡作響的黑蠅，汗水沿著身體兩側淌下，這些通通加在一起，讓我噁心得直發抖。然而，我的內心欣然接受與腐爛腐敗的接觸，甚至認為這裡就是我的歸屬；這裡，在所有的垃圾中。那一刻，我沒有責怪阿基里斯或希臘軍隊造成了現在的我，甚至也沒有責怪戰爭。我譴責的是我自己。

通過垃圾堆時，我注意到一隻老鼠在成堆腐爛食物之間跑來竄去。由於這裡沒有人長時間耕種或照料牲口，軍營不懂珍惜，浪費了大量的食物，這無疑解釋了老鼠的體型，因為我從未見過比牠們更皮毛光滑、吃得更好的老鼠。你總是能瞥見牠們，但在一般情況下，你一靠近，牠們就會一溜煙閃開。這一隻卻沒有跑掉，甚至行為非常奇怪，搖搖晃晃兜著圈子。走近時，我看到牠的毛像尖刺豎起，一點也不像平常那樣黑得發亮。我從旁走過去，但有什麼東西讓我又回頭看，就在那一刻，老鼠叫了起來，血從牠的嘴中噴出。牠翻倒在地，痛苦翻滾了整整一分鐘，再次尖叫，然後死掉了。

接著，我注意到其他的老鼠，牠們都在外面，沒有一隻逃跑。我越注意，就看到越多，鼓脹的小屍體在垃圾中四散，我差點踩到一隻。我低頭一瞧，發現老鼠皮底下有很多蛆蟲，不是剛死的，這隻老鼠一定死了一段時間。我往後退了幾步，撒腿就跑，以最快速度離開垃圾堆，氣喘吁吁跑了最後幾百碼路，來到營區門口。我衝進女營，腦子全是我所看到的東西，但進去後卻沒告訴任何人。因為，說真的，有什麼好說的呢？幾隻死老鼠？不值得一提吧？

但當我準備用餐時，我想到了牠們。我跟以前一樣很注意自己的外表，阿基里斯對我的頭髮和皮膚的癡迷並未讓我感到更安全，事實恰好相反。他的癡迷來得如此突然，我想也可以以同樣的速度轉變為厭惡。因此，我務必讓自己就是他要的，起碼在公開場合靠視覺確認他是——如他始終聲稱的——最偉大的希臘人。

用餐時，大廳好熱，連鼻子呼吸都覺得痛。體熱，燃燒的火把，甚至是烤牛肉的味道，都讓空氣渾濁。談話仍然是關於阿伽門農對待祭司的態度，沒有人喜歡，沒有人明白。為了一個女孩，這麼大一筆贖金，他竟然拒絕了？是瘋了嗎？我俯身為阿基里斯倒酒時，連他也在談論阿伽門農拒絕贖金一事。「他為何不收呢？世上最貪的就是他。」

「也許他愛她。」帕特羅克洛斯說。

「愛，該死的老頭子哪懂得愛是什麼。」

你懂嗎？我心想，然後繼續前進。

我開始把他們之中某些人看成獨立個體，大多數人還可以忍受，但有一兩個絕對不行。邁倫是個肥胖的中年人，一頭粗大的捲髮開始轉白，我猜他一定在某個階段打過仗，但現在不打了。他的工作是監督船隻保養，這是一個重要的位置，阿基里斯頻繁襲擊沿海城市，艦隊需要隨時可以出海。我注意到有的國王船上索具腐爛了——甚至有一次發現船身還有未修復的損傷——但你在阿基里斯的營裡看不到任何類似的東西，他的艦隊幾小時內就能準備好出海。邁倫一絲不苟履行職責，他是一個我不喜歡的人——我是說我個人不喜歡他——雖然最好的理由就是他對我投來的欣賞目光更大膽、更粗魯。當然，他什麼也沒說——也不敢說——但我在他一旁俯身時，他會盯著我的胸部，咂嘴弄舌，像是正在期待我倒的酒。

那天晚上，我給他倒酒——一如往常，我倒得很快，因為討厭太靠近他——退開時我注意到他身上的長衫，那是我為我父親織的。其實我在用轎子抬到新丈夫家的幾天前才織好，這是每個女孩必須經歷的旅程。這件衣衫背部刺繡不是特別好——我從來沒有說過自己在編織或縫紉方面有什麼了不起的手藝——但每一針都蘊含著愛。當然，這不是我第一次經歷認出舊物的衝擊，在我到達的第二天，我注意到大廳小桌上放著一張來自我丈夫宮殿的金盤，但這件衣裳與我有私人淵源。我低頭看著邁倫脖子上的肉褶，祈禱不由自主再度在我腦海中響起，好像那是在對我說的話。

鼠神，請聽我說！
銀弓之神，請聽我說！

箭從遠方射來的神，請聽我說！
瘟疫之神，請聽我說！

10

人人都熱得心煩意亂。不時有人在大廳爭吵，有一次吵著吵著就打起來了。帕特羅克洛斯平常勸和不勸打，總是拉開打架的雙方，這一次也動手打了一個，把另一個撞到牆上。之後是一陣陰沉的沉默，聚會沒有像往常那樣唱歌就結束了。

即便天黑後，天空依舊泛著淡淡的黃，彷彿往下蓋著軍營，像鍋蓋一樣把熱氣困在裡面。餐盤收拾好後，我獨自坐在壁櫥等人傳喚。艾菲思那天早上病了，胃不舒服，營裡很多人都這樣。異常安靜——沒有樂聲，也沒有隔壁房間的談話聲。過了一會兒，我厭倦關在又熱又悶的小房間，就走了出去，發現帕特羅克洛斯獨自坐在檐廊臺階。

我立刻想回屋裡，但他示意我坐到他的身旁。他說阿基里斯去游泳了，那語氣讓我轉過身去看著他。他微笑時，我看到他的眼白和牙齒閃著光芒，但除此之外，什麼也看不到。營裡幾乎一片漆黑，無月，無星子，到處是燒菜的火光，但無人願意在這樣高溫下坐在火邊。在遙遠的遠方，特洛伊的燈火在山上熠熠生輝，如同另一個世界忽隱忽現。

在一個溫暖的夜晚坐在戶外，應該是愉快的，但汗水刺痛每一處肌膚，沒有涼風讓你擺脫它。巨大的黑色昆蟲——不是蛾子，我不知道牠們是什麼——在我們面前飛來飛去，我不得不揮手將牠們驅走。垃圾堆的腐臭氣味擴散到營裡每一個角落——甚至可以嘗到味道。我羨慕阿基里斯跳到海裡，但我不可能跟著他到海邊，帕特羅克洛斯坐在這裡，我不能去。我有點好奇他為什麼不去，也許阿基里斯表達了想要獨處的願望，除了一次尖刻謾罵阿伽門農以外，他晚餐時異乎尋常地安靜。

我們繼續並排坐著，有一段時間彼此都沒有說話，畢竟我們——帕特羅克洛斯王子和阿基里斯的床伴（迄今為止我最好聽的名字）——彼此之間還能說些什麼呢？但隨後酷熱、寂靜和黑夜似乎把不可能變得伸手可及。我聽見自己說：「你為什麼總是對我這麼好？」

起初，我以為他不會回答，我逾越了一個奴隸的許可範圍。但接著他說：「因為我知道失去一切、被當作玩具交給阿基里斯是什麼滋味。」

他的坦白令我呼吸困難，但我同時心想：你怎麼可能懂？你，你有那麼多特權，有那麼大的權力，怎麼可能懂得我心裡的滋味？我提出了這個疑問嗎？我非常懷疑，但也許它在我們之間的空間中形成了。如果不是這樣，那就是他非常需要談談。

「我十歲時殺了一個男孩。」他說。「不是故意，他是我最要好的朋友，可是我們玩骰子時發生爭執，他說我作弊，我說我沒有，一件事接著另一件事，我最後動手打了他。他摔倒了，我以為只有這樣，吵架結束了——我已經打算走開了，他卻又跳起來，用頭撞我——撞斷了我的鼻子。」他舉手摸了摸撞扁的鼻梁。「我痛得無法思考，隨手抓起一塊石頭就朝他砸過去。我以為我只是打了他一下，我只記得我只打了一下，但情況不是那樣，因為還有其他男孩在場，他們說我繼續打他——那一定是真的，因為他的臉被打得稀爛。他們把我從他身上拉開時，他已經死了。嗯，當然是殺人罪，他的父親是個有權有勢的人，所以我被流放，送到阿基里斯的父親珀琉斯那裡，不是流放幾個月，而是永永遠遠。至於阿基里斯——」他直直盯著前方，沒有任何表情。「我想我從來沒有見過比他更可憐的男孩——唔，除了照鏡子的時候。他母親剛剛離他而去。」他猶豫了。「你知道她是海神？」

我點點頭。

「這段婚姻並不幸福。有一天，她起身走入大海，她以前也這麼做過，她常常這麼做，但這一次她沒有回來。阿基里斯不吃不喝，不和其他的孩子玩，我想他根本停止發育。很難相信，不過我認識他時，他非常弱小。珀琉斯無計可施，於是我派上了用場，因為我必須成為阿基里斯的朋友。」他笑了。「這對我倒也有好處。」

「怎麼說？」

「他讓我平靜下來。」

「珀琉斯？」

「不，是阿基里斯。沒錯，我知道很難相信，不是嗎？」

遠方傳來一陣歌聲，最後以笑聲結束。我沒有看見，但感覺他向我轉過身來。「你觀察我們每個人，對不對？」

我搖搖頭。

「有。」

知道有人注意到我的警惕，這種感覺很不舒服。

「我有時聽到你哭……」

「你無法控制自己，嗯，女人不能。我相信你從來沒有哭過。」

「曾經有一年每天晚上都哭。」

這句話說得很輕鬆，難以分辨他是不是認真的。我朝海灘點個頭。「游了好遠。」

「她可能在那裡。」

我一時不明白。「你是說他的母親？」

「對。」

「她還會來看他？」

「會哦。」

我又一次無法判斷佈的語氣，或許是悲痛？我想起沙灘上的阿基里斯，想起那種奇異地像是冒泡般的非人類語言，那個重複的單詞——我唯一聽得懂，或者我認為我能聽懂的單詞：媽媽，媽媽。

愛這樣一個人是什麼感覺？「你後悔嗎？」

「以阿基里斯的養兄弟身分長大嗎？完全不後悔，嗯，我顯然後悔殺了我的朋友，但是……沒有，他們對我很好。」他一動不動地坐了一兩分鐘，然後突然拍了拍膝蓋。「我想我不妨走過去看看他在做什麼。」

「你為什麼這麼擔心他？」

「習慣。」他站起來。「你也知道的，是不是，他……」

我等著他繼續往下說，但他只是微笑著轉過身去。

我想我現在可以走了，回女營去。但在那樣一番談話後，我無法平靜下來。我決定沿著通往海灘的小路走一小段路。我的心不停跳動，我不知道為什麼。我來到有條小溪蜿蜒流經卵石河床往大海而去的海灘，阿基里斯和帕特羅克洛斯在靠近高水位線的遠處，我離他們太遠，聽不見他們的交談，但從他們的手勢猜想他們可能在爭執。有一次，阿基里斯轉過身去，帕特羅克洛斯抓住他的胳膊，又把他扭了過來。他們面對面站了一會兒，沒有說話，然後阿基里斯走近，把頭靠在帕特羅克洛斯的前額上。他們維持這樣的姿勢半晌，不動也不說話。

我退回到暗處。我知道我在無意間發現一些過於隱私而不能讓人看到的東西，不管是當時還是後來，總有人相信阿基里斯與帕特羅克洛斯是戀人，他們的關係招來猜測，阿伽門農尤其無法罷休，不過奧德修斯幾乎和他一樣壞。也許他們是戀人，或者在某個階段曾是，但那天晚上我在海灘上看到的超越了性，也許甚至超越了愛。我當時不懂——現在也不確定自己懂——但我見識到它的力量。

11

次日早上，我穿過沙丘去找荷克米蒂時，有四十七隻死老鼠。我全都數過了。

酷熱依舊。一天晚上，男人從戰場上回來，臉色灰白，精疲力竭，隨時可能會擦槍走火，不過他們更常拿奴隸出氣，溫熱的洗澡水、食物和酒水都必須立刻備妥。我面無表情在桌邊服務，對他們都感到厭惡，我甚至避免看著帕特羅克洛斯，因為我為了喜歡上他而覺得羞愧。相反，我專心觀察那些像食槽裡的豬靠近盤子暴食的人。邁倫又穿上了我父親的衣服，他似乎越來越喜歡那件衣服。當我在他肩後俯身為他斟酒時，他蒼白的厚舌伸出來，舔了舔嘴唇，我大腦中開始一陣跳動：鼠神，請聽我說，銀弓之神，請聽我說……不知道那晚我是怎麼熬過來的，但我做到了。

第二天早上，當我經過垃圾堆時，死老鼠多到數不清。

——

我們知道軍營四處有老鼠，怎麼可能沒有呢？浪費了這麼多的肉和穀物，處處都是吃了一半的食物。夜晚，你聽到牠們在地板下沙沙作響，吱吱亂叫。在正常情況下，四處覓食的狗讓牠們大白天留在我們的視線以外，但現在不會了，而今牠們好像拋開所有恐懼，從營棚底下鑽出來，死在戶外，而且總是伴隨恐怖的吱吱叫，紅色血液最後如花朵乍然綻放。狗不敢相信自己的運氣，那麼多的老鼠，不用捕捉……只是多到吃不完。很快，每條路都布滿黑色小屍體，走在路上的人把牠們踢到營棚下，牠們在那裡膨脹，發出惡臭。

邁倫對此深惡痛絕，他不只負責船艦保養，還負責維護營區。每一隻死在戶外的老鼠，都是死在他的某條小路上，或者——更糟的是——死在他的某處檐廊上。當然，他有一整隊的人馬負責清理老鼠，但有趣的是，他經常親自撿起死老鼠，像是無法忍受再看到牠們一眼。他每一次都把牠們丟進隨身攜帶的粗布袋，然後一絲不苟往我父親的長衫擦拭手指，接著手背往上唇一抹。

不久，狗和騾也開始死掉。與老鼠不同的是，牠們無法直接堆到看不見的地方任由腐爛；牠們必須燒掉。於是，大火開始了。大約在此時，你會注意到男人以眼角餘光飛快互瞥一眼，但什麼話也沒說。晚餐時的笑聲也許聽起來有點勉強，但隨著酒盞端來端去，大夥也就放鬆下來。天哪，他們真能喝！每晚都東倒西歪離開餐桌，滿臉通紅，自吹自擂，充滿恐懼……喝得比誰都少的阿基里斯把目光從一張臉上移到另一張臉上，警惕打量著周圍的氣氛。

一天晚上，我把酒倒入邁倫的杯子裡。因為我討厭他咂嘴的樣子，討厭他小心翼翼裝作漫不經心把手臂掃過我的胸脯，所以總是用最快速度給他倒酒——而且不能靠得太近。這一次，我距離判斷錯誤，一些酒灑到桌上。這其實不該有什麼大不了，看看桌子上下，不會只看到一灘灑出來的酒。但邁倫大為光火，氣得額頭都浮出了青筋；他就是一個會為瑣事煩惱到荒唐地步的人。酒一潑出，他就站起來用布擦身子，嘴裡喃喃自語。他正要再坐下來時，一個動靜引起他的注意。我就站在他身後，所以能夠順著他凝視的方向望去——一隻老鼠在兩張長桌之間的地板上竄動。

到目前為止，還沒有其他人看到牠，但隨後牠開始東倒西歪，發出可怕的尖銳叫聲，最後側倒在地，還吐出血。這時幾個人轉身瞧，餐桌一片寂靜，大夥一個接一個停止吃東西，拉長脖子想看看發生了什麼事。一隻死老鼠？喲，一隻死老鼠破壞不了大吃大喝的樂趣。邁倫踉踉蹌蹌站起來時，他們已經轉回去繼續吃盤子裡的食物。邁倫站在那兒盯著我看。「你。」他說。「就是你。」

顯然，死老鼠和灑出來的酒都是我的責任，他就是無法忍受。老鼠有半截藏在燈心草中，但那不是重點：他就是知道牠在屋裡，他不停朝屋子另一頭阿基里斯和帕特羅克洛斯的小桌看去。阿基里斯看起來沒有注意到老鼠，但可能隨時會注意到，而邁倫無法容忍那種事發生。他露出嫌惡的怪表情，走了幾步，抓住死老鼠的尾巴，把牠帶到大廳門口扔出去。當他走回座位時，有些人開始敲桌子：他為什麼生來如此完美？……邁倫滿頭大汗，在我父親的衣衫邊上擦了擦手，男人繼續朗聲唱著那首歌，在他坐下時發出最後一聲冷嘲的歡呼。

我快步向前走，離他越遠越好。那天一如往常結束，聽阿基里斯彈奏七弦琴，夜裡躺在他的床上，他壓在我的身上，當他咬我的乳房、扯我的頭髮，我咬緊牙關。之後，在黑暗中，我閉上眼祈禱：銀弓之神，箭從遠方射來的神，替你的老鼠報仇……

翌日一早，我走到檐廊，踩到了一樣柔軟的東西。哦，我想，是一隻老鼠吧。可我低頭一看，好多好多的老鼠，起碼有十或十二隻。我不知道是什麼力量將牠們趕出原本黑暗狹小的空間，在露天死去。

那不是我那天唯一看到的老鼠。我看到邁倫一群手下在海灘踢著一隻大老鼠，鼠屍讓船隻之間狹窄的空間變成黑色。邁倫在小路上巡邏了一整天，把長矛盡量往營棚下方深處戳去，女奴儘量避開他。不知怎的，儘管有這樣的入侵，軍營——尤其是阿基里斯的營棚——還是必須保持潔淨，桌子擦乾淨，新鮮的燈心草收集起來鋪在大廳地板，然後準備洗澡水，烹煮食物——一切在一個似乎徹底心煩意亂的人的監督下進行。我從未見過有人這麼賣力工作，卻又流露出如此絕望的神情。然而，儘管他竭盡全力，老鼠還是贏了。阿基里斯扯著胸甲上的帶釦闊步走在檐廊時，給一隻死老鼠絆了一跤，他厭惡地叫了一聲，將牠踢到院子很遠的地方。那一刻，邁倫臉上的表情可以融化任何一顆沒有我這麼冷酷的心。

晚餐時，大家剛一坐下，邁倫就自己站起來把門鎖上，這麼熱的天氣，鎖門是一件非比尋常的事，但沒有人反對。我想大家都看出他失控了。我像往常一樣端著酒走來走去，但我請艾菲思服務邁倫那一頭的桌子。每倒完一杯酒，我就挺直身子遠望著他。他的目光來回巡視，顯然覺得自己門關得不夠快，老鼠進來了，正在四處亂竄。牠們進來了嗎？我覺得聽到了什麼，但可能是我自己的腳在燈心草上來回走動發出的沙沙聲。邁倫朝暗處瞥了一眼，似乎盯著一個特定的地方。我心想：他能看見牠們，但當我順著他的目光方向看過去，那裡什麼也沒有。

吃了十分鐘後，邁倫已經大汗涔涔，開始猛抓喉嚨和腋窩。其他人嘲笑他。「有跳蚤，邁倫？」這是玩笑，誰沒有跳蚤，整個軍營都是跳蚤。但邁倫沒有心情開玩笑，起身就朝門口走去。一個男人以為他生氣了，在他身後喊道：「喲，坐下，邁倫，看在他媽的份上，來，喝一杯！」

我想邁倫沒有聽見，他用力撕扯自己的喉嚨和腋窩，甚至一隻手伸進長衫裡，開始抓撓鼠蹊處。有一兩個人開始露出不安的神色，顯然出了什麼問題。「你沒事吧？」有人問。

邁倫癱倒在牆上。「看那些放肆的小混蛋。」他不停地說。「看看牠們。」

坐在桌子另一端的人都靜了下來，探身向前想看看發生了什麼事。

「看看牠們，看啊！」

一些人轉過身，也許期待看到特洛伊戰士破門而入。我知道他指的是老鼠，但沒有老鼠。

這時阿基里斯站起來了。邁倫離開牆壁，開始笨拙追趕著只有他看得見的東西，可是不過走了五六步，就一頭栽在地上——膝蓋沒有彎曲，也沒有優美的滑行——而是砰地像棵樹一般倒下來。片刻沉默。接著，帕特羅克洛斯跪到他身邊，把他翻過來仰躺，又對著每個人大喊，要大家退開。「讓他透透氣。」

人群散開讓阿基里斯通過，他也跪了下來，用手指按住邁倫肥厚的下巴肉。「摸摸看。」他低聲對帕特羅克洛斯說。

帕特羅克洛斯把手放在邁倫的脖子上，點了點頭。「硬。」

阿基里斯把手伸入邁倫的前襟，摸了摸他的腋窩，然後看著帕特羅克洛斯搖頭，動作小得幾乎無法察覺。「最好把他帶回營棚。」

抬邁倫動用了四個人，還有一個人托著他的頭。他們搖搖晃晃從我身邊走過時，我留意到一種氣味，就像百合花放著爛掉時花瓶水的味道。阿基里斯走到門口，看著小隊伍穿過院子。另一方面，帕特羅克洛斯在桌子之間走動，安撫男人，告訴他們，對，邁倫病了，但是他會得到妥善的照顧……沒有什麼好擔心，他們都知道邁倫體壯如牛，這點小病痛無法打倒他，他馬上就會康復，回來騷擾大家。

帕特羅克洛斯甚至從一個女孩手裡接過一隻壺，開始往男人杯子裡倒酒，敦促他們為邁倫的健康乾一杯。屋內每隻眼睛都跟著他移動，談話和笑聲漸漸又開始了。

12

隔日一早，我給邁倫送一帖阿基里斯親自調製的止痛藥。前一天晚上，我看著他磨草藥碾樹根，繞著阿基里斯發展出來的其中一個傳說是，他具有神奇的治癒能力。他是否真有這種能力，我不知道，這帖藥自然治不好邁倫，不過說句公道話，確實減輕了痛苦。

我發現邁倫躺在醫院，人倚在枕頭上，頭髮亂蓬蓬，滿身是汗，仍在抓撓脖子、腋窩和鼠蹊處。他的皮膚摸起來很燙，腫脹的地方已經開始發臭，我咬緊牙關勉強去摸他的脖子時，他抓住我的手腕，想把我往下拉到床上，於是我知道他已神志不清了。他一直盯著黑影，嘟囔著老鼠的事，雖然一隻老鼠也看不見。在他的精神錯亂中，偶爾也有清醒的時刻，其中一回我問他有沒有舒服點。

「我沒病。」他急躁地說。「只是那些該死的老鼠，我讓牠咬到了。」

「今天早上少了很多。」

本來只是為了安慰他，但是我說出這句話以後才意識到這是真的。他臉龐微微一亮，喝完那一帖聞起來很苦的黑色藥水。離去前，我答應再給他拿一杯，藥似乎確實對他有幫助，不過我懷疑主要是因為他知道來自阿基里斯。到了門口，我回頭看了看，他似乎舒服多了，甚至躺下來，拉起床單蓋住胸前一團的黑毛。

幾個小時後，我又給他拿來一帖，但驚見他的病情惡化了。他從被褥摔下來，半躺在床上，半躺在地板上，外衣捲到腰間。我看到他鼠蹊處的腫脹從濃密的黑毛中突起，好像一個可怕又過熟的無花果。他吐得胸口脖子都是粘稠的黏液和膽汁，我注意到裡面沒有固體，不過他那天什麼也沒吃，前一天也沒吃多少。他一隻手放在鼠蹊處，另一隻手抓著脖子——我摸他的皮膚時，皮膚好燙，我不由自主把手縮回來。他喃喃自語，我以為是老鼠的事，但後來我聽到「火」，他好像是在說「著火了」，但喉嚨堵得太厲害，說不出話來。我把杯子遞給他，但他顯然拿不住，於是我彎下腰把一些深棕色汁液滴到他嘴裡。他幾乎立刻就吐了。我試著餵他水，結果水也吐了出來，不過他起碼可以漱漱口，潤潤嘴唇。他像在燃燒一樣。

儘管如此虛弱，當阿基里斯走進房間時，他還是掙扎坐起來，而且幾乎是挺直坐好，拉長脖子，好像要離開他身體所變成的那團發汗發臭的腫塊。「對不起。」他不停地說。「我很抱歉。」

「不用。」阿基里斯說。「老鼠沒了。」

幾分鐘後，阿基里斯離開了，毫無疑問，他在晚餐前要去海邊游泳。門在他身後砰一聲關上，一股較為清新的空氣吹來，但我的皮膚才剛感覺到，那股氣流就不見了。我繼續留在那裡，設法再灌點藥汁到邁倫嘴裡。他的眼睛已經闔上，不久後沉沉睡去，我才能夠離開醫院，回到船長開始聚集的大廳。我從邊櫃拿出一只壺，準備開始巡迴倒酒，一如往常準備從阿基里斯開始。這時，帕特羅克洛斯從我手中接過壺，叫我去起居室休息一下。

那天晚上，我又去看邁倫，真的覺得他病情轉好——人看起來多了點生氣，說話也條理清晰了——但到了隔日上午，他又惡化了，非常嚴重，在汗濕的床單上翻來覆去，不停喃喃自語，只是他說的話毫無意義。我叫了幾個女人來，我們給他洗澡，一個女孩轉過身去嘔吐，因為她受不了臭味。

阿基里斯剛從戰場上回來，還穿戴著全副盔甲就進來了。他一進門就停下腳步，顯然非常震驚。邁倫的唇上結著白色硬殼，就像有時在倒下來的樹木上會看到的真菌，他想說話，但嘴角都裂了。幾分鐘後，帕特羅克洛斯走進來，隔著床看著阿基里斯，阿基里斯搖了搖頭。

「我留下來陪他。」帕特羅克洛斯說。

「不用，你不用留。」阿基里斯說。「你需要吃點東西。」

「你也是，走吧，快滾，我留下來。」

但阿基里斯在床尾坐下，用手掌按住邁倫的腳底。在我看來，對一個幾乎毫無可取之處的人，這是一個奇怪的溫柔手勢，不過阿基里斯顯然知道他的另一面，他們畢竟是同袍。

「去弄點水來，好嗎？」阿基里斯問。

這話似乎是對我說的，所以我到門邊的大缸舀了一壺乾淨的水。阿基里斯從我手中接過，想灌些到邁倫的嘴裡。邁倫咕噥著：「老鼠，老鼠……」接著似乎暫時認出了阿基里斯，「對不起。」

「不是你的錯。」

但邁倫已經無法在乎是誰的錯。結局來得如此之快，我想我們都吃了一驚，我們等待著下一口氣，它沒有來，所以阿基里斯探了探邁倫脖子上的脈搏，手指左右移動了一下……「沒有，結束了。」他闔上邁倫的眼皮，站在那裡深深呼吸了幾下，然後轉向帕特羅克洛斯。「最好盡快燒了他……他的東西也全燒掉。」

「這麼做有點晚了。」

「我知道——不然我們還能怎麼做呢？」

——

根據長年的傳統，裝殮是女人的工作——在希臘和在特洛伊都是如此。男人把邁倫的屍體抬到洗衣房，搬到一塊石板上就離開，留下女人做剩下的事。

由於邁倫是阿基里斯的親戚，我知道我必須在場。於是我從房間角落的大缸裝了一桶水，在水上撒了幾種香草——迷迭香、鼠尾草、牛至和百里香——開始工作。三名洗衣婦也把水桶裝滿，提到板子前，赤腳啪噠啪噠踩在木地板上。洗衣婦大多身材笨重，行動遲緩，腳寬得不像話。她們臉龐蒼白潮濕，毛孔粗大，由於長時間泡水，指尖上的皮膚永遠有皺褶。我看過她們站在洗衣房外面的水溝，把裙纏在腰間，踩在及膝的尿水中，一小時又一小時地踩著衣服。乾涸的血不易洗掉，尿液是極少數能清除血跡的東西之一。因此，這些女人的腿總是發臭，我聞得到那股氣味，只是懷疑她們自己早已聞不到彼此的氣味。

這些女人對邁倫沒有好感，邁倫老把她們逼得很緊，而且性剝削她們，但該做的工作還是要做。我們將他身上汗漬斑斑的衣服扒下，一個女人對他鼠蹊處脹裂的癰腫表示厭惡。「可憐蟲。」她從某個角度來說，這是一個簡單的地方：有人海、海灘、沙丘、灌木叢林，然後是一路延伸到特洛伊城牆下的戰場。這是我所能看到的，但當然我們——女性俘虜——不能離開軍營。五萬名戰士和侍候他們的奴隸擠在這一片狹長的土地上。營棚狹小，營棚之間的小路很窄，所有東西都狹隘擁擠，然而，那個空間似乎無邊無際，因為軍營就是我們全部的世界。

時間也玩著奇怪的把戲：延伸，縮短，以比日常生活更生動的記憶形式鑽回來。某些時刻——比如我盯著那塊石頭的那幾分鐘——延伸，感覺彷彿數年之久，緊接著卻是在震驚與悲傷的陰霾中度過的一整日，在那些日子裡發生過的任何一件事，我都無法告訴你。

然而，漸漸地，生活也出現了固定的作息。我唯一真正的職責是在晚宴侍候阿基里斯和他的船長們，所以我每晚都出現在大眾眼前——甚至不戴面紗——這使我覺得驚愕，因為我習慣過著與世隔絕的生活，遠離男人的目光。起初我不明白他為什麼要我去，後來想起來了，我是他的榮譽獎品，是他一日殺死六十個人的獎賞，他自然想在客人面前炫耀我。沒有人會把贏來的獎盃藏在櫃子後面，你要把它放在顯眼的位置，別人才會嫉妒你。

我討厭晚餐時侍酒，不過阿基里斯當然不管我是否討厭。說也奇怪，我很快也就不以為意，這是自由的人永遠無法理解的一點，奴隸不是一個被當成東西對待的人，奴隸就是一個東西，她對自己的評價與他人對她的評價一樣高。

所以，總之我就是在那裡，在長板桌之間走動，往男人的杯裡倒酒——而且含笑，永遠含著笑容。每雙眼睛都盯著我，不過當我俯身靠近他們的肩膀時，沒有人會偷摸一把，也沒有人會低聲說猥說著向後退了一步。

但另一個女人咕噥道：「畜生，活該。」

我正在擰一塊布，準備開始清洗屍體，這時門開了，阿基里斯走進來，後面緊跟著帕特羅克洛斯。阿基里斯的主要扈從阿爾西穆斯和奧特米登跟在他們身後，也擠進了狹窄的空間。女人待在原地不動，所以最後阿基里斯和他的人站在石板一側，另一側則是一排沉默的八字腳女人。

我向前走了一步，隔著屍體面對阿基里斯。「我們不會太久的。」我說。我怎麼也想不通他來這裡幹什麼。

他點了點頭，但沒有要離開的意思。帕特羅克洛斯清了清嗓子。「我們帶了些衣服給他穿。」他把它們從潮濕的大理石上推過來。「哦，還有眼睛要用的錢幣。」

阿基里斯直視著我。沒有人動，也沒有人說話，我想在那個時候，他看到了我們，儘管很短暫，但他看到了真實的我們，不只是女人，不只是奴隸，而且還是特洛伊人。敵人。他這樣看我們，滿足我內心那個野蠻而又不滿的我。他竟然那樣看我。最後，在最後一次犀利的凝視後，他轉身闊步走出房間，其他人也跟了上去。

我知道他在想什麼：邁倫交給我們很安全。如果對世俗懲罰的恐懼不能使我們尊重他的身體，那麼對神的服從一定能，畢竟女人以對神的虔誠而聞名。

我們一直等到他們身後的門關上。然後，一個女人用拇指和食指捏起邁倫可憐軟趴趴的陰莖，對著我們其他人搖了搖。女人開始又叫又笑，但立即又捂住嘴，想要自己安靜下來。然而，什麼也無法控制住笑聲和音量逐漸高漲，笑聲最後變成歇斯底里的呼喊，在小屋外面一定聽得清清楚楚。那個晃著邁倫陰莖的女人一邊喘氣，一邊尖叫，他們走遠時一定聽到了我們的聲音，阿基里斯一定也聽到了，但沒有人回頭問到底發生了什麼。就這樣，只剩下我們和死人在一起。

13

邁倫是阿基里斯的親戚，所以得以厚葬。腐爛的屍首塗了油，散發著香氣，穿著我父親的長衫抬到火葬堆，適當的祭品、頌歌、儀式與祈禱，一樣都沒有少。在點燃火種前，祭司向眾神奠酒，可當戰士開始散去時，談的都是其他病倒的人——其中五個在邁倫死的那天染病。

不久，阿波羅的箭射得又密又快。醫院人滿為患，他們在汗濕的被褥上翻來覆去。少數有膽探望朋友的人帶著插了迷迭香和月桂樹枝的檸檬，但什麼也擋不住有毒煙霧進入肺部。這不是咳嗽瘟疫，所以一些生病的人活了下來，但很多人沒有。第一週結束時，太多男人死了，所以葬禮不再是紀念死者的莊嚴儀式，屍體反而是在黑暗的掩護下，運送到海灘一個無人的角落，盡快低調處理。從特洛伊城可以看到焚屍的景象，沒有人想讓特洛伊人知道多少希臘人正在死去，所以通常一個火堆會扔上五六具屍體，這些屍體在翌日早上變成一團清晰可辨的燒焦殘骸。有時，替死去同袍送葬的人會大聲唱歌，以劍擊盾，假裝要去赴宴。在幾起最嚴重的事件中，哀悼者爭著給死去的友人在火葬堆找到一個位置，結果最後打了起來。

晚餐時，歌聲和敲桌聲仍舊繼續，只是長凳出現空隙，喝再多烈酒也不能讓男人忘記。阿基里斯也在桌間走來走去，談笑風生，手中總是拿著一杯酒，不過他只是潤潤嘴唇。我繼續做我一直在做的事：微笑斟酒，斟酒微笑，直到想吐為止。我認為我察覺到了氣氛的微妙變化——從男人看著服侍他們的女人的眼神中察覺出來。想出原因的人是艾菲思，「因為我們沒死。」她說。嚴格來說，這不是事實；有幾個營妓死了，她們爬到小屋下，和狗一塊死去。但有一點她是對的：我們的死亡人數與希臘戰士的死亡人數相去甚遠，而且幾乎沒什麼人注意到也有少數幾個女人死了。畢竟，在這麼多吱吱叫的老鼠中，誰會注意到幾隻死掉的小老鼠呢？

在這段時間，我有什麼感覺？這個嘛，照料病患讓我疲憊得失去了感覺，不過這個答案是迴避問題。是的，是的，偶爾看著一個年輕人死去，我會想起我為復仇所做的祈禱。我後悔那些祈禱嗎？不後悔，我的城邦處於戰爭之中，我的家人慘遭殺害——別忘了，這不是我們自己選擇的戰爭。所以，不，我不後悔。不過，另一方面，我確實為如此多年輕生命平白消逝感到痛心，但從不覺得有必要對他們的死負責。是，我祈禱要復仇，但還沒有自負到相信我的祈禱對神有任何影響力。阿波羅蒙受侮辱，他施展一場可怕的報復，他有仇必報是眾所周知的。

第九天，阿基里斯和帕特羅克洛斯結束一場格外痛苦的火葬後回來，頭髮衣服都散發著木柴和脂肪燃燒的味道。阿基里斯嚷著再拿酒來，要更烈的酒。我跑去拿，當我回來時，帕特羅克洛斯頹坐在椅子上，兩手垂在雙膝中間。把他們的兩只杯子都斟滿後，我開始有點放鬆下來，但阿基里斯跳了起來，開始來回踱步。「他為什麼不召集大會呢？他在做什麼？」

帕特羅克洛斯聳聳肩。「或許他認為這還不足以構成危機。」

「所以還得要發生什麼呢？也許他的人都沒有死？」

「有人死了，醫院滿了，我問過了。」

「我們不如收拾收拾回家吧。」阿基里斯撲通坐到椅子上，接著立刻又跳了起來。「好吧，他不召集大會，我來召集。」

帕特羅克洛斯把酒杯裡的酒晃了晃幾下，端到嘴邊喝下。

阿基里斯低頭看著他。「什麼事？什麼事？」

「他沒有召集大會。」

「沒有——我們都知道為什麼沒有，他不希望有人告訴他必須把女孩還回去。」

「也許他不明白其中的關聯。」

「那麼只有他不明白，侮辱阿波羅的祭司，就是侮辱阿波羅。」

「要說服他並不容易。」

「好吧，我相信我們可以找到一個先知，把其他人都知道的事情告訴他。」

決定了。對某些人來說，事情可能就這樣結束了，但阿基里斯不是。他一面咆哮，一面揮舞拳頭，口沫四濺，把自己弄得近乎瘋狂。阿伽門農他媽的丟臉死了，堂堂一個國王，對他下面的人毫不關心，貪求無度，不知滿足，懦弱窩囊，還抓著那個女孩不放……一隻只會聞女人陰部的狗也沒那麼笨。有時，你會看到一個蹣跚學步的孩子，氣得臉色發紫，尖聲喊叫，直到喘不過氣來——但你知道，一個巴掌就能把他打醒。阿基里斯的憤怒就是這樣，可是誰會去給阿基里斯一巴掌呢？

最後，謾罵似乎要結束了。等到抨擊明顯停止後，帕特羅克洛斯在椅子上挪動了一下身子，在那之前，他不動也不說話，只是一直盯著爐火。從遠處看，他似乎很放鬆，靠近一瞧，你會看到他下巴有一塊肌肉在跳動。

短暫沉默後，阿基里斯伸手拿起他的斗篷。「我想我要去散散步。」他似乎是第一次注意到我。「今晚我不需要你。」他經過帕特羅克洛斯的椅子時，輕輕拍了他的肩膀，幾秒鐘後，他身後的門砰地關上了。

我起身要走，帕特羅克洛斯聽到動靜。「啊，哎呀，坐吧！喝點酒，你看上去累壞了。」

「謝謝。」

我們現在相處很自然，好幾個小時一塊磨草藥——觀察阿基里斯，時刻警惕他的情緒變化——最後建立起一種關係。我開始信任他，因此不得不努力回想他也參與了攻陷洗劫呂耳涅索斯的行動。

這時，他站起來，重新斟滿杯子，遞給我一杯。

「你會熬夜等他回來嗎？」我問。

「希望如此，我一般都會這麼做。」

我不能告訴你為什麼帕特羅克洛斯害怕阿基里斯去見他母親的那些夜晚，只知道他會害怕。火將燒盡，他又扔了一根木頭到火裡，木頭冒了一會兒的煙才開始燃燒。一片寂靜，只聽見一隻狗在抓撓自己的脖子。再遠一點的地方，隱隱約約傳來海浪拍擊海岸的潺潺聲。異乎尋常的寂靜繼續，即使漲潮，海水也幾乎沒有侵佔陸地。我望著牆，感受牆外那無邊無際的天與海，感覺熾熱的黑暗壓了進來，心想這一切是多麼容易就會被沖走——建得這麼穩固的這間小屋，一塊坐在火邊的這對男女。

「我聽過一次。」我說。「他和她說話，我聽不懂他在說什麼。」我等了一下，他沒說什麼，我說：「她會回話嗎？」

「哦，會啊。」

「他們很親？」

「很難說，她在他七歲時就離開了。」一陣沉默。「據說她現在看起來比他還要年輕。」

我字斟句酌。「離開一個這麼小的孩子肯定很難吧。」

「也許，我不知道。問題是，她討厭那段婚姻，那不是她的選擇，沒有人問過她……我想她認為一切都有點討厭，這一點也遺傳給孩子。」他瞥了我一眼。「嗯，你一定注意到了吧？某種……厭惡。」

我注意到了，而且不只一點。但我小心翼翼，不大想繼續這個話題，我認為他說多了，日後也許會懊悔。

他面露微笑。「你讓他想起了她。」

「我讓他想起了他的母親？」

「你應該覺得受寵若驚，她是一位女神。」

「我盡量。」

他還在微笑。不知怎的，當他笑時，斷了的鼻骨看起來更明顯，每當他照鏡子，一定會想起他一生中最糟的那一天。

「你知道我能要他娶你嗎？」

我搖搖頭。「男人不會和他們的奴隸結婚。」

「這種事大家都聽說過。」

「他可以娶一個國王的女兒。」

「他可以——但也沒必要。母親是女神，父親是國王，他可以隨心所欲。」一聲嘆息——我聽見了，他忍住了。「我們大家可以一起航行回家。」

我好想說：你們燒了我的家。

那天晚上在女營，我躺在艾菲思旁邊的草褥上回想他說的話。男人不會和他們的奴隸結婚——哦，我想他們偶爾還是會的，如果她生了一個兒子，而且沒有合法的繼承人——但這種情況常發生嗎？不，太荒謬了。但我之後想起阿基里斯在海灘上靠著帕特羅克洛斯的瞬間，我知道他沒有誇大自己的影響力。

你真的會嫁給那個殺了你兄弟的人嗎？

啊，首先，我沒有選擇的餘地。但是，是，有可能。是的，我是一個奴隸，一個奴隸願意做任何事，任何任何的事，讓自己不再是一個東西，再次成為一個人。

我實在不明白你怎麼能那樣做。

嗯，你當然不會明白，你從來沒有當過奴隸。

14

拂曉後不久，阿基里斯派遣他的傳令官前往軍營各區。當然，他也可以站上他的船尾，簡單大聲傳送口信就行。阿基里斯喊一聲，整個軍隊上上下下都會聽到。但如同所有的領袖，他嚴格奉守正規的禮節，領袖對任何不承認他們崇高地位的行徑都很敏感，彼此的會面通常非常講究禮數。

我上半天待在醫院，往垂死病人的嘴裡灌止痛藥。我在那裡時，來了三個新病人，其中一個病入膏肓，朋友只好用擔架把他抬進來。他們把他往地板一扔，立即拉起戰袍，掩嘴走了。我盡力照料他後，回到大廳，阿爾西穆斯和奧特米登正與一群阿基里斯的親密戰友坐在一起，一壺酒傳來傳去，人人都在談論集會，談論阿基里斯打算怎麼要求——不是請求，而是要求——把克里塞伊絲那個女孩還給她的父親。「這次他拿不到她的贖金了。」某個人顯然很滿意地說，許多人紛紛表示同意。「如果他最終沒有付出代價就把她弄走，可真是太幸運了。」

到下午三點左右，路上擠滿要去競技場的人。我正要出發時，一個小女孩向我跑來，帶著重要任務的她氣喘吁吁，急切而含糊地說：「荷克米蒂說，『你能去內斯特國王的屋子嗎』？」不待我回答，她就抓住我的手，拉著我沿著通往內斯特營區的小路走去。

我們到達時，內斯特、他的兒子安提洛科斯與他們的大臣已經去參加集會了。荷克米蒂提著一壺酒到門口歡迎我，我跨進門檻看到克里塞伊絲，她臉色蒼白，渾身發抖。一直想讓她吃點東西的烏薩，在我進門時抬起頭來搖了搖。我徑直走過去，摸了摸克里塞伊絲的額頭——在那段日子，如果有人看上去病了，你首先想到的是瘟疫。她的皮膚濕濕的，不過摸起來沒燒。我也很高興看到她身上沒有新傷。

內斯特的營棚離競技場很近，站在檐廊上，我們就可以清楚看到神像和國王們的座椅。群聚的人群響起一陣嘈雜的談話聲，而每當有國王由傳令官開路，在謀臣簇擁下就座，大家就畢恭畢敬靜了下來。國王圍成一個巨大的半圓形坐著，面朝阿伽門農那張置於宙斯雕像下方的空椅，阿伽門農的權威歸根究柢是得自於宙斯。太陽半掩在紗布般的薄霧後方，自瘟疫爆發以來，天天都是如此，彩繪的神像在沙灘上幾乎沒有留下影子。

鼓聲與軍號響起，阿伽門農走了進來，他是最後一個到的國王。他坐在王座般的椅子上，阿基里斯坐在他的正對面，表面上很自在——雙手在膝上輕輕握著——但即使隔著一段距離，我也能感覺到這個人飽受折磨壓抑的精力。他對帕特羅克洛斯說了個笑話，放聲大笑，或者假裝笑著。但他突然停下來，轉頭看著最後一批落後的人魚貫進入競技場後方。他外表平靜，內心怒氣沸騰，他站起來時暴露出他的緊張，因為他把全部重量壓在腳掌前側，像一個人預備不戰鬥就逃跑時的樣子——只是我不認為阿基里斯的腦海中會經常閃過逃跑。競技場上的每一隻眼睛都盯著他，雖然他只對阿伽門農說話。

「好吧。」他開口說話了。「一邊是特洛伊人，一邊是瘟疫，我們兩邊都敵不過，不如回家吧。」

一個犬似的露齒笑容。「這是事實，不是嗎？」

阿伽門農沒有應答。

「或者……」阿基里斯舉起手，平息了猜度的低語。「我們可以設法找出這一切發生的原因，一定有個人、一個先知能夠告訴我們，我們究竟做了什麼得罪了阿波羅，因為顯然是阿波羅送來了瘟疫。如果我們知道我們做了什麼——或者沒有做什麼——我們可以糾正過來。」

他坐了下來。前方隊伍先是一陣混亂，局面平息下來後，只見卡爾庫斯站起來，神色十分倉皇。卡爾庫斯平日就不討人喜愛：臉龐蒼白無血色，脖子特別長，喉頭十分突出，可以投射出清晰的影子。當他想說話時，喉頭斷斷續續抽動，當他終於順利把話說出來，聲音卻已嘶啞了。他要說的好像是，假如他的預言涉及了一個人，一個權力極大的人，阿基里斯會保護他嗎？

阿基里斯微微起身。「說吧，告訴我們，只要我活著一天，就沒人會傷害你。」他停頓了一下，不過還是忍不住。「即使你指的是自稱最偉大的希臘人阿伽門農。」

來了——在諸神和眾人的注視下，向阿伽門農的權威拋出挑戰，而阿伽門農麾下成千上萬的戰士在一旁看著。

卡爾庫斯接著「預言」了很久，說出人群中每個人已經都知道的事。阿波羅送來瘟疫，懲罰阿伽門農侮辱他的祭司，如今阿伽門農要讓神息怒只有一個辦法，就是將那女孩還給她的父親，外加獻祭一百頭公牛。還有，贖金顯然是沒有了——

卡爾庫斯還未說完，阿伽門農就用手指指著他。可憐悲慘的窩囊廢，只會哀嚎，什麼時候預言過什麼好事？現在他又來了，大聲喊叫——絕非形容卡爾庫斯結結巴巴說話風格的貼切描述——說阿伽門農要為瘟疫負責，因為他拒絕把克里塞伊絲那女孩送回到她父親那裡。「這確實是真的。」他說。「我不想失去她。」

在我身後的屋裡，我聽見克里塞伊絲絕望地說：「喏，你們看到了吧？」

「坦白說，我喜歡她勝過我的妻子。在織布機前，她的手藝一點也不比別人差，在其他方面，她又比別人強多了：身高、美貌——體格。」這時，一陣頑皮的同情漣漪在人群中蕩漾開來。「當然，身為統帥，我承擔全部責任；我不想看到自己的人死去……所以，好，當然好，我把她送回去。」

荷克米蒂發出歡呼。我轉過身，以為會看到克里塞伊絲變了模樣，但她的臉色比之前更蒼白。

「他不是認真的。」她緊握雙拳，聲音低微但激烈。「這是一個詭計。」

「咦，我想他是認真的。」荷克米蒂說。

烏薩雙手一攤，看看這張臉，又看看另一張臉。「難道我是這裡唯一有一點兒頭腦的人嗎？他喜歡她勝過他的妻子！她該要求他讓她留下來。」

「閉嘴，烏薩。」我說。「別鬧了。」

「噢，抱歉我多話了。」

我回頭看著競技場。阿伽門農還在說話，只是人群的歡呼淹沒了他的話，當喧鬧終於平息下來時，他說：「但這麼做恐怕少不了一點麻煩，我沒了獎品，其他人都保留著他們的獎品，而我什麼都沒有，我要一個代替品。」

阿基里斯站起來。「那我們應該去哪裡幫你找呢？有誰知道還有尚未分配的寶藏嗎？我是不知道，我們從呂耳涅索斯得到的所有東西，幾週前全分了，你只能等我們拿下特洛伊。」

「不行，阿基里斯，你不行那樣對我，我不要什麼都沒有——你不給我獎品，好吧，我就拿一個，也許就拿你的獎品吧，奧德修斯？」

烏薩往空中一揮拳。「好耶！」她也不裝模作樣。我喜歡烏薩，但只要她過得舒舒服服的，她毫不在乎誰的老二靠近她，而作為阿伽門農的獎品……沒有比這更舒服的了。

不過阿伽門農已經換了對象，指著在他面前排成半圓形的國王們。「或者你的。」他說。「或者你的。」這通通是裝模作樣，他的眼睛早早盯上一個人，他的手指隨即跟著一指。「或者你的，阿基里斯。」

在那荒誕的一刻，我以為搞錯了，我是阿基里斯的獎品，他不可能是指我。我不敢看別的女人，只是目不轉睛站在那裡望著競技場。

「但那是以後的事。」阿伽門農說。「首先，我必須把克里塞伊絲送回她父親身邊，說服他利用他對阿波羅的影響力解除詛咒。好了，我可以把這個棘手任務託付給誰呢？無論走到哪裡都受人尊敬的克里特島國王伊多梅尼歐？還是以智慧著稱的內斯特大王？也許是機靈雄辯、談判技巧又高超的奧德修斯？還是你，阿基里斯——世上最殘暴的人？」

他們的侮辱，他們不斷的爭權奪力，我都不感興趣，我只想知道我會發生什麼事。

荷克米蒂把手放在我的胳膊上。「別擔心。」她低聲說。「他不會這麼做的。」

我搖搖頭。

在競技場上，阿基里斯朝阿伽門農走了幾步路，走沒多遠，但他們之間的距離似乎縮小到零。「我為了那個女孩而戰。」他說。「她是我的獎品，是軍隊表彰我的效命給我的，你沒有權利帶走她。不過每一次都是一樣，我在戰鬥中首當其衝，而我們搶奪來的東西中，你拿走了大部分，你的肥屁股坐在那裡『守船』，我卻筋疲力盡回到我的屋子，得到的只有爛東西，只有小玩意。」

在我身後，烏薩噗哧一笑。「爛東西。」她說。「小玩意。」連荷克米蒂也在微笑，只是當她看到我的表情時，笑容就消失了。克里塞伊絲跑過來擁抱我。「不會發生的。」她說。「他這樣做是設陷阱給人跳，但這不會發生。」

阿伽門農喊道：「我自己去拿下那個該死的女孩，我不派人去，我自己去——這樣你們就會看到一個膽敢假裝和我並駕齊驅的人的下場！」

「我不會為她而戰。」阿基里斯說。「軍隊把她給了我，軍隊又要把她帶走，因為你們當中沒有一個人——」說到這裡，他環視圍成半圓形的國王們。「你們當中沒有一個人，有勇氣挺身站出來告訴他他錯了。好吧，那麼——他就拿走那女孩吧，可別指望我繼續戰鬥，我為什麼要拿我的性命——或我手下的性命——去冒險，換取那一堆漫著熱氣的狗屎呢？」

之後，任何相互尊重的偽裝都被拋開了。他們一度險些打了起來，阿基里斯的劍已半截出鞘，不過他在最後一刻收手了。內斯特後來站起來，試圖說服他們講和，只是那時我已經不再注意聽了，我也不在乎了。我把手貼在臉上，手指想要把疲軟麻痺的皮肉變成一種更受歡迎的表情，儘管我無需如此費心。荷克米蒂不發一語，雙臂抱著我。我永遠記在心裡，當我無法為自己哭泣時，她為我流下了眼淚。

只有烏薩想讓我打起精神。「你會沒事的。」她說。「我知道他喜歡什麼，反正，到了緊要關頭，總有那罐鵝油。」

之後就沒什麼可說的了。散會時，戰士們都悶不吭聲：發愁的表情，咕噥的交談，更多時候是沉默。阿基里斯退出戰局，聯盟瓦解，至少目前並未解決任何問題，醫院仍然擠滿染了鼠疫的人。

傳令官已經開始為阿伽門農在人群中開路，可他遲遲不走，還在和奧德修斯說話。奧德修斯被選為護送克里塞伊絲返家代表團的團長，荷克米蒂抓住克里塞伊絲的手臂。「快走，走，快走，他們就要去找你了。」

克里塞伊絲恍恍惚惚，不敢抱著希望，直到此時還害怕這一切會從她手中被人奪走。她走到了門口，卻又轉身跑向我。「布利塞伊絲，我非常抱歉。」

「別難過，我不會有事的。去吧，走。」

我拖著腳步回到阿基里斯的營區。他不會為我而戰，他話說得很清楚了，哦，他會為他的任何財產死戰到底——戰到阿伽門農死為止——但不會為了我。穿過軍營時，我看著營妓，注意到這邊有個嘴唇裂開，那裡有個瘀青了。有個少女又年輕又漂亮，額上有個星星爆炸形狀的傷疤，是長矛柄尾敲擊留下的。她是阿伽門農的女奴嗎？是一個他厭倦了趕出屋子的女孩嗎？

帕特羅克洛斯和阿基里斯都沒有從集會回來。有人說他們在海灘散步，無疑是在盤算阿伽門農來索取我時要做什麼——或不做什麼。我在起居室轉來轉去——沒有哭，我不能哭——只是把東西拿起來又放回去。我走到鏡前，朝鏡子裡的自己靠過去，有一瞬間，我的氣息讓閃閃發光的青銅蒙上薄霧，然後薄霧又消散了——我在這些房間裡的存在就是那樣短暫，那樣虛無縹緲。我退到壁櫥，坐在床上。過了一會兒，艾菲思走進來握住我的手，我們誰也沒有說話。最後我們聽到大廳響起腳步聲——阿基里斯和帕特羅克洛斯散步回來了。

阿基里斯衝入起居室，仍舊打著在競技場發作的那場戰鬥。「所以都清楚了嗎？他來的時候，你不讓他進來，在大門攔住他。你可以把布莉塞伊絲帶到外面給他，我不想見他——如果我見到他，我會殺了他。」

「他不會來。」

「他說他要來。」

「我聽到他說的話了。」

「我要殺了他。」

「我知道，他也知道，這正是他不會來的原因。」帕特羅克洛斯聽起來很疲憊，我猜他們在那個話題上繞了很久。在腦海裡，我可以非常清晰看到他們兩人，好像我們之間的那堵牆幾乎變成透明：阿基里斯來回踱步，帕特羅克洛斯扣著手坐著，表面很平靜，可是下巴的肌肉在抽動。

「你還是坐下來吧。」帕特羅克洛斯停了一會兒說。「他們幾個小時後才會來。」

「哈！他才等不了。」

「他得先讓克里塞伊絲回到她父親身邊，還要找一百頭公牛，我不認為隨便就找得到。運氣好的話，他可能會等到船返回，他應該要等。」

聽著聽著，我開始覺得自己有了希望。那艘載著克里塞伊絲返家的船必定得在那邊過夜，屠宰一百頭公牛的儀式需要很長的時間，然後是對阿波羅的祈禱與讚詩，接著還有盛大的宴會。這將持續一整個晚上——然後是返航的旅程。他們不會早早啟程，一定全宿醉了……既然有那麼長的時間可以思考，難道阿伽門農沒有改變主意的可能嗎？他真的會冒著輸掉敗北的風險與阿基里斯決裂——就為了一個女孩？

鄰房又傳來踱步聲，最後我聽到阿基里斯的椅子發出嘎吱聲，他坐下來了。

帕特羅克洛斯清了清嗓子。「你要我叫布莉塞伊絲來嗎？」

「什麼，臨別前幹一回？不，謝了。」

一陣沉默，我想像阿基里斯略帶羞愧的樣子。

「不用，算了。」他最後說。「她很快就會知道了。」

15

從被召喚的恐懼中解脫後，我逮住機會開溜了。我想與克里塞伊絲告別，祝她一帆風順，因為我覺得即將發生在我身上的事情給她的喜訊蒙上不公平的陰影。

我順著彎曲的海灣，朝阿伽門農的海船準備起航的地方奔去。天色開始暗了，女人三三兩兩聚在岸邊，看著公牛在甲板上搖搖晃晃，笨重移動。甲板由於公牛恐懼拉下的綠色牛屎變得十分滑溜，公牛感覺到地面在腳底移動傾斜，於是發出陣陣的吼聲。驅趕牠們上船的人唱著歌頌阿波羅的讚美詩，不過我覺得歌聲中有一種絕望的調子，倘若這樣還不夠呢？

一切準備就緒後，克里塞伊絲才在最後一刻從阿伽門農的屋子被帶出來。她披著一件素淨的白披風，沒有首飾，髮絲緊緊紮成辮子盤在頭上。她看上去像個王后，臉色蒼白，神情自若，瞬間年長了許多。阿伽門農沒有出現，是奧德修斯拉著她的手，帶領她從船板上船。她立在船尾，回望阿伽門農的營區，接著順著海灣望向一列列的黑船。她掃視海岸，竭力將眼睛睜大。我看出她表面的鎮靜其實是害怕的，害怕阿伽門農隨時改變主意奪走這一切。

我們又蹦又跳，喊著：「祝你好運！一帆風順！」

起初，我以為她不會回應——她是那麼緊張，是那麼堅決要保持冷靜——但接著一隻小手舉起來揮手告別，動作之小，幾乎無法察覺她的手指在移動。

我環視四下，心中充滿暖意——其實是充滿了愛——因為有那麼多女人來為她送行，她們沒有嫉妒她的好運，儘管我們每個人都願意為了能夠返家——能夠有個家可返——而付出任何代價。

突然，奧德修斯出現在船尾，站在克里塞伊絲身邊，一切立刻又變得喧囂吵鬧。揚帆，起錨，船緩緩駛離了岸，寬闊的尾流讓淤泥染成了棕色泡沫。一開始，船員徒手划船——擊鼓的時間——當船航得更遠後，帆也脹得鼓鼓的，船忽然就從我們身邊遠離，好像也和克里塞伊絲一樣渴望離開。我們望著船越來越小，漸漸消失在遠方，一片悲傷的寂靜降臨。我無法反映其他人的心聲，但我知道，在那一刻，我和以前一樣孤獨。

人群開始散去時，我注意到幾個女人用眼角瞟我。這時我的遭遇已經傳遍整個軍營，其中一個女人，一個我不太喜歡的女人，看著我嘻嘻作笑。「我想現在跟你說話要付一枚銅幣了吧？」

我想其他女人都不會嫉妒我地位提升——如果那叫地位提升的話。

我沿著海岸往回走，低著頭，除了雙腳在濕漉漉沙灘上踩出的水氣外，什麼也看不見。有一、兩次，我沉浸在自己的思緒中，差點撞到人。但後來某種本能讓我抬起頭來——而且抬得正是時候，阿伽門農站在不到一百碼遠的地方，看著他載著克里塞伊絲的船在夕陽紅暉下縮成一個黑點。

我溜進兩艘船之間的空地等待。現在岸上的人都走到海中，刮去皮膚上的油漬髒汙，把頭浸在海浪下，淨化自己——所有的人，無一例外，都唱著一首歌頌阿波羅的讚美詩：我會牢記從遠處射箭的阿波羅。他的銀弓一張，連眾神也要在他面前顫抖……。祈禱者，數不清的祈禱者，祈求祂讓他們免受瘟疫之苦。不久，浪花在人群中變得漆黑，陸地上幾乎空無一人。我明白我目睹了一件不可思議的事：整支軍隊走入大海。

有人病得走不動，只好用擔架抬下水去。你可能會想，發燙的身體突然浸入又冰又鹹的凶猛海水會沒命的，但是，據我所知，沒有一個人死——我反而還看到一個人，被抬到水裡時，看起來奄奄一息，後來竟自行走回岸上。

泛綠的天空開始出現點點星光，灶火在海灣邊燒起，戰士渾身濕淋淋走出海浪，裝著滾燙香料酒的杯子塞到他們的手中，飲用前，人人都向阿波羅奠酹。隨後他們聚在一起，打著哆嗦圍坐在火堆旁，烈酒壺從一隻手遞到另一隻手。在阿伽門農的命令下，山羊殺了，綿羊也宰了，很快一盤盤烤肉擺在他們面前，只是少了通常伴隨宴會的歡聲笑語。在阿波羅接受克里塞伊絲安全返家與公牛祭品以前，軍營仍然受制於他的詛咒，大家明白這一點，心情都是沉重的。

我從暗處望著阿伽門農，他依舊站在岸上，一個孤獨默然的身影。隨著這一切的發生，他想必會忘了我的事吧？做別人似乎都打算做的事：喝個酩酊大醉，試圖遺忘？我是這麼對自己說的，不過同時也知道他不會這麼做，即使對我和其他人來說，希臘軍隊中最有權勢的兩人為了一個女孩爭吵毫無道理可言。

回到阿基里斯的營棚，我立刻走到壁櫥獨自坐著，等待傳喚。艾菲思沒有出現，或許帕特羅克洛斯要她別來。

一個小時慢慢過去了。我花了很多時間把外衣打褶又拉平，你會看到老女人這麼做——記得我的祖母也會這麼做——這是她們開始變得疲憊的信號。我當時才十九歲，已經開始這麼做了。我強迫自己停止。

門口右邊桌上擺著一壺酒，我知道沒有人會介意我給自己倒一杯，所以就倒了。我手抖得很厲害，酒灑了一些出來，只好去找塊布來擦。聽到大廳裡有聲響時，我還在擦地。我一開始以為阿伽門農來帶走我，立刻覺得被出賣了，我還指望這件事會耽擱一段時間，現在不會耽擱了。阿基里斯說得對：阿伽門農迫不及待把我弄到手。

我站起來撫平外衣，用口水抹了抹嘴唇，擦掉紫色的酒漬。我不想被人拖走，我要抬頭挺胸，不回頭。我不會讓阿伽門農看到我的恐懼而得意。

然而，我接著聽到帕特羅克洛斯通報內斯特大王和他的兒子安提洛科斯駕到。內斯特。我立刻認為這一定是某種和平使命，阿伽門農動了憐憫之情，內斯特正是他所選擇的中間人。我把門拉開一條縫，好聽得更清楚些，至少能稍微看到正在發生的事。

內斯特走進房間，他身材高大，滿頭銀髮，一身華服。他的背後是笨拙又極度害羞的么子，安提洛科斯。那男孩癡癡愛著阿基里斯，在他的面前幾乎呼吸困難。他們都裹著披風，因為夜晚雖然暖和，海上會吹來潮濕的風，雨水像細小的光點散布在他們肩頭。阿基里斯起身迎接，內斯特脫下斗篷交給帕特羅克洛斯，撫平亂了的頭髮。他坐上阿基里斯請他坐下的椅子，我看到他的頭頂毛髮開始稀疏，白髮之間露出斑斑點點的粉紅色頭皮。見他坐定後，阿基里斯就要帕特羅克洛斯去拿更好的酒來，「這玩意兒，跟處女尿一樣。」他尷尬笑著說。另一方面，安提洛科斯環顧四周，想找個位子坐下，一看到床，就跌跌撞撞走過去。他知道，或者更確切地說是他想像，阿基里斯正在看著，所以他給地毯絆了一跤，差點兒摔倒。

帕特羅克洛斯為內斯特調酒，深深淺淺的暗紅色在一只金盞杯側旋轉。完成後，他走到火爐前，慷慨向阿波羅敬了一杯，爐火發出嘶嘶響聲。內斯特舉起酒杯敬酒，以堅定的眼神凝視阿基里斯半晌。「我看你還沒有把東西裝上你的船吧？」

「他還沒來要那女孩。還沒。」

內斯特微微一笑，搖了搖頭。

「你不會離開，不管你什麼個性，你都不會擅離軍職。」

「我不認為這是擅離軍職，這不是我的戰爭。」

「你當初摩拳擦掌想要參加。」

「我那時十七歲。」阿基里斯向前傾身。「聽著，他今天所做的事無恥到了極點，人人都知道，沒有一個人出聲反對。」

「我出聲了，那時跟後來都出聲了。」

「所以，現在，我想：去他的，他要特洛伊，他可以攻下特洛伊——不需要我。只是我們兩個都知道，沒有我，他不能。」

內斯特沉默了一會兒，然後說：「通常別人都願意聽聽我的話，阿基里斯。」

「繼續，我在聽。」

「你不能讓其他人去戰鬥，你自己卻坐在這裡生悶氣，沒——錯。」內斯特舉起一隻手。「生悶氣。」

阿基里斯的回答出人意料地慎重。「他今天的所作所為違反所有規則，我為那個女孩而戰，軍隊把她給了我，他沒有權利帶走她。好啦——但就這樣吧，我不打了，我不會為一個軟弱、貪婪、無能又懦弱的國王冒生命危險，也不會讓我的部下去冒生命危險。」

我等待內斯特挺身替阿伽門農辯護，他卻只是笑了笑。

「他或許就是那樣的人——那不重要。無論你是一個更好的戰士，更勇敢，更強壯等等——都不是重點。他人比你多，船比你多，地比你大，所以他是統帥，你不是。」

「這些都沒有賦予他奪取他人榮譽獎品的權利，那東西不屬於他，他沒有贏得那東西。」後頭還有很多，但我已經不聽了。榮譽、勇氣、忠誠、名聲——他隨口說出這一串冠冕堂皇的字眼——但對我來說，只有一個字，一個非常小的詞：**那東西**。那東西不屬於他，他沒有贏得**那東西**。

當我能夠又把注意力集中在談話上時，內斯特說：「好吧，我只希望——」

但我們始終未能得知內斯特的希望。大廳響起奔走的聲音，一秒鐘後，胖乎乎臉龐閃著汗水光澤的阿爾西穆斯衝進房間。「阿伽門農的傳令官到了。」

我手裡的杯子從指間滑落，紅酒濺到外衫的下擺。

「阿伽門農也和他們一塊？」阿基里斯問。

阿爾西穆斯搖了搖頭。我看見阿基里斯睥睨的眼神射向內斯特，眸中閃著怒光，但話卻是對著帕特羅克洛斯講的。「去看看布莉塞伊絲準備好了沒有，好嗎？」

內斯特顯得很尷尬。「我不知道他們要來。」

阿基里斯碰了碰他的手臂表示感謝。

阿伽門農的傳令官穿著猩紅濃黑兩色的衣服，節杖繞著金幡，慢慢走進了房間。他們應當要一派威嚴，站得高挺，以清晰宏亮的聲音傳達阿伽門農的信息。結果，兩人之中較年長的一個卻走上前跪下，阿基里斯立刻起身，輕輕扶起老人。「別擔心。」他說。「我不會拿你出氣，不是你的錯。」

壁櫥的門敞開，帕特羅克洛斯走進來，想用胳膊摟著我的肩膀，但我甩開了他。「你還認為你能讓他娶我嗎？」

他沒有時間回答，阿基里斯喊著：「帕特羅克洛斯？她準備好了嗎？」

帕特羅克洛斯向我伸出手，我握住了，因為我知道我必須握住，讓人領我到另一個房間。傳令官已經退下，我斗膽看了阿基里斯一眼，錯愕地看到淚水順著他的臉頰流下。沒有啜泣，沒有那些聲音，只有這一道無聲的溪流，他不願承認，因而沒有伸手把它擦乾。

我被帶走時，阿基里斯哭了。他哭了；我沒哭。多年後的今天，當一切都不再重要時，我仍然為此感到自豪。

但，那一夜，我哭了。

第二部

16

自從來到特洛伊，他就明白——至少是斷斷續續明白——他不會回家了。對他來說，歡喜的問候、擁抱和盛宴都不可能。對他來說，也沒有漫長乏味的餘生，養育乏味妻子生下的遲鈍孩兒，花大量時間傾聽農民抱怨他們的鄰人，審理雞毛蒜皮的訴訟，直到身體隨著時間流逝虛弱衰老，然後死亡——死在一間舒適的屋裡，爐火熊熊，兒孫圍繞床榻，接下來幾年時間，人人嘴上掛著他的名字，那些認識他一輩子的人，那些在特洛伊與他並肩作戰的人。然而，人類記憶並不持久——頂多也就是三代人——接著數不清的世紀悠悠過去，他的墳堆長出高高的草，駕著他想像不到的戰車的人們駐足詢問：「你猜那是什麼？看起來是人工的。」

這些通通沒有發生。他也確實不介意，以下這樣一個事實反而更容易接受：不久的將來，無論是破曉、黃昏、或者正午白熱的強光下，一把劍砍來，或一根長矛刺來，如活著的時候一樣，他死在沒有一絲陰影的強光下。那麼一來，他的故事就不會有結尾——因為就是這樣，這就是交易，這就是狡詐的眾神給予他的承諾：以特洛伊城牆下的英年早逝換得永恆的榮耀。

他熟知這片大海的所有情緒，至少在過去兩週之前他會說他熟知。但近日潮汐漲退非常奇怪，與他之前的經驗截然不同。每一天，在陰沉沉的天空下，波浪不斷漲呀漲，但從來沒有碎成泡沫，只是一個漫長連續且夾帶威脅的高漲。在第一批瘟疫之箭射來以前，他已經從自己緊繃的皮膚感受到神的憤怒。

瘟疫期間，一次高潮也沒有，不過大海現在正在收復失地，每一個在灘上淌流的浪都留下扇形的髒泡沫，水沫在陷入沙地之前會微微翻騰一秒，然後下一個浪頭會衝得更高，更高，再更高。潮水漲到海灘上乾涸多年的地方，捲起了濃密簇生的墨角藻，把破貝殼與海鷗白骨送到岸邊的高處。

他們帶走布莉塞伊絲那一晚，一艘下了錨的船從停泊處鬆脫。帕特羅克洛斯搖醒他，他們一塊衝到沙灘，大聲發號施令，安排男人分組將船拉到潮水打不到的地方。天亮後，傾斜的船身露出一些灰白的藤壺，船看來像一隻長疣的古代海怪。自此以後，潮水不再漲到如此高的位置，但這還是一記警鐘。後來，他們檢查每一個海船繫泊處，把幾艘架高的船再往內陸搬移。

大海浩渺，天空廣闊，他顯得如此渺小。沙丘在身後拔地而起，丘上搖擺起伏的長草往灰白的沙地投下尖細的黑色長影。不過一團霧開始捲來了。這個時候經常起霧，在短短幾分鐘內，霧氣就籠罩住他，他什麼也看不見，只聽到海浪碎開的衝擊聲，只感到漣漪從腳趾之間流過。小時候，他和母親睡在一間面朝大海的臥室，母親走後，他時常在黑暗中醒來，假裝海浪是她的聲音，安撫他再次入眠。

記憶玩著奇怪把戲。他最清晰的記憶之一是站在臥室窗前，看著母親走入大海，她長長的黑髮如一縷一縷的海草在水面散開，接著一個波浪打來，將她吞沒。然而，他知道他不可能看過這一幕，他小時候睡過的房間看不見大海。然而，後來的任何想像都無法篡改他對那間孤獨臥室的記憶，以及她的離去所帶來的痛苦。他的父親使出千方百計：引誘他吃東西；給他買昂貴的玩具；每天晚上，在就寢時間伸出雙臂給他安慰，結果反而只是讓他轉過身去，或者更糟的是，忍受著他的擁抱，但就像他的母親過去一樣，僵硬地躺在他的懷中，毫無反應。祭司、占卜師、女性親戚、保母——通通都請教了，他們也都不知道該怎麼辦。貴族的兒子坐渡船來當他的「朋友」，只是他們立刻發現他「不對勁」——小孩都是如此——斷斷續續嘗試幾次後，就只會互相玩耍。他停止了成長，變成一個蒼白的銀髮小矮子，胸膛肋骨根根清楚無比。這時，有一天，帕特羅克洛斯來了。帕特羅克洛斯，在一場為了骰子遊戲爭執中，殺了另一個孩子：一個比他自己年長兩歲的男孩。

帕特羅克洛斯到來的那天，阿基里斯聽到一陣騷動，期盼可能是母親又難得回來探望，於是衝進大廳。結果，他看到父親在和一個陌生人說話，頓時停住了腳步。旁邊站著一個高大笨拙的男孩，臉上有瘀傷，鼻子也斷了，不過不是新傷，因為瘀傷中央是黃色的，外緣一圈紫。又來一個「朋友」？

兩個男孩互相盯著，帕特羅克洛斯在阿基里斯的父親身邊仔細打量。在那一刻，阿基里斯感受到的，不是見到又一個「朋友」時那種熟悉尷尬，而是一種更加不安的感覺：在一陣漫長沉著的顫慄中，他有種似曾相識的感覺。但他受傷太深，也太多次，難以交到朋友，所以當另一個男孩在他的父親敦促下伸出手時，阿基里斯只是聳聳肩，轉過身去。

得知帕特羅克洛斯打死過人，竟然做出了他們所有人都被訓練去做的事，其他男孩立刻排隊等著對付他。他成了必須打敗的對象。所以，他總是在打架，像一頭被鍊住的熊躲不開攻擊，只能一打再打，夜裡嗚咽著舔舐傷口，白天又被拖出來面對狗群。當阿基里斯終於鼓起勇氣接近帕特羅克洛斯，就走上變成人人都認為他是的那個暴力小惡棍之路。

他們怎麼走到一塊的？他不記得了——不過話說回來，母親離開後兩年的事，他幾乎都不記得了。他知道他們打架、玩耍、爭吵、歡笑、捉兔子、摘黑莓，回家時嘴角上有紫色污漬，互相檢查膝蓋上的瘡疤，倒到床上呼呼大睡——像豆莢裡的兩顆豆子，一絲不掛，無男女之分別。早在他們靠近戰場以前，帕特羅克洛斯就救過他一命，但阿基里斯後來也為他做同樣的事，只要有其他男孩攻擊，就在他的身旁打鬥，直到他們停止攻擊，發現一個天生的領袖。阿基里斯十七歲時，他和帕特羅克洛斯為戰爭做足了準備，準備挑戰整個世界。

戰友：值得讚賞的男子氣概。

事實：帕特羅克洛斯取代了他母親的位置。

他現在一定回到營棚，正等著他。不知為何，帕特羅克洛斯始終討厭他夜裡到大海邊，也許是怕有一天晚上無法繼續忍受呼吸著濃重空氣時，阿基里斯會像他母親那樣直接走入大海。

嗯，不管擔心與否，帕特羅克洛斯都得等了，他還沒準備好回去，還沒準備好面對那張空床。未必是空的——天知道他有多少女孩。但那不是問題，問題是他不要其他女孩，他要那個女孩——他不能擁有她。所以他在腦海中把失落的痛苦一遍又一遍翻轉，想將它磨平，磨得像腳下的鵝卵石一樣，每一塊都那樣平滑。事實是，他思念她，他不應該思念，但還是思念了。為什麼？因為有個晚上她上了他的床，髮絲飄著一股海腐味？因為她的皮膚有鹽味？好吧，如果只是這樣，他大可把那些該死的女孩通通扔進海裡，她們回來時，不都會帶著鹽味嗎？

她是他的獎品，只有這個理由。他的榮譽獎品，不多也不少，與女孩個人無關。他所感受到的痛苦只是獎品被一個處處不如他的人偷走——是的，偷走——的羞辱。攻城，劫城，殺敵，飽受無情血腥戰爭的折磨……而他就這樣拿走她。最痛心的不是那個女孩，是侮辱，是自尊的打擊。好，就這樣吧，他退出，讓他們自己設法在沒有他的情況下攻克特洛伊。當他們發現自己辦不到，立刻就會爬著來求助。他想擠出快樂的想法，但擠不出來，也許他應該聽從一開始的本能反應，啟程返家？帕特羅克洛斯贊同這個作法，儘管承認是痛苦的一件事，但帕特羅克洛斯幾乎每一次都是對的。

沒有回應，或者在這片薄霧瀰漫的海灘上是找不到回應的。母親今夜不會來了，於是他披上斗篷，回屋裡去了，他知道帕特羅克洛斯一定在那裡等著。

他走在架高的船隻之間，腦中充滿了瑣碎的工作，工作清單已經列出。如果下一次春潮和上次一樣高，他們也許應該考慮把幾座倉庫遷到更內陸的地方。倉庫是八、九年前經歷在帆布底下第一個可怕冬季後建造的，長年風吹雨淋，木頭已經變成珠灰色，如果往下面看，絕對會發現許多腐爛木板。那麼一個重建計畫？給下面的人一些事情做，同時展現出他堅持到底的決心——不管堅持「什麼」。他如影般悄悄走過他那幽靈似的海船的船舷，心想：是的，讓他們忙吧。務實，穩健，又是戰士一名，他的個性沒有任何軟弱無力，沒有任何遊移模稜。

17

但，那一夜，我哭了。

——

那麼，他做了什麼非常可怕的事呢？不過就是那樣，沒有什麼是我沒有料到的。只不過，當我以為一切結束，我終於可以走了時，他用拇指和食指托住我的下巴，抬起我的臉靠向他的臉。有那麼非常愚蠢的一刻，我真以為他要親吻我。但接著，他用一根手指插入我的牙齒間，用力撬開我雙顎，然後一點一滴在喉間累積一大口痰——慢條斯理，不慌不忙——全吐到我張開的嘴裡。

「好了。」他說。「你現在可以走了。」

我踉踉蹌蹌，摸黑走在一處陌生的營區，最後終於找到了女營。我不停瘋狂用外衣下擺摳嘴，這個動作讓我感到劇烈的噁心，最後吐在沙灘上。我還在抹嘴時，門開了，麗特塔的臉探出來，我投入她的懷抱。我大半天說不出話來，她搖晃著我，嘟囔著安慰的話——你會對做惡夢的孩子說的那種話——其他女人也圍過來撫摸我的背。我不能告訴她們發生了什麼，但也許並不需要，也許她們早就知道，或者猜到了。她們大多數人都跟阿伽門農上過床，後來阿伽門農迷戀上克里塞伊絲，她們才免去這項義務。麗特塔非常體貼，竭力安慰我，但我還是過了很長時間才平靜下來睡覺。

我一大早就醒了，躺在那裡，愣愣望著昏幽的空間。我知道，一旦阿伽門農厭倦了我——用不了多久，他已經告訴我，我是克里塞伊絲的可憐替代品——就會把我交給他的下屬共用。不過隔日早上我向麗特塔說起我的擔憂時，她說：「他不會那麼做，他不可以，你是阿基里斯的獎品。」我只是搖了搖頭，我想這恰好就是他一定會那麼做的理由：這是對膽敢挑戰他權威的人的最大侮辱。不，我想再熬過幾個充滿創意羞辱的夜晚，我就要爬到營棚下方找地方睡覺了。

這些都沒有發生。第一個晚上以後，他再也不想要我，或者說很久都不想要我了，只是每天晚上還是要我替他的客人斟酒。你可能會問，他分明不想要看到我，又為何要我這樣做呢？我想我是有用的，我有個特別的用處：男人把弦外之音刻在女人的臉上，傳達訊息給他人。在阿基里斯的營區裡，訊息是：瞧瞧她，軍隊賞我的獎勵，證明我正是我始終自封的那個人——最偉大的希臘人。在這裡，在阿伽門農的營區，訊息是：瞧瞧她，阿基里斯的獎品，我把她從他的身邊奪走，我同樣也能把你的獎品從你那裡搶過來，我可以拿走你們的任何一樣東西。

因此，我微笑倒酒，倒酒微笑，直到臉頰疼痛。然後，等他們都走了後，躡手躡足回到女營，拉起毯子蓋在頭上設法入睡。屋裡擠滿睡著的人，瀰漫汗臭的空氣污濁悶熱。我在靠牆處找了個位置，微微的海風從兩塊牆板之間的空隙吹進來。有些夜晚，我躺在那裡，嘴貼著那條窄縫，吸著鹹鹹的冷空氣。

我們睡在織布機之間的草褥上。白天，草褥收到小屋底，到了傍晚，天色暗得無法繼續工作時，就把草褥拖出來。上頭四四方方的是我們正在織的布，鮮紅、翠綠、寶藍，然而即便是最鮮亮的顏色，讓地上四處微弱燈火一照，也顯得黯然失色。女人的臉龐湊在燈火周圍，如飛蛾灰白的翅膀閃著光，而在明媚的日光下，女人也看起來很蒼白，很多人由於吸入細小的羊毛微粒，老是乾咳個不停。有些日子，空氣四處飄著小布條，看起來像湯一樣。在我丈夫的宮殿裡，織布間直接通向內院，所以永遠有新鮮的空氣，也看得到來來往往的人。這些小屋完全封閉，我們長時間工作，極少走到屋外。我們一邊工作，一邊唱著兒時學會的歌，唱著母親教的歌。但到下午晚些時候，我們筋疲力竭，歌聲也漸漸消失。然後是一頓簡餐：麵包，乳酪，一杯稀釋得幾乎連粉紅色都稱不上的葡萄酒。幸運的話，可以在夜幕降臨前，匆匆一瞥外面的世界。

日子就這般繼續下去，我通常較晚才回到小屋，有時到了夜深才回來。我把從晚餐談話中收集到的丁點訊息告訴麗特塔，脫下我的華麗服飾，躺在硬邦邦的床上。燈一一熄了，不過即使光線昏幽，你也能感覺到織布機的存在。漸漸地，眼睛習慣黑暗，我們辨識出紡了一整天的繁複圖案，夜裡宛如蜘蛛蜷縮在我們的織網中心。只是，我們不是蜘蛛，我們是蒼蠅。

有時，在晚餐前，我抓緊時間到海灘看一眼大海，只是一到就得跑回來，穿好衣服去倒酒。在一

次這種短暫旅行中，我撞見阿基里斯全副武裝在海岸奔跑，他的赤腳在淺浪中忽隱忽現。他沒有看見我。過了一會兒，他停下腳步，彎腰把雙手放在膝上，費力地喘著氣。然後，他抬頭，他看見了我。他沒說話，沒揮手，也沒以任何方式向我打招呼，只是轉身朝來時的方向跑回去。大海浩渺，天空廣闊，他看上去如此渺小。

阿伽門農和阿基里斯吵架後的頭幾個晚上，他心情非常歡暢。瘟疫顯然過去了，克里塞伊絲回到她父親身邊以後，再沒有新病例出現，只是日出日落向阿波羅祈禱和祭祀的儀式仍然一絲不苟舉行。更叫人欣慰的是，阿伽門農的軍隊在泥濘平原上推進了幾百碼，如此一來，證明那些奸詐的胡說八道是錯誤的——就算不仰仗他，他們絕對也能攻下特洛伊，不是能，是一定會。在那些夜晚的晚餐中，阿伽門農不停跳起來提議祝酒，晚餐結束時幾乎站不起來。

後來，在他的起居間，四周都是他相當信得過的幾個人，談話變得更加粗鄙惡劣。阿基里斯不懂這究竟和他有什麼關係？因為不能上戰場，他只能夠在屋裡生悶氣，自己確實比別人強——這誰的錯啊？暴飲到醉，狂吃到吐，好騰出空間再吃——然後和帕特羅克洛斯倒到床上，躺到中午才起來。只消幾週那樣的生活，他們兩人就會像閹人一樣軟趴趴了。他的客人聽了哄堂大笑，儘管他們肯定知道這些都不是真的。他們每一個人一定曾經見過阿基里斯全副武裝在海灣上跑步，或是聽見帕特羅克洛斯集結墨米頓人，在教場進行又一場艱巨的訓練。然而，無人反駁他。阿基里斯唯一真正的朋友只剩下埃傑克斯，而埃傑克斯保持著距離。

但是，漸漸地，一晚接著一晚，氣氛開始陰鬱起來。他們幾日死戰所取得的優勢轉眼又失去了，死傷人數開始緩慢上升。哦，祝酒依然，歌聲如舊，只是關於阿基里斯的笑話沒有那麼多了。一晚，阿伽門農提到，阿基里斯的盔甲是眾神在他父親珀琉斯與忒提絲成婚時的贈禮。

「神授的盔甲。」阿伽門農說。「這倒是提出了一個問題：厲害的究竟是盔甲還是人？」

「這個嘛——」奧德修斯平靜地說。「我想你隨時可以向他提出一場赤手空拳的搏鬥挑戰，很快就會發現……」

他講完後，一陣微微令人震驚的沉默。他竟然膽敢挑戰阿伽門農，不管這一挑戰有多麼不易察覺，光是這個事實就令當時氛圍產生劇變。

我開始害怕飲酒的晚會，我感覺我的存在——在桌邊走動，往他們的杯子倒酒——開始引發不同的反應。我不再是阿伽門農的權勢與阿基里斯的恥辱的象徵物，不是了，我完全變成一樣更加不祥的東西：我就是那個造成爭執的女孩。哦，是，是我造成的——我猜我幾乎就像一根骨頭，要為狗咬狗負責一樣。因為那場爭執，因為我，許多年輕勇敢的希臘戰士的靈魂去了冥府——年輕人犧牲，男子漢氣概受損。抑或這是眾神所為？我不知道，我很困惑，我只知道他們不怪神，他們怪我。

我意識到在屋裡旁人的目光如影隨行，不再是以往那種低調的讚賞。我想起小時候在特洛伊見過的一件事。有個男人走上前，以各種尊敬的表示向海倫打招呼，寒暄，微笑，然後鞠躬告別。只是當我們走過時，我無意間轉身，撞見他朝著她的影子吐口水。

我感到同樣的敵意、同樣的輕蔑開始聚集在周圍。如今，我是海倫。

18

當我還是小女孩時——已經不適合玩布娃娃，卻也還沒有到婚嫁的年齡——我被送去特洛伊，住在已婚的姐姐那裡。那時，母親過世了，我非常討厭那個取代她地位的年輕小妾，父親聽到女眷住處傳出的爭吵就要惱火，我離開對大家似乎都好。

我和姐姐艾安希向來不親，我出生時，她已經準備嫁給普萊厄姆國王的兒子之一里安德。婚姻並不美滿，里安德很快厭倦了她，納了一個小妾，那時這個妾已經生下三個兒子，所以姊姊很少被要求履行她的婚姻義務。她變成了一個平凡矮胖的小女人，怨懟的神情讓她外表比實際年齡老得多，這樣一個女人怎麼成為海倫的朋友，這是一個謎——但她們確實是朋友，常常邊喝一兩盞酒邊聊上幾個小時。我猜她們都是非常孤獨的女人。

艾安希去探望時，常常帶我一塊去，我坐在一旁聽，但從來不大參與談話。後來有一天，姐姐被叫回去家裡處理一些緊急狀況，只剩我和海倫在一起。她聊了一會兒，相當害羞，自信的人在孩子面前有時會害羞。然後，她建議去散步。我當時十二歲，監獄圍牆已經開始逼近，除非蒙著面紗在他人陪伴下去拜訪女眷以外，臨近適婚年齡的女子是不出門的。然而，海倫似乎認為走到城垛不是什麼非比尋常的事，她頓時心情好了起來，別上白面紗，拉起我的手，好像要開始一場偉大的冒險。我們徑直穿過市集，只有一個女僕陪著。我想我一定很驚訝，因為她說：「為什麼不去呢？」她認為擔心別人怎麼想沒有意義，反正特洛伊的女人——她總是稱她們為「貴婦淑女們」——對她的看法不能再壞了，至於男人……嗯，她很清楚他們在想什麼——從她十歲起，他們就一直在想同樣的事情。哦，是，我也知道那個故事，可憐的海倫，年僅十歲，就在河岸遭人強暴。我當然相信她，後來我發現別人都不信，反而覺得很震驚。

——

從城垛可以俯瞰戰場，曾經肥沃的平原被馬蹄和車輪翻動成一片荒蕪，寸草不生。兩三隻食腐肉的烏鴉在我們頭頂低空盤旋，我記得覺得牠們的翅膀羽毛好像伸出來的指頭。海倫直接走向矮護牆。我別無選擇，只能跟在後面，但小心翼翼不往下看，而是抬頭望著天空，謹慎看向更遠的地方，陽光在平靜的海面上熠熠生輝。

在我們的下方只有暴力與混亂。我聽到一匹馬發出嘶鳴，也聽到受傷的人在哭喊，但決心不去看。我注意到海倫倚在矮護牆時呼吸加快了，她好像想——不，不是想，是貪婪渴望——盡量多看上幾眼。我當時不明白——現在也無法想像——她在想什麼。聽她說話，對於自己身為這一場大屠殺的原因，她只感到內疚和痛苦，但那真的是她的感受嗎？難道她從未低頭想過：這都是因我而起？

當普萊厄姆到來時，我們在那裡可能已經待上半個小時了。有人給他放了一把椅子，他叫海倫坐在他的旁邊。他對她總是彬彬有禮，即使肯定知道特洛伊人——尤其是他自己宮裡的女人——恨她。

「這是誰？」他說著低頭看著我。

海倫解釋，我滿臉通紅。但是，儘管憂心如擣——戰事連連失利，赫克特公開指責弟弟帕里斯膽小懦弱，死亡人數不斷增加，財庫即將用罄——普萊厄姆還是拿出一枚銀幣放在掌心，另一隻手迅速摸去，嘴裡念著咒語，硬幣就消失了。我集中目光看著，知道這是個詭計，但看不出他是怎麼做到的。他假裝往長袍裡找尋，拍了拍全身。「哪裡去了呢？哦，別告訴我我把它弄丟了。你拿去了嗎？」我搖了搖頭，他伸手過來，往我的左耳後方一摸，就摸出了硬幣。我很想保持我十二歲的尊嚴，我長大了，不會被魔術所蒙騙，但我又很著迷，因為仍舊看不出是怎麼變出來的。他把硬幣給我，然後轉身看著戰鬥，臉上的皺紋頓時化為一種深切悲傷的表情。

然後，我們走回海倫的家。她拿下面紗，點了酒和蛋糕——一種只有特洛伊人才會做的甜檸檬蛋糕。在公共場合，海倫總是為自己在這場引起禍殃的戰爭中所扮演的角色捶胸自責，也許她認如果她十分頻繁使用「淫婦」這個詞，其他人就避之唯恐不及。如果是這樣，那她就錯了。私下的情況完全不同，她嘲笑特洛伊女人——「貴婦淑女們」——天知道，她們提供她多少素材。她們模仿海倫的髮型、妝容、穿著……真是令人吃驚，那些非常聰明的女人竟然相信，如果把眼線筆拉到眼皮外角稍微向上輕輕一瞄，就能擁有海倫的眼睛。或者如果也像她那樣繫衣帶，就會擁有海倫的乳房。她們這樣盲目模仿一個她們佯裝瞧不起的女人的外表……也難怪她嘲笑她們。

於是我們坐在那裡閒聊喝酒——喝了很多的酒——我覺得自己像個大人，非常受寵若驚。姐姐來接我時嚇了一大跳，但我反而覺得更加有趣。

從那以後，我經常一個人去看海倫，當然是由姐姐的女僕陪著。海倫幾乎每次都會帶我去城垛，她在矮護牆全神貫注觀察戰鬥的每一個細節，普萊厄姆則在我的耳後發現糖果和硬幣。有時，赫庫芭王后也在那裡，總是帶著她最小的孩子波麗克西娜，波麗克西娜緊緊拉著她的裙子，充滿一個小女孩對母親的驕傲。海倫想和她做朋友，但波麗克西娜不願意，她感染到了母親對海倫的恨。我有時看見她在宮裡，跟在姐姐後面跑，喊著：「等我！等等我！」到處都是小孩子的叫喊聲。

赫庫芭和海倫會生硬地說上幾句話，但我注意到，如果她在那裡，我們不會待太久。海倫更喜歡普萊厄姆自己一個人的時候。她掃了矮護牆最後一眼，我們就返回她家喝酒，吃檸檬蛋糕。每次拜訪都是以同樣的方式結束：她猝然斂起笑容，說：「啊，好吧，回去工作了。」這就是我的信號，我是時候披上斗篷，等候女僕陪我回家。

有時，我還沒離開，海倫就走進內室，我接著便聽到織布機的軋軋聲，梭子來回快速移動。有一個傳說——傳說會告訴你一切，真的——每次海倫在她的織布中剪斷一條線，就有個男人要死在戰場上。她要為每一個死亡負責。

後來，有一天，她給我看她的作品。我這一生中認識幾個紡織手藝非常出色的人，包括營裡的一些婦人。阿基里斯佔領萊斯沃斯時，俘獲了七個女孩，她們手藝如鬼斧神工，沒有別的詞可以形容，真的就是鬼斧神工。但即便是她們也比不上海倫。我在房裡轉來轉去欣賞掛毯，海倫坐在織布機旁呷著酒。六個巨大的戰爭場景遮住了牆，連續發生的情景描述了戰爭迄今的完整故事。肉搏，斬首，破腸，剜肉，分屍。國王們——梅涅勞斯、阿伽門農、奧德修斯、戴奧米德、伊多梅尼歐、埃傑克斯——駕著金光閃閃的戰車，高高在上，俯瞰著大屠殺。我知道在她和帕里斯私奔之前，梅涅勞斯是她的丈夫，但她說出他的名字時，音調並沒有改變。那天她有沒有指出阿基里斯呢？我想一定有，但我真的不記得了。

當然，特洛伊人也在上面。普萊厄姆從城垛往下看，在下方的疆場上，長子赫克特捍衛著城門。但沒有帕里斯，帕里斯似乎是在床上打仗。我偶爾見到他們在一起，即使在一個孩子的眼裡，海倫顯然也喜歡赫克特勝過帕里斯，我猜她已經開始鄙夷帕里斯，他不願靠近戰場是出了名的，赫克特對弟弟的懦弱也表現出同樣為人所知的蔑視。

我從第一張掛毯走到最後一張，又回頭走了一圈，想確認一個我不明白的地方。

「上頭沒有她。」那天晚餐後，我對姐姐說。「掛毯上頭沒有她，有普萊厄姆——但沒有她。」

「唔，當然她不在上面，她要先知道誰贏了，才知道該把自己放在什麼地方。」

那句話裡有太多的怨恨，不是其他特洛伊女人慣有的敵意，而是更深的情緒。回想起來，我懷疑我那身材矮胖、相貌平平的姐姐是不是有點愛上海倫了。我自己可能也有點愛她。

那天晚上，我躺在床上，希望當時對海倫多說幾句，至少試著表達我對她作品的欣賞。為什麼我沒有？我想是嚇呆了吧。哦，但不只這樣……我想我在摸索一些我那個年紀還不能理解的東西。我領會到的感覺是，海倫在掌控自己的故事，在那座城邦，她是那麼孤立，是那麼無助，即使在那個年紀，我也能看出來，那幾幅掛毯是一種陳述方式：我在這裡，我，一個人，不只是一個受人矚目和爭奪的物品。

有個戰爭頭一年發生的故事。梅涅勞斯與帕里斯這對情敵同意單挑，決定誰能得到海倫。雙方陣營圍聚觀戰，城垛也擠滿了渴望觀看打鬥的觀眾，但海倫不在那裡。沒有人費心告訴她發生了什麼事，所以她的命運在她不知情的情況下決定了。我想掛毯是她從那一刻起的反擊之道。哦，我知道她不在上面，我知道她刻意讓自己隱形，但換另一個角度來看，也許是唯一重要的角度：她存在於每一針之中。

老惦記著特洛伊的那些回憶，不知道對我有什麼幫助。說真的，一個奴隸在臭烘烘的棚屋硬床上試圖入睡，想起特洛伊國王曾用魔術逗她開心，這有什麼用呢？認命接受生活已經變成了枯燥的折磨，那不是更好，更輕鬆嗎？

不過我又仔細想想：不，當然不會更好。那天晚上，想起在阿伽門農的營棚感到有人對我懷有敵意，嘴裡嘗到他黏黏糊糊的痰——我經常嘗到——我把普萊厄姆國王的仁慈像毯子一樣裹在身上，它幫助我漸漸入睡。

19

一天晚餐後，阿基里斯和帕特羅克洛斯出去，察看阿伽門農在軍營和戰場之間修建的巨大防禦工事。站上船尾，阿基里斯以歡呼迎接特洛伊反攻成功，看來並不擔心希臘陣營傷亡人數持續增加。他立刻好奇阿伽門農如何加固防禦。

到達工地時，天色開始暗了，但是他們仍然可以看到正在進行的工作。灌木叢中挖出一條大溝，隔開沙丘與戰場，成百上千的人身上黏著厚厚的泥土，看上去像泥人一樣，他們用手推車裝滿泥土從工地送走，其他人把泡在水裡的泥土再挖深。殘酷的事實一目了然：這是一片被兩條大河一分為二的氾濫平原，秋季下起暴風雨時，兩條大河經常決堤，士兵挖得有多快，水就以多快的速度灌入戰壕。不遠處，另一群人在堆積沙袋，試圖把水擋在外面。溝底鋪了遮泥板，只是即便如此，有些地方的人仍在水深過膝的地方幹活。他們頭上矗立著一面巨大的護牆，長牆每隔一段就有崗哨，蒼白的臉龐俯視著下方的混亂。

「嗯。」阿基里斯說。「他似乎認為特洛伊人即將突圍。」

帕特羅克洛斯回頭看了看海灘，長長一排的船停在沙灘上，打家劫舍的鈎型黑船，這樣的設計是為了航行到哪裡都能引發恐懼。只是現在情況變了，它們不過是一堆又一堆的乾木頭，幾支燃燒著的箭射上甲板，只要一陣風吹送火花，整支艦隊就會著火——幾分鐘內。

他無法忍受束手旁觀。「你知道這件事我們可以幫忙，你只說你不打，並沒有說你什麼都不會做。」

「我也許沒有說過，但我肯定不會伸出援手，他陷入這樣的困境是誰的錯？他的。」

「但其他人也陷入了困境。」帕特羅克洛斯用力指了指正在苦苦掙扎的人。「這不是他們的錯。」

「不是，也不是我的錯。」

一陣緊繃的沉默。帕特羅克洛斯低頭看，想起小時候觀察過的一群螞蟻，那種螞蟻會搬動剪下來的三角形綠葉，看起來像航行中的船隻。他想要回憶這段往事，但想不起來。在無言的停頓中，他和阿基里斯漸漸又是一條心，等到覺得到可以放心說話時，他說：「你想這擋得了他們嗎？」

阿基里斯搖頭。「不行，頂多減慢他的撤退速度。」他指著戰壕另一邊的灌木叢。「那裡會是殺戮戰場。」

帕特羅克洛斯深吸一口氣。「那麼，就這樣？」

「這就要看你所謂的『這樣』是什麼意思，我目前不指望他會來找我。」

這不是關於你。

他們彼此之間非常瞭解，所以沒說出口的話就懸在兩人之間的空氣中。帕特羅克洛斯後來說：「你知道的，如果他們突圍，你無論如何都要打，他們不會因為你不打就放過你的船隊。」

阿基里斯聳聳肩。「我若遭受攻擊，我就打。」他轉身要走。「走吧，我看夠了。」

20

我們知道戰爭局勢對希臘人不利，戰鬥不再是遙遠的隆隆聲響，幾乎可以忽略，而是一種震耳欲聾的吼聲，在織布機的軋軋聲中清晰可聞。根據聲響，我們知道特洛伊人離我們越來越近，就算我們耳聾，俘虜我們的人的冷酷面孔也告訴我們同樣的故事。對一個脾氣很壞的人，凡是擋了他的路的，不管是什麼東西、什麼人，他們都會一腳踢開，所以我們戰戰兢兢，假裝對結果漠不關心，反正他們也毫不在乎我們的想法。有的女孩，主要是之前就是奴隸的女孩，的確是漠不關心，可能的結局都不會給她們帶來損失，或讓她們比過去更幸福。但我們這些曾經擁有自由、安全與地位的人，卻在希望和恐懼之間左右為難。有人設法說服自己，如果——如果——特洛伊人突圍，他們會把我們當成失散多年的姐妹迎接。可是他們會嗎？還是把我們當成敵人的女奴，可以對我們為所欲為呢？我知道自己心中哪一種結果更有可能，即使如此，前提也要我們能在戰火中倖存下來。他們很可能夜襲，朝軍營射出燃燒的箭，盡量掀起騷動混亂。幾分鐘內，營棚就會著火，而女人夜間是被鎖在屋裡的。

因此，在希望和恐懼的洶湧潮流中，我們等著特洛伊人一天天逼近。每日早晨，軍營的男人都走了，每一個能站能走的人都得上戰場，所以我們起碼擺脫了無時不刻的監督，那是在阿伽門農營區生活中最討厭的一點。我們照樣鎮日工作，但是定時休息，坐在日光下吃麵包橄欖，聽著打鬥的聲音，判斷戰爭現在離我們更近了，還是稍微遠了一些。

一天早上，我們坐在臺階上時，我看見麗特塔走來。我多日沒見到她，因為她工作過於努力，只能在醫院睡覺。我覺得她很憔悴，心頭一陣恐懼，我可不能失去麗特塔。

「我沒事。」她說。「這幾天很辛苦……其實，這就是我來的原因，我問馬查恩能不能找你過去幫忙，他說可以。」

我欣喜若狂，但馬上又想：不，不可能發生的。「他不會讓我走的。」

「會，馬查恩問過了。」

中心醫院離競技場很近，從阿伽門農的營區走二十分鐘就到了。離開大門前，我不敢回頭看一眼，也不敢放鬆，但我後來慢下腳步，定眼看著四周，像是頭一次見到每一樣東西：灶火熱氣的微光，啄食穀物的公雞脖子上的虹光，經過洗衣房時傳來的刺鼻尿味。一切都是新鮮的，不可思議的，只因為我離開了紡織棚。

我們拐進內斯特的營區時，我驚奇發現醫院前方搭起幾頂大帳篷，帆布長年存放在船艙，變得又髒又臭。這一定是希臘人在戰爭第一個冬天住過的帳篷，當時他們還很傲慢，篤定戰爭幾個月或幾週就會結束。如今，九年過去了，帳篷再次用來應急，為傷兵提供庇護。我低下頭，跟著麗特塔穿過門簾，進了最近的帳篷。我聽到戰場的喧鬧，也在晚餐時無意中聽過悲觀的對話，但直到那時我才意識到戰況多麼危急，這地方瀰漫著血腥的味道。

我跟著麗特塔走在兩排床中間的狹小空間，馬查恩坐在一捆稻草上縫傷口。他抬起頭。「你動作真慢。」他簡短地對麗特塔說。然後，對我說：「歡迎加入。」

我喜歡馬查恩，他到阿基里斯的營區提供我們對付瘟疫的建議時，我對他有了些微的認識。很多在軍營遇見的男人我都忘了，但我清楚記得馬查恩，儘管我感覺他實際可能比看上去更年輕，但中年的他發福了，白髮從高額往後退，葡萄綠的眼睛纏在密密麻麻的皺紋中。他有一種帶著冷諷的幽默感，極度懷疑藥物擁有改變自然發展的力量，在我的經驗中，一流的醫師都抱持這種懷疑態度。站在那裡，看著他手指拉線的動作，我覺得很安全，這是我到軍營後第一次感到安全，我也不懂為什麼。他打好結後，誇獎那個汗流浹背的男人很勇敢，接著開始沿著過道走去照料下一位病人。麗特塔給了那人一杯水——他不許喝酒——讓他睡覺。他小心翼翼翻過身，用沒有受傷的那側躺著，閉上眼睛，幾分鐘後就睡著了。我不知道怎麼有人能夠睡在那裡，在昏幽的綠光中，青蠅的嗡嗡聲此起彼伏，還有些病人喊疼哭痛，更有人想要扯掉繃帶；許多人在神志不清的情況下會這麼做，只好強制綁起來。

麗特塔把我帶到帳篷後面，讓我在一張長桌旁坐下。與她並肩坐在長凳上，感覺很好，面前是一組杵臼，手邊有幾罐乾藥草，在我們的頭頂上方，洗衣架吊著一束束的乾藥草，在微風中輕輕擺動。當地採摘的新鮮藥草則是一把把放在桌子對面，散發出鮮明甜美又透人心脾的香味，吸引了蜜蜂從敞開的帳篷口飛進來。許多藥草——我能辨識的——用來止痛，其他則是用來清潔傷口。麗特塔說，死於感染的多過死於失血的。「注意馬查恩，當他檢查病人時，你會發現他不只察看傷口，還會傾聽傷口。」

那天晚些時候，我看著馬查恩俯身靠近一個當天早上送來的人。一開始，他只是仔細看了傷口大半天，然後指尖開始探測，一次又一次輕輕往下壓。麗特塔是對的，我從他的表情知道他正在傾聽，接著——微弱，但錯不了——我也聽到了：皮膚下傳出一陣劈啪響。馬查恩笑著說了一些安慰的話，但不到一個小時後，病人轉送到海角上焚屍的小屋。那裡被稱為「臭屋」，因為任何時候開關門，惡臭都會一把掐住你的喉嚨。進去臭屋的人，沒有一個回來。

「是土。」麗特塔說。「土跑進了傷口，只要聽到劈里啪啦的聲音……」她搖了搖頭。

我不得不承認，我很高興特洛伊的富饒大地奪走了入侵敵人的性命，不過我也像瘟疫期間那樣難過，因為許多人都很年輕，其中一些人連男孩都稱不上，有人忠心耿耿，拚死戰鬥，也有人根本不想上陣。我幾乎不由自主同情在難耐高溫下縫合傷口或抓撓繃帶的人，但仍然憎恨鄙視他們所有的人。我對麗特塔說了這些話，她只是聳聳肩——「是啊，是啊」——然後繼續製作膏藥。

我感覺到她對我的不耐，但我覺得對錯必須分明白。在許多方面，我們很容易陷入一種想法：我們在同一條船上，同樣囚禁在沙丘和大海之間的狹長地帶。這種想法比較輕鬆，但這是謬誤。他們是男人，是自由的。我是女人，是奴隸；再多的感傷閒聊，說彼此都是受到禁錮的人，都不應該被允許用來掩蓋這個鴻溝。

每晚用餐前，國王和船長前來探望傷患，從一張床走到另一張床，沿路哄著士兵：別擔心，我們很快就會讓你們離開這裡。士兵總是笑著，歡呼著，表示贊同。可是，高官要人一走，大家又開始抱怨起來。據我所知，沒有一個國王去過臭屋，甚至在中心醫院，也只是關注那些受了輕傷的人。

儘管如此，在我的記憶中，在醫院與麗特塔一塊工作是段快樂時光。快樂？沒錯，我自己也很驚訝，但我確實喜歡這份工作，喜歡它的一切。有句話說得好：如果有人喜愛某種技術的工具，神就會召喚他。是啊，我喜歡那組杵臼，我喜歡臼碗光滑的凹面，我喜歡藥杵在手掌上的感覺，好像它一直就在那裡。我喜歡面前桌子上的瓶罐盤碟，我喜歡新鮮香草的味道，我喜歡我頭頂上方的洗衣架，一束束乾癟的香草在那裡隨著微風搖曳。幾個小時過去了，我無法告訴你時間都去哪裡了，在那份工作中，我忘了自己——我能做這件事，這個信念讓我擺脫只是阿基里斯床伴的身分——阿伽門農的痰盂——又遠了一步。

有一天，戰鬥的聲音變得十分洪亮，醫院帳篷裡每個人都大吃一驚，紛紛抬起頭來，以為特洛伊人隨時會闖入。傷兵湧入，波接著一波，才半個小時過去，就又來一群。我一床一床送上止痛藥，隨著工作壓力增加，也開始幫助清洗包紮傷口。馬查恩要我們用鹽水沖洗傷口，不是海水，是加了鹽的乾淨井水。過程非常痛苦，不過男人總是在我們沖洗傷口時笑著開玩笑，對他們來說，不叫是一種榮譽。當然，那是受了輕傷的人。處於半意識狀態或瀕死狀態的人，並不關心我們做了什麼。

傷口包紮好後，能走路的就到外面坐著吹吹涼風。我把幾壺稀釋了的酒送過去，一群一群分發裝有冷肉和麵包的盤子。所有談話都是關於戰敗，他們氣惱阿基里斯不肯戰鬥，但責怪阿伽門農讓這件事發生。「他應該把那個該死的女孩還給他。」一個男人在我幫他倒酒的時候說。「一切就是這樣開始的。」另一個人說：「他們無所謂，你看到這裡有幾個將帥？」一陣低聲的附和。「沒有，他們都他媽的忙著在後頭率兵。」

但這種情況即將改變。首先是奧德修斯受傷，緊接著是埃傑克斯，幾個小時後，則是阿伽門農本人。他或許可以避免參與襲擊，但已經無法避免戰鬥了。危急了，他自己的性命危急了。馬查恩親手為他清洗傷口，敷藥包紮，只不過那是個擦傷而已。說也奇怪，阿伽門農坐在那裡，曬得黝黑的皮膚發青，臉上也露出痛苦神色，但從遠處看，他仍然給人留下深刻的印象。我突然意識到，他讓我想起了競技場裡的宙斯雕像（不過我後來發現雕像是以他為原型，兩者的相似之處就沒有那麼令人意外了）。

他在場時，大家裝出一副高高興興的樣子，他沿著兩排床中間為他開闢的小路大搖大擺走出去，竊竊私語又開始響起。你從前來探望朋友的口中聽到相同的抱怨，不過主要是從傷患那裡聽到的。他們一小時又一小時地躺在那裡，在高溫下輾轉反側，儘量不去抓繃帶底下的皮膚癢處。我聽著聽著，嘀咕開始變成一個名字，從各個軍階——步兵，軍官，一直到阿伽門農最親近的副手——都聽到同樣的內容：賄賂他，懇求他，必要的話就吻他討厭的屁股，但行行好，想辦法讓那傢伙去上場作戰！

只要我敢，我就一直在那裡閒蕩聽著，但後來不得不回到長凳上，為下一批傷患再準備藥膏。但即使是在帳篷的那一頭，你也聽到同樣的名字，起初是低聲細語，後來卻是越來越大聲地說出來。一次又一次，一天慢慢過去了，還有傷兵擠入早已人滿為患的帳篷，你聽到那個名字：阿基里斯，阿基里斯，又是阿基里斯！

21

「不，不，再說一遍，不！」

阿伽門農轉身直視內斯特時，袖子鉤住一壺酒，酒壺翻倒，一股暗紅色的洪水漫過桌面。我躡手躡腳爬起來，開始徒勞地擦著酒水，結果卻被人不耐地揮手趕開。酒不停從桌緣滴落，地面積出一個紅色水坑，阿伽門農爆發後的寂靜延長了，凝結了。

然後，阿伽門農說得非常精確：「休想我跪著爬到那個混蛋那裡。」

「那就派別人去吧。」內斯特說。「讓他們爬，他也沒料想你會自己去。」

「哼，我想你低估了他的傲慢。」

咚咚咚，一陣腳踩在檐廊木板的聲音，一秒鐘後，奧德修斯半倒在屋裡，喘著氣，一隻胳膊纏著一條血淋淋的破布。

「最好不要是壞消息……」阿伽門農說。

「天哪，老兄……」內斯特轉過身來，向我招手。「給他點酒。」

我倒了一杯酒，拿給奧德修斯，他仰頭就喝。這是烈酒，是阿伽門農最烈的酒，很可能會讓血流得更嚴重，但這不是我該說的話。我看到破布已經濕透了。

內斯特朝他俯身。「不急，慢慢來。」

「我們沒有時間。」阿伽門農咬牙切齒地說。

奧德修斯用手背擦了擦嘴。「恐怕是壞消息，他們在戰壕另一邊紮營，你都能聽到他們講話，我不是說真的聽得見對話——而是指他們有多靠近。九年，該死的九年，竟然就要這樣結束了。」

內斯特挺直腰桿。「還沒結束呢。」

「就要結束了。」

「好，明天我去打。」

「內斯特，恕我直言，你年紀太大了，很遺憾，但你的確是老了。」

內斯特露出受到冒犯的表情。「我們需要每一個找得到的人。」

「不，不，我們只需要某一個。」

「省省你的力氣吧。」阿伽門農說。「內斯特已經說了。」他重重坐了下來。「所以，讓我們切入重點吧，你們看要多少才行？」

奧德修斯的嘴扭曲，不知是痛苦還是厭惡。「要他出馬可不便宜。」

「他肯不肯出馬還是個問題。」內斯特說。

阿伽門農對此置若罔聞。「聽好，我準備拿出這些。」他用手指開始點數物品：「七只三足鼎，從來沒生過火的。十條金子，二十個大鍋，十二匹種馬——匹匹得過獎——啊，還有我們攻下萊斯沃斯時我得到的七個女人。」他用手指著奧德修斯。「我的殊榮——」

內斯特在火邊坐下來，把左手的拇指環轉了一圈又一圈。我記得那是一顆紅寶石，大得足以在他的手上投下紅光。他抬起頭。「那個女孩呢？」

「嗯，是的，當然……那個女孩。」

他們全轉過身來看我，我退到陰影裡。

「如果他還想要她。」奧德修斯說。他一下看著這個人，一下看著另一個人。「啊，她不是有點髒了吧？看上去是呢。」

阿伽門農生硬地說：「不會比她剛到時髒，我沒碰過她一根指頭。」

內斯特和奧德修斯看了我一眼，我感到血往臉上湧，但還是固執盯著地板。

「你願意發誓嗎？」內斯特問，臉上毫無表情。

「當然。」

在隨之而來的寂靜中，一截木頭倒進火堆，火星四濺。

「很好。」內斯特說。

「等等，不，等等——這還不是全部，如果——不，不，不是如果，是等——等我們拿下特洛伊，他可以選擇我的任何一個女兒，我要他做我的女婿，各方面都和我的兒子平起平坐。很慷慨吧，你可不能說這不算慷慨哦。當然，這是有代價的，他反過來必須承認我身為統帥的權威。最後，他必須聽我指令。」

「很慷慨。」奧德修斯小心翼翼地說。「你親自去嗎？」

「怎麼可能，我不會去跟那個小混蛋求情，我會派……哦，我不知道……就派你吧。」

「他的傷口需要照料。」內斯特說。

「用不著，破皮罷了，我一定去。」

「還有誰？」阿伽門農說。「你，內斯特？」

「我不這麼認為，我去的話，他會覺得他必須敬謝不敏。我們可不希望這樣，我認為他讓步前需要咆哮一番，如果他願意讓步。埃傑克斯如何？」

「埃傑克斯？」奧德修斯說。「他連續講完三個字都辦不到。」

「他不行，不過阿基里斯尊重他，我是說尊重他是一個戰士，況且他們是表兄弟。」

「確實如此。」

阿伽門農突然緊張起來，來來回回看著另外兩人。「就這麼定了嗎？」

「他那個傷口得處理。」內斯特堅持說。「還在流血。」

「太好了。」阿伽門農說。「如果他的地毯上沾了一點血，他可能會明白情況有多麼嚴重。」

「他知道情況告急。」內斯特說。

我理解內斯特何以不想成為使節團的一員，他老謀深算，不會冒險把自己與失敗聯繫在一起——這趟必定失敗。我不敢想像自己對任何其他結果抱有希望，如果可能回到阿基里斯的營區……我不知道。奇蹟。直到那時，我才意識到我多麼懷念帕特羅克洛斯的仁慈。

「哦，還有那個女孩。」阿伽門農說。「帶她跟你一塊去。」他雙手捧著胸部往上一托。「讓他看看自己錯過了什麼。」

奧德修斯勉為其難笑了笑。「好吧，很難說會有什麼影響。」

「告訴他我從來沒有……你知道的。」

「上過她？」

「不過，記住，就只能這樣，不道歉。」他伸出手指。「不道歉。」

內斯特轉向我。「去拿你的斗篷。」

被打發走後，我跑到女營，發現麗特塔坐在地板上，肩上裹著一條毯子。我在門口停下來，激動得忘了來幹什麼，只是呆呆望著小屋。門一開，一陣風吹來，燈心草燈搖曳不定，地上的灰影扭來扭去。

麗特塔抬頭看著我，瞳孔又大又黑，竭力想看清我的臉。「怎麼了？」

「他要送我回去。」我一邊說著，一邊捋著頭髮，又咬咬嘴唇，捏捏臉頰。我把腳塞進一雙更結實的涼鞋裡，這一雙更適合走在海灘上。我四肢跪地，爬到角落的一個箱子前。我打開蓋子，只靠觸覺，把我最好的那件斗篷拿出來。

麗特塔低語問：「怎麼回事？」

我壓低聲音說：「他們想賄賂阿基里斯，讓他再上戰場，萊斯沃斯來的那幾個女孩——」我對著遙遠的角落點了點頭。「她們也是賄賂品，但別告訴她們，未必會成功。」

我披上斗篷，緊緊裹住自己，就如母親緊緊摟著孩子要讓他們停止哭泣。我聽到男人的聲音，聲音越來越近，麗特塔把我推到門口。「去吧，去。」

十或十五呎開外，埃傑克斯和奧德修斯並肩站著。奧德修斯像雪貂，又瘦又黑，金髮碧眼的埃傑克斯高大，但骨瘦如柴，高高站在旁邊。阿伽門農的傳令官也在那裡，在昏暗的燈光下，他們的正式長袍如牛血的顏色。我走過去時聽到奧德修斯在說話，他嘲笑阿伽門農沒碰我一根指頭的說法。「我擔心的不是她的手指。」他竊笑著說。然後，他看見了我，凶巴巴說：「你面紗呢？」

麗特塔跑進小屋，過了一分鐘又回來，拿著一條閃閃發光的白色長面紗，披在我的頭上和肩上。我想起海倫，不禁打了個寒顫。讓一群舉著火把的人包圍，我肯定像是最後一次走出父親家門的少女，但覺得自己也像即將入葬的屍體。我仍然拒絕希望，我環顧四周，但由於面紗，幾乎什麼也看不見，除了向下直視自己雙腳時。

奧德修斯從長袍中拿出一樣東西：「來，把這個戴上。」

我揭起臉上的面紗，看見他拿著一串蛋白石項鍊。五顆大寶石，乍看是乳白色，但深處有一團火，只要他的手一動，火光就會灼灼閃動。我的心砰砰跳著，因為那是我母親的項鍊，是父親在婚禮那天送給她的新娘禮物。呂耳涅索斯失陷時，阿伽門農一定把它當作戰利品據為己有。我用顫抖的雙手接過，戴上脖子，麗特塔急忙上前幫我扣上鉤子。這個衝擊讓我非常難受——比看到邁倫穿著父親的長衫更難受——但是項鍊在我的皮膚上變溫暖，我開始感覺好些，那五顆寶石好像母親的手指在撫摸我。

我們出發了，傳令官執著金杖領路。我跟在後面，調整了面紗的皺褶，好看清正走在哪裡。我回頭一看，見麗特塔站在臺階上向我揮手告別，但她很快消失在黑暗中。我轉身繼續往前走。

阿伽門農營區裡的沙子是黑色的，讓沉重的腳步踩得硬邦邦，而海岸線上的沙子更乾淨柔軟，也更潮濕，我看著奧德修斯和埃傑克斯在前面大步走著，水從他們的腳印中滲出。沒人回頭看我，所以幾分鐘後，我覺得可以掀起面紗眺望大海。月亮短暫露了臉，在烏雲再次吞噬之前，恰好在水面上灑下一道光。

傳令官邁著莊重威嚴的步伐，我感覺到奧德修斯的不耐，他想趕緊到那裡把事情辦完，不管「事情」到底是什麼。我想他覺得此番任務成功機會不大，但我也不知道，也許他認為會成功。他和埃傑克斯說話時，我聽不清楚他在說什麼——陣陣的風快速刮走他嘴裡的話。在左手邊，巨大浪花打上岩石，白色水沫高高濺向空中。在右手邊，特洛伊人的歌聲越過屋頂傳來，近得令人心驚，他們簡直就在軍營裡。我看見奧德修斯和埃傑克斯轉身朝那個方向望去，臉龐在月光下顯得清晰而蒼白。

阿基里斯營區的牆比我記憶中要高，上頭有鋒利的木樁，不再只是就簡劃分出墨米頓人所屬的海灘，而是認真的防禦工事——而且不是抵抗特洛伊。奧德修斯怒目看著埃傑克斯，好像在說：你看到了嗎？門口有侍衛駐守，但沒有問題，他們立刻認出奧德修斯和埃傑克斯，揮手讓他們通過。

對我來說，走過那道大門是一個激動的時刻。音樂飄進了夜空；阿基里斯正在唱歌，彈奏七弦琴。和往常一樣，許多被俘虜的女人走到檐廊傾聽。我尋找艾菲思，但沒有看到她。

我們到達阿基里斯的營棚時，奧德修斯要我在外面等。他們討論了一下該如何進去，傳令官想要正式列隊穿過大廳，奧德修斯不同意，他希望這是一次友好的非正式拜訪，兩個老友碰巧路過……傳令官表情有點憤慨，但奧德修斯地位高於他們，他們只好讓步。決定是：他們都走阿基里斯的私人入口，那個入口直接通往他的起居間，接著傳令官就離開。「離開，或者在大門等著。」奧德修斯說。「我真的不介意，但你們不能進去。」

不知道還能做什麼，我只好坐在臺階上等著，把手伸入袖子裡取暖。我聽到阿基里斯的聲音，覺得他聽起來很驚訝，但是維持禮貌，表示歡迎——也許有點提防，不過這可能是我的想像。我注意聆聽帕特羅克洛斯的聲音，但知道他會像往常一樣靜靜坐在那裡。冷風在小屋之間呼嘯，我想去找艾菲思，又害怕被召喚。我大概在某個時候一定會被召喚。

我循著檐廊望去，四處燃著幾支火把，只是它們已靠近了忽明忽暗的生命盡頭。空氣中彌漫著一股冷牛油味，低沉的交談還在屋裡繼續。我很想走去海邊，也許直接走進海裡，就像我住在這裡時一樣，可我當然不敢。我就坐在那裡，像一隻拴著的山羊，知道自己命運懸在門的另一邊。我把手放在母親的項鍊上，謹慎捧起一顆又一顆的蛋白石，它們摸起來就像剛下的雞蛋一樣溫暖。我故意讓自己回到呂耳涅索斯。我坐在母親房間的床上，看著她為盛宴做準備，一定是特別的場合，也許是大哥的大喜之日，因為她戴上蛋白石項鍊。有時，她沒有很著急，會讓我幫她梳頭……

呼吸著記憶的暖意，我忘了自己身在何處，直到門突然打開，奧德修斯站在門口，示意我進去。

22

幾個小時以來，阿基里斯一直站在船尾，看著戰局的發展，一下憤慨，一下得意。戰壕是該死的災難——如他所料。戰爭確實深陷僵局，士兵在泥沼中掙扎，還不如派個信使去見普萊厄姆，對他說：別擔心，老頭子，我們知道自己贏不了。

好吧，那麼就美酒、美食、慶祝……！沒有。晚餐氣氛絕對與喪禮無異，原來他不是唯一旁觀這場戰鬥的人，但也不是人人都對希臘可能戰敗一事感到同樣的雀躍。帕特羅克洛斯幾乎沒有說話，事實上，他整週幾乎什麼都沒說，可能是想暗示自己心靜如水。哈！一點也不，他的沉默越來越宏亮。

晚餐後，阿基里斯想閒聊，但沒有反應，拿起七弦琴彈了起來。像往常一樣，不出幾個音符就沉浸在音樂中。火焰呼呼，狗兒把頭靠在帕特羅克洛斯的膝蓋上，心滿意足地嘆了口氣，一曲終了，又歸於沉寂……阿基里斯正要說話，帕特羅克洛斯卻舉起了手。檐廊有聲響：穿涼鞋的腳啪啪踩在光裸的木板上。他們交換了一個眼神，沒人會在這種時候拜訪他們，事實上，根本沒有人會來。阿基里斯放下七弦琴，門剛好突然開啟，一陣冷颼颼的空氣吹來，火把震顫，影子在牆上跳動，狗兒齜牙咧嘴開始打轉。帕特羅克洛斯認出在門口徘徊的人，喊了聲「朋友們！」，狗兒才不情不願往後退開，喉嚨深處咕噥不止。

奧德修斯走進火光，後面緊跟著埃傑克斯。奧德修斯矮小瘦削，肌肉發達；埃傑克斯十分高大，鼻上布滿雀斑，好像蚊蟲叮咬一樣，他咧嘴笑著，露出一口參差不齊的大白牙。

「進來，進來。」阿基里斯跳起來，開始把椅子拉近爐火。「坐下來，埃傑克斯，你會敲破頭。」帕特羅克洛斯頂著風把門關上，火焰立刻又竄高，掛毯停止飄動。在阿基里斯問候下，話音未落，奧德修斯和埃傑克斯露出古怪的神情。

「吃點什麼？」阿基里斯說，臉上仍然掛著微笑，也多了片刻前沒有的謹慎。

埃傑克斯揉了揉膝蓋。「不用，謝謝，我很好。」

「我可不好。」奧德修斯一面說，一面小心坐到椅子上。

「你受傷了。」阿基里斯說。

「只是破皮。」

阿基里斯的目光從纏著繃帶的手臂移到奧德修斯臉上。「不只，這裡……」

他伸手像要拿下繃帶，但奧德修斯往後退開。「沒有，真的沒什麼。」他把斗篷垂在受傷的手臂上。「那場戰鬥你看見了嗎？」

「斷斷續續看了。」

「他們在壕溝的另一側紮營。」

「真的？那麼近……？」

「媽的，兄弟，你都可以聽到他們的聲音了！」

「你這麼一提，我想我剛才的確聽到了什麼——剛才。」

帕特羅克洛斯一一送上酒杯。阿基里斯舉起他的酒杯，奧德修斯和埃傑克斯也舉起他們的……沒有人想得到祝酒詞。

猶豫片刻之後，奧德修斯把杯子放在他身邊的桌子上。「算了吧，阿基里斯，你清楚我為何而來。」

「恐怕我不清楚。你是聰明人，奧德修斯。埃傑克斯和我，我們只是盡量混日子。」

聽到他的名字，埃傑克斯抬起頭，但提不上話。奧德修斯靠在椅背打起精神——他的痛苦遠多於他所表現出來的——勉強笑了笑。「你胖了嗎？」

阿基里斯聳聳肩。「我不認為。」

「你確定嗎？」奧德修斯伸手指戳他的腰。「我說起碼多了半石的重量。」

「我的盔甲仍然合身。」

「哦，你會試穿，是嗎？」他掃了帕特羅克洛斯一眼。「嗯，平靜的生活顯然適合你們，你們兩人看上去都非常好。」

「但是你看起來很糟糕，那麼，你為什麼不直接說重點呢？」

「我是代表阿伽門農來的。」

「莫非他兩條腿都受傷了，不能走路？」

「你真指望他親自來嗎？」

「是。」

奧德修斯搖了搖頭。「我不明白，你怎麼能坐在那裡什麼都不做，僅僅幾百碼外，他媽的特洛伊大軍正準備進攻。好吧，也許你不關注戰局——也許你的良心不讓你看——但你不能告訴我你不知道發生什麼事。」

「我的良心沒事，謝謝你。」

帕特羅克洛斯俯身向前。「我希望——」

阿基里斯揮揮手。「哦，別擔心，我們不是在吵架，奧德修斯和我認識很久了，我們彼此非常瞭解。」他瞥了奧德修斯一眼。「不是嗎？」

「我以前這麼想。」

阿基里斯伸手去拿酒。「那麼，繼續說下去。」

「我銜命向你提出一個建議，換取你明天早上率領你的墨米頓人上戰場——」

「明天早上？」

「下午可能有點遲了！聽好，你倒底要不要聽他願意拿出什麼？」

奧德修斯一邊不時停下來緩和背痛，一邊開始唸出一長串阿伽門農準備送出的物品：三足鼎、織品、黃金、賽馬、女人……阿基里斯專心諦聽，但奧德修斯講完後，他似乎在等待著別的東西。

「嗯？」奧德修斯最後說。

「就這樣？」

「我認為相當豐厚。」

「沒有一樣值得我賣命。」

奧德修斯露出吃驚的神色。「不值得，我知道……不過，你什麼時候為了身外物打仗？你是為了榮譽和名聲而戰。」

「現在不是了。我有很多時間思考，奧德修斯，這不是我的戰爭，我不想參與其中。特洛伊人做過什麼對我不利的事？他們是偷了我的牛，燒了我的莊稼——搶了我的榮譽獎品嗎？沒有，完全沒有。這就是答案。他們什麼也沒做。」

「哦，得了吧，你當時迫不及待。」

「什麼？對不起，我沒聽清楚——我什麼事迫不及待？」

「戰鬥，你知道你永遠都不會滿足，這就是你。你生活、呼吸、吃喝、睡覺都離不開戰鬥。」

「現在不是了。」

奧德修斯向後靠著坐，上唇閃著汗珠；他覺得很難控制住脾氣。「聽著，你答應參戰，你報名參加……你一刻也不能等。」

「我當時十七。」

「我不管，你同意加入這個聯盟——但你不能只因為改變主意就退出，這麼做不光彩，阿基里斯。」

「我沒有因為改變主意退出，我這樣做是因為他的行為令人髮指。你代表一坨狗屎來這兒，可別跟我談什麼光彩不光彩。」

接下來一陣沉默之後，帕特羅克洛斯清了清嗓子。「那布莉塞伊絲呢？」

「啊！」奧德修斯說。

他掙扎著站了起來。阿基里斯伸手要幫他，後來還是把手放下。奧德修斯踉踉蹌蹌走到門口，用全身力氣頂著風把門推開。火把再次忽明忽暗，影子在牆上四竄。他含含糊糊說了幾句話又回來，身後拉著一個女人，她全身裹著層層白布，活像一具死屍。他把她推到火堆旁的光圈中，像變戲法似的將面紗扯下。「她來了！」

在乍來的強光下，女孩像兔子一樣愣住了，望著一張又一張的臉。阿基里斯捧杯的指關節變白，但他什麼也沒說。奧德修斯露出不解的表情，顯然期待一個更激動的反應，因為這就是關鍵時刻：阿基里斯的榮譽獎品，那個女孩，那個該死的女孩，所有麻煩的根源，回來了。外加一大筆贖金，他還可能要求什麼？然而，他坐在那裡，一言不發。

奧德修斯勉強繼續往下說。「他準備在全軍面前鄭重宣誓他從來沒有碰過她，她一直和其他女人住在他那邊的小屋，沒有受到騷擾。」

「他從沒碰過她？」

「沒錯，這一點他願意發誓。」

阿基里斯起身向布莉塞伊絲走去，直到近到都感覺得到她的氣息呼在他臉上，但她不敢看他。他拿起一顆蛋白石——上頭有了她的肌膚溫度——捧在手心轉來轉去，直到朦朧的乳白色閃出火光。猝然，他放下寶石，以食指托住她下巴，輕輕抬起她的頭，她不得不迎接他的目光……

過了一會兒，他轉向奧德修斯。「告訴他，他就算上到她背斷了也行，我何必介意？」

布莉塞伊絲掩住了嘴。帕特羅克洛斯立刻走到她身邊，摟著她的肩，領她穿過走廊出去到大廳。

「好吧。」奧德修斯說著深深吸了一口氣。「也許不是什麼好主意，但起碼聽我把話說完。」

「你是說還有？」

「等我們攻下特洛伊時——」

「『等』？」

「二十個女人，你選。唔，當然海倫不行，其他人都可以。七座金城湯池，你的船隊能載多少金飾銅器都給你——不，等等——阿伽門農的女兒給你做妻子，他讓你做他的女婿，各方面都和他自己的兒子平起平坐——」

「等一下，來看看我是不是猜對了，我在各方面都能和他的兒子平起平坐嗎？」

「他是這麼說的。」

「在各方面和一個從來沒有憤而舉起一把劍的十五歲孩子平起平坐？」阿基里斯向奧德修斯俯身，直到他們的臉只剩一寸距離。「你是在恭維我嗎？」

「女兒會帶一大筆嫁妝——這是最重要的，你不能說這不慷慨。」

「那些全是哪來的？」

「唔，當然是來自他的庫房。」

「沒錯——但那些又有多少來自我攻下的城？他只是坐在他的胖屁股上什麼也沒做。」

奧德修斯又坐下來，用一隻手擦擦眼。「你要什麼，阿基里斯？」

「他，到這裡，我要一句道歉，我要他承認他錯了。」

奧德修斯轉向埃傑克斯。「走吧，我們在浪費時間。」他拿起斗篷，然後好像一個念頭剛剛在腦子裡閃過，他轉回頭。「你故意拖延，是還要什麼嗎？有的話，行行好，兄弟，快說出來——我們沒有時間玩遊戲。」

「我要一句道歉，相當簡單，而且便宜。」

「所以我回去就這樣告訴他？」

「哦，我想我們可以說得比那更好聽。告訴他，如果讓我在娶他女兒和操一隻死豬之間做選擇，我每一次都會選擇死豬。好了，這麼說應該就行了。」

奧德修斯已經轉身要走，埃傑克斯竟開口說話了。「外頭有人正在死去，不是特洛伊人，不是敵人，是你這邊的人，是那些敬仰你的人——是那些他媽的崇拜你的人，但你不在乎，是嗎？你什麼都不在乎，除了你的榮譽——還有得到道歉。他們快死了，阿基里斯，你可以救他們——你卻不救。榮譽在哪裡？」他快哭出來了。「我以身為你的表弟為恥，我以稱你為友為恥。」

他抓起斗篷，用手背擦去涕淚，衝入夜色中。

23

帕特羅克洛斯說：「我想我最好回去裡面。」

我點了點頭，繼續坐在他安排我坐的小桌旁。幾分鐘後，我可以四處看看。餐盤已經清理乾淨，新鮮的燈心草鋪在地上，不過大廳另一頭的邊櫃仍然排列一些大淺盤和酒壺。我走到兩張長桌之間，朝酒壺瞧了瞧，最後找到有一壺半滿的，給自己倒了一杯。酒放得太久了，有點酸味，不過也只好這樣了。我深深喝了一大口，擦擦嘴，又倒了一杯。

一切發生得如此之快：從黑暗被拉進光明中，掀開面紗，像妓女在市場拋頭露面……彷佛第一天在競技場的情景重演。最後，當阿基里斯直視我的眼睛時，屋裡突然沒有其他人，一時間在那樣令人不安的親密關係作用下，我知道我沒辦法撒謊。

告訴他，他上到她背斷了也行。

還要酒。我找到另一壺，把殘餘的酒倒進杯子裡。一扇門砰的一聲關上，我立刻僵住，杯子離嘴唇只有一寸距離。我以為奧德修斯會出現，但當我走到檐廊時，看到的卻是埃傑克斯——在二三十碼開外來回踱步，攥緊的拳頭反覆捶著另一隻手的手掌。帕特羅克洛斯走出來想跟他說話，埃傑克斯卻只是搖搖頭，繼續踱步。過了一會兒，帕特羅克洛斯朝小屋走回來。他看我站在那裡，接過我手中的杯子，聞了聞：「呸，天啊，我們起碼可以讓你喝更好的。」

他領我回到大廳，從邊櫃下方的櫥櫃拿出一大壺酒——最好的酒——我以前晚餐時給阿基里斯斟的酒。他倒了兩大杯，一杯遞給我。我們坐在小桌旁望著整座大廳。我說：「我來的第一個晚上，你給了我酒，我坐在後面的房間裡，嚇壞了。」我斜視了他一眼。「我不明白你為什麼要為一個奴隸做這種事。」

「你知道為什麼。」

我不知道，除非他指的是他在阿基里斯父親的宮殿裡孤孤單單，擔驚受怕，沒有未來、沒有希望、沒有朋友的那段時間。我希望他是那個意思——其他的意思都太難以理解了。

「抱歉。」他說。

「為什麼？**你**什麼也沒做。」

「奧德修斯真不該帶你來。」

是不該，我想，一切沒有我也可以解決。那樣更好嗎？也許。如果當時我沒有露出破綻，阿基里斯有可能會相信阿伽門農，在眾神面前鄭重宣誓是大事一樁，他理所當然認為阿伽門農不可能撒謊。

另一個房間傳來聲響。「你知道現在的情形嗎？」

「嗯，他們還在談……我以為奧德修斯一下就會離開，沒想到他沒走。」

聲音越來越近了。奧德修斯走進大廳時，我們都站了起來，他突然顯得蒼老許多。

「我送你到大門口。」帕特羅克洛斯說。

「不用。」簡扼，輕蔑。

「不，阿基里斯會希望我送你。」

奧德修斯靠近了，表現出他的不屑。他說：「阿基里斯要你做什麼，你就做什麼嗎？」他不等回答，轉身闊步走過大廳。我知道我必須跟著他。

天開始下雨了，很細很細的雨，看起來如霧一般，但幾秒鐘就能把皮膚打濕。奧德修斯和埃傑克斯拿著火把朝大門走去——阿伽門農的傳令官早回去了營區——我和帕特羅克洛斯在後頭跌跌撞撞盡力跟上。帕特羅克洛斯從一間小屋外牆的燈座抓起一支火把，高舉在我們頭頂上方。我們走著，他的斗篷偶爾掠過我，但除此之外沒有任何身體接觸。我們也不怎麼說話。事實上，我不確定我們是否談過話，我猜換作別人會設法安慰：不會太久的，別擔心，我們會解決問題……等等。但他沒有，對此我很感激。

我們在營區大門和他分別，我轉過身去，回頭看著他高大的身影落在光圈中，但奧德修斯厲聲呼喚我的名字，就像要狗緊跟著自己，所以我知道我必須轉身向前。我們幾個極其安靜，渾身髒汙，在彎曲的海灣上遊蕩。海浪飛快翻滾，在腳邊浪花重疊的弧線中破碎，細細的雨絲始終不停落下。我在潮濕的沙灘上舉步維艱，最後乾脆脫下涼鞋，打赤腳走路。畢竟，我現在的樣子已經不重要了，奧德修斯和埃傑克斯對我都不感興趣，我已經不復存在。

我很害怕，自從呂耳涅索斯陷落後，我就一直害怕。不，比那還長——害怕幾年了。自從特洛伊平原上的城邦開始落入阿基里斯之手，我就一直在害怕；每一次焚城，每一場掠奪，都讓戰爭更近一步。但那天晚上我的恐懼完全是另一種情況，比以往任何時候都強烈。我知道，見到我在他的營區，阿伽門農永遠不會有好感，甚至恰好相反：我不斷提醒他將希臘軍隊推至敗仗邊緣的那場爭吵。我唯一的潛在用途，我對他唯一的價值——既然他從沒想要我在他的床上——是日後與阿基里斯談判時可能用上的籌碼。如今，連那個價值也沒了。

告訴他，他上到她背斷了也行……

現在，沒有什麼能阻止阿伽門農把我交給他的下屬共用。我知道那些女人過的日子，有一回我看到兩個比我年長的婦人在垃圾堆老鼠之間尋找食物，帕特羅克洛斯的狗過得還更好。

回到阿伽門農的營區，我不知道該怎麼辦，想溜到女營又不敢，直到奧德修斯告訴我可以才跑去。但是我還戴著那條蛋白石項鍊，幸好奧德修斯又叫我去馬查恩的倉庫拿止痛藥水，問題才解決。我一路跑到醫院，把預先準備好的草藥混進一壺烈酒中，然後一路跑回來。

奧德修斯坐在阿伽門農的火堆旁的椅子上，從我手裡搶過酒壺，一口氣灌下一半。埃傑克斯跪在他身邊，撕下他傷口上的繃帶。阿伽門農默不作聲踱來踱去，我猜內斯特要他先別追問，直到奧德修斯得到照料。我想看看能不能幫上忙，阿伽門農卻叫我把他的杯子再裝滿。他滿臉通紅，眉間有兩道深深的皺紋，似乎無法相信發生什麼事……

最後，埃傑克斯綁好新繃帶站起來。

阿伽門農立刻說：「他確實清楚我提出什麼條件嗎？」

「清楚。」奧德修斯疲憊地說。

「娶我女兒？」

「清楚。」一陣鮮明的沉默。「他自然說他很榮幸……」

內斯特瞥了埃傑克斯一眼，埃傑克斯聳了聳肩。

「結果他還是不同意？他給了你理由嗎？」

「這不是他的戰爭，他對特洛伊人沒有不滿，他們從未掠奪過他的牲畜，他們從未燒毀過他的莊稼，他們……從未偷走他的妻子。」

「他根本沒結婚好嗎！」

奧德修斯把頭轉向我。「他指的妻子是她。」

「真的？」內斯特說。「哦。」

「嗯，他以前相信榮譽、光彩之類的東西，現在都不相信了，沒有什麼值得他賣命。」

「聽起來不像阿基里斯。」內斯特說。「你確定你沒走錯地方？」

「還有，他要回家。」

「又來了？」內斯特哼了一聲。

「他不會回去的。」阿伽門農說。「除非看見我跪在普萊厄姆面前。」

奧德修斯咕噥一聲。「我想是在他面前。」

「他不在乎有多少希臘人死去嗎？」內斯特問。

「不在乎。」

「他不是人。」埃傑克斯脫口而出。

「哎呀，他當然不是。」阿伽門農說。「他母親是條魚。」

內斯特淡淡一笑。「是女海神吧。」

「嘿。」阿迦門農從我手裡奪過酒壺，又給自己倒了一杯。「他到底是什麼意思，『沒有什麼值得他賣命』，阿基里斯這種刁棍開始思考，就要發生這樣的事情。」

「這一點沒必要反覆研究了。」內斯特說。「他給了我們他的答案，他不會改變，問題是：我們該怎麼辦？」

「我們今晚可以把船開出去嗎？」阿伽門農問。

埃傑克斯目瞪口呆地看著他。「什麼，逃？」

內斯特不理他。「不行，他們會攻擊，我們若是把船開出去，還要設法擊退他們。不行，沒得選擇，我們只能留下來撐到最後。」

「戰鬥到底。」埃傑克斯說。

「是的。」內斯特疲憊地說。「戰鬥到底。」

漫長的沉默，阿伽門農在三人之間看來看去，等著有人提出解決辦法。

「總有墨米頓人。」內斯特說。

阿伽門農盯著他，好像覺得老人家終於失去理智。「我想你會發現他們隸屬於阿基里斯麾下。」

「我不知道。」內斯特說。「他們不喜歡目前的情況。我要說的是，當阿基里斯說，我受辱了，我們回家，他們沒有意見，但他們不明白現在這個情形：他們離家幾百里，卻被困在這裡無所事事？」

「他們崇拜阿基里斯。」埃傑克斯說。「沒有他，他們什麼也不幹。」

「他說得對。」奧德修斯說。「阿基里斯領導他們。」

「不。」內斯特說。「阿基里斯**助長**他們。」

阿伽門農看來陷入沉思。「他們會追隨帕特羅克洛斯嗎？」

「我不認為。」奧德修斯說。

「不，他們會。」內斯特說。「他作戰能力不差，駕馭戰車的功夫一流，我很願意讓他載我。還有，他們尊重他。」

「沒錯是沒錯，但有個小障礙，不是嗎？」奧德修斯說。「沒得到阿基里斯的允許，他連自己的屁股都不能擦。」

「你怎麼知道？」內斯特說。「我們不知道關門後發生了什麼——沒有人知道。」

奧德修斯咧嘴一笑。「我想我們都知道那扇門後面發生了什麼。」

「不管怎樣——」阿伽門農說。「這或許對我們有利。帕特羅克洛斯是國王的兒子，他真想在歷史上留下阿基里斯跟班的名聲嗎？因為現在看樣子就是如此……」

埃傑克斯的臉紅到了髮根。「我對此一無所知，但我知道帕特羅克洛斯不會做任何傷害阿基里斯的事。」

「沒錯，但是你不懂嗎？」內斯特說。「他不會傷害他，他可能會幫忙，因為我不以為這是阿基里斯想要的情況，我不認為他滿意這種情況，他只是把自己逼到牆角。」

「沒錯，我傾向於同意。」奧德修斯說。「事實上，我越想越覺得值得一試。」

「我看就這樣。」阿伽門農勉強地說。「內斯特，你為什麼不去探探他的口風呢？」

「前提是你能碰到他單獨一個人的時候。」奧德修斯說。「他們幾乎形影不離。」

「好吧。」內斯特說。「我盡力而為。」

阿伽門農拍了拍他的背。「好傢伙。好吧——」他環顧四周。「我想今晚我們不能再討論了，明天又是不好對付的一天。」

我就站在他的椅子正後方，想找機會逃走。我把母親的蛋白石拿下來，放在他床邊的雕花匣上，溫暖的寶石原本貼著的皮膚一陣空虛。阿伽門農的客人拖拖拉拉道晚安時，我開始慢慢朝門口移動，但在最後一刻，就在奧德修斯身後的門關上時，阿伽門農說：「不，你留下來。」

我小心抹去臉上所有表情，轉身走進房間。

24

帕特羅克洛斯去了很久，遠比他護送奧德修斯和埃傑克斯到門口需要的時間更久。

阿基里斯拿起七弦琴又放下，給自己倒了一杯酒，但是沒喝。狗兒豎起耳朵，聽著前廳的腳步聲，開始哀嚎起來。他彎腰撫摸牠們的頭，心想：是啊，你們和我都是。

最後，帕特羅克洛斯總算進來了，頭髮濕漉漉、亂糟糟披在臉上，看上去好像一頭野獸，夜裡在沙丘可能瞥見的那種東西，一雙紅紅的眼睛在黑暗中來回移動。當他走向壁爐時，風吹著的營棚似乎在他的四周收縮，他摩擦著胳膊，假裝比實際更冷，好更靠近火堆，不用看著阿基里斯。

「你動作可真慢。」

帕特羅克洛斯想掩飾自己的憤怒，可惜失敗了。

「嗯。」他最後說。「太殘忍了。」

「死豬那段？啊，別擔心，他不會轉述的。」

「不，阿基里斯。布莉塞伊絲，殘忍的是那件事。」

阿基里斯在椅子上動了動。「至少她沒有撒謊。」

「她根本沒有說話！」帕特羅克洛斯把狗推開。「阿基里斯，你到底要什麼？」

「我要他承認他錯了。」

「可他做不到，奧德修斯知道你要一個道歉，他就是無法給你。」

「那麼，很遺憾，他害自己白跑一趟。」

帕特羅克洛斯坐下來，狗在他腳邊趴下。「我想這件事從某個角度來說很有趣。」

「是嗎？我一定是錯過了。」

「是的——奧德修斯，非常聰明，非常會說話，非常——」

「險詐。」

「但真正打動你的人是埃傑克斯。」

「他沒有，沒有打動我。」

帕特羅克洛斯看著他。「有，他打動你了。」

阿基里斯挑了一根沒必要的木頭扔進火裡。「她還好嗎？」

「你想呢？」

「不然我剛才還能怎麼做？」

帕特羅克洛斯依然固守沉默。

「好，就這麼辦吧。」

「我們應該回家的。不，聽我說，好好聽我說。不久前，阿伽門農告訴他的手下戰爭結束了，他們要回家了，你還批評了他——」

「嗯，沒錯，我沒聽過這麼愚蠢的話。」

「可是你不明白你也做出一模一樣的事嗎？我受辱了，就這樣，我們結束了——我們要回家了。任何人都能理解，只是我們接下來突然不回去了，他們都已經開始盼望見到妻兒。不容易，要他們晨練後去做他們不許做的事不容易。」

「我知道不容易——你做得很好。你以為我不知道嗎？」阿基里斯把手伸到腦後，從綁在後面的頭髮從帶子扯下來。「那麼，說吧，他們說什麼？」

「哦，老樣子——你很難對付，你母親用膽汁餵你長大。」

「嗯，那倒是真的。」

「不，聽著。他們不知道自己來這裡做什麼，男人都去打仗了，他們卻像一群呆頭呆腦的老太婆坐著。」

「他最後會爬來的。」

「不會的，阿基里斯，他不會。」

「如果就要輸掉戰爭，他會的。」

帕特羅克洛斯鼓起雙頰。「我認輸。」

「還要酒嗎？」

「不用，謝了。」他起身拿斗篷。

「現在是怎樣？」

「『現在是怎樣？』你什麼意思？我要出去……」

「你才剛出去過。」他看著帕特羅克洛斯把濕斗篷披在身上。「你想要個伴嗎？」

一絲的猶豫？「不想，但如果你願意，你可以來。」

我不知道誰比較高興，阿基里斯心想，是我還是狗。

——

走過營區，阿基里斯看到男人在火堆旁徘徊，推延進屋睡覺的時間。阿伽門農應該正在火堆間跑來跑去，試圖灌輸士兵鬥志才對，卻不見他的蹤影。不，他一定躲在屋裡，喝到腿軟。不然就是和布莉塞伊絲上床——撒謊，放屁，騙人，他媽的混蛋。

帕特羅克洛斯離開屋子後，一句話也沒說過。阿基里斯斜視他一眼，笨拙地試圖求和，一隻手臂搭上朋友的肩膀，帕特羅克洛斯讓手臂留在那裡，但在那之前阿基里斯感覺到片刻不由自主的退縮。

他們離開營區，沿著小路穿過沙丘，拉長的影子在前方蒼白的沙地上延伸。他們聽到特洛伊戰士圍著營火唱歌，但只有走出沙丘，從灌木叢上方眺望戰場，才看得到特洛伊營地全景。阿基里斯背靠在一棵多節的橄欖樹上，凝視廣闊的特洛伊平原，心想：天啊，他們離得那麼近，比從船尾看到的更近，甚至能聽到馬的咀嚼聲。還有那麼多火堆！猶如無月之夜，躺在長長的草叢中仰望天空的星星，最後看到頭暈目眩了。凝視火光點點的暗處，他能看到汗津津的臉頰閃著紅光，眼睛亮著白光，偶爾還有青銅色的微光，還有──近得他都聞到了煙味──一名特洛伊戰士撥弄火堆，濺飛一大片火花。

「看夠了嗎？」帕特羅克洛斯冷冷地說。

他點了點頭，但答不上話。

他們走回去，穿過大門，越過院子，回到屋子，帕特羅克洛斯依然沉默而冷淡。阿基里斯建議再喝一杯，他搖了搖頭。「不，我想我要上床睡覺了。誰曉得呢，搞不好我們明天要打仗。」

「不，我們明天不會打仗。」

「如果你的船著火了，我們會的。」這句話聽起來像是不服從命令，激怒了阿基里斯，他開口想嚴厲斥責，但門已經關上了。

25

第二天早上，帕特羅克洛斯知道既然無望讓墨米頓人專心練兵，就放他們去觀看戰鬥。他們擠在船尾，黑壓壓的腦袋肩膀在地平線上推來擠去，在緊張的沉默中等待戰鬥開始。最後，當刀劍鏘啷鏘啷敲擊盾牌，他們開始雀躍不已為希臘戰士歡呼，完全就像在觀看戰車比賽的觀眾。帕特羅克洛斯一陣厭惡，轉過身去。從何時起，戰爭成了適合年輕人旁觀的遊戲？

再也忍無可忍時，他從船尾爬下，走進小屋，把頭伸入一缸冷水中。他站起來，渾身濕淋淋盯著銅鏡裡的自己，想與某種外在真實連結——哪怕只是看到自己的臉也好。至少，在這兒，離那些人遠點，他不必注意自己的表情。

他躺在阿基里斯的床上，昨晚他睡不到兩個小時。但頭一沾上枕頭，就聞到阿基里斯皮膚頭髮的味道——不是難聞，但是味道濃烈，近乎野獸。外頭的怒吼和歡呼不絕於耳，他閉上眼感到睡意襲來，不久就像漂在水面，頭上燈光搖曳，影子在白色海底溜動。

「帕特羅克洛斯！」

帕特羅克洛斯猛然驚醒，迷迷糊糊，兩腿一甩翻到床邊。阿基里斯又喊了一聲。有那麼一會兒，他真不打算去找他，但那當然是不可能的，於是他奮力起身走出去。儘管他只睡了很短的時間，沙灘上船影也拉長了。他遮著眼，見到了阿基里斯。在耀眼的日光下，他是金色和黑色的。

「你要什麼？」太唐突了，但他情不自禁。

「我想馬查恩受傷了，我剛才在內斯特的戰車上看見他，至少我認為是他，請去探探情況好嗎？」請……好嗎？只要有旁人在場，阿基里斯的命令總是以請求的形式表達，通常還加上一個頭銜，帕特羅克洛斯王子……帕特羅克洛斯大人……請……好嗎？這一切都未能掩蓋一個事實：阿基里斯利用一個國王的兒子做信使，只是長久以來帕特羅克洛斯都不知道該如何怨恨。

於是他開始奔走，在一瘸一拐走回醫院帳篷的結群傷患之間穿行。還有一些人傷得更重，被抬上了推車，每一次的搖晃，每一次的車輪顛簸，都讓他們發出呻吟和哭號。當然，這種場面他見多了，今天令人驚心的是敗仗的氣氛，失敗就在垂耷的肩膀和蹣跚的腳步上；最重要的是，失敗就在他跑過去時那些盯著他的眼神裡，死氣沉沉，了無生趣。

他儘快離開小路，順著狹窄的通道走到內斯特的屋子。他在臺階停下來喘口氣，然後才走進大廳。馬查恩躺在另一頭的臥榻上，荷克米蒂正用一塊白布按住他的肩膀。馬查恩身型肥胖，一頭白髮，有著一張憤世嫉俗、自我放縱的肉餅臉，戰場不干他的事，他卻上場作戰了。帕特羅克洛斯跪在他身邊。「你還好嗎？」

馬查恩皺起眉頭。「命還在，實際上沒有看起來這麼嚴重。」他抬頭看著荷克米蒂。「再用力，姑娘，用你的全身重量壓。」

「我可以試一試嗎？」

「千萬不要，這樣我就沒肩膀了，但你可以把杯子遞給我……」

帕特羅克洛斯聞了聞杯子。「烈酒，你確定這是好主意？」

「當然不是好、主、意，我需要東西放鬆一下。」他舉起杯子，眼睛一閃。「乾杯。」

帕特羅克洛斯偷偷快速看了一眼馬查恩的傷勢——皮肉傷，非常深，但看起來乾淨。接著，他走進起居間，發現內斯特坐在爐邊，四周是他解開丟下的盔甲。天啊，他多大了？七十？也許還不止。年輕、強壯又健康的帕特羅克洛斯在門口徘徊，祈求大地將他吞沒。

「帕特羅克洛斯！進來！」

內斯特從椅子爬起來，抓住帕特羅克洛斯的手，把他拉到他旁邊的另一張椅子上。

「不行，我不能多留，阿基里斯派我來察看馬查恩的情況，我必須看著他得到妥善的照顧。」他壓低聲音低語。「他會沒事吧？」

「哦，我想是的，他有世上最好的醫生，他自己，我們只是照他說的做。來吧，坐下。」

「不了，他會奇怪我跑哪裡去了。」

內斯特微微一笑。「他不會那麼專橫……」

「不會嗎？」

「你才剛到。」

帕特羅克洛斯猶豫了。「唔，好吧。」

帕特羅克洛斯稍微放鬆了，接過內斯特遞給他的杯子。內斯特把自己的杯子舉到唇邊，仰頭喝了一口，他的鼻子比帕特羅克洛斯記憶中更尖，臉頰上的紅血管更明顯。他開始看起來有點……老態了。

「所以——」內斯特說。「阿基里斯關心馬查恩？」

「嗯，他當然關心，他——」

「一個人？阿基里斯突然關心起一個人？你知道今天死了多少人嗎？他卻站在船上觀望？」

帕特羅克洛斯張開了嘴。

「別跟我說你同意，我知道你不同意。」

「我想我該走了。」

「不，求你了。」內斯特拍了拍身邊的椅子。「遷就我這個老人家吧。」

帕特羅克洛斯不情不願坐下來。

「你可以做到的，你知道的。」

「做什麼？」

「領導墨米頓人。」

「你是說，沒有阿基里斯？」

「是的，有何不可呢？」

帕特羅克洛斯搖搖頭。「這種事絕對不會發生。」

「你不站出來，當然不會發生。」

「沒用，他絕對不會同意。」

「你怎麼知道？你從來沒有問過他，我認識阿基里斯很久了，沒有你那麼久——但也夠久了。我不相信他心裡過得去，我不相信他晚上睡得著覺——」

「哼，他可以的。」

「我認為他把自己逼進死角，找不到解套的方法。」

「你是說這是他的錯，而——」

「我是說誰的錯並不重要，我們已經遠遠超脫這件事，我是在想解套的方法。誰知道，也許你只是在幫他一個忙。」

「我也許會被他一刀捅進肚子。」

內斯特笑了。「他不會對你這麼做。」

「你確定嗎？我希望我能如此。但是，我知道那種殺了一個朋友然後後悔一輩子的感受。」

「我知道，我記得，但你表現得很好。」

在隔壁房間，馬查恩大叫一聲，兩個人都朝門望去，內斯特從椅子上站了起來。

不一會兒，馬查恩喊著：「道歉，她只是在塗膏藥。」

「現在你可知道病人的痛苦了吧。」內斯特做了個怪表情，又坐回椅子上。「老骨頭了。」他輕拍著膝蓋說。

「我不知道該說什麼。」

「或許還能把他們擋回去，我不知道還能做什麼，你知道他們放火燒了阿伽門農的一艘船嗎？」

「不知道。」

「他們……」內斯特把拇指和食指靠得幾乎要碰到一起。「他們已經這麼近了。」他等待著，接著頓時失去耐心。「他們要做什麼他才肯上場作戰？」

「燒了他的一艘船吧。」

「嗯，可能有點來不及了，當然，這就是背叛戰友惹的禍，最後只能孤軍奮戰。」

「他還在想要某人讓步。」

內斯特笑了。「是的，我知道他一定會的。」

帕特羅克洛斯用手抹了一下眼睛，再次抬起頭時，發現內斯特正在看著他，他的表情現在既沒有心計，也不擺布人——只有好奇。

「你難道不想擺脫他的陰影嗎？」

「我在他的陰影下長大，習慣了。」

「但這不是真正的答案，不是嗎？」

帕特羅克洛斯聳聳肩。

「這可能是你的機會——」

「不，不，到此為止，就算我做，那也是為他做。」

漫長的沉默，只有內斯特羅患關節炎的手指絞在一起透露了他的緊張。最後，帕特羅克洛斯說：

「好吧，你贏了，我會提議，其他的就不能保證了。我真的應該趕緊回去了。」

內斯特陪他走到門口，幾乎無法掩飾他的歡欣。「哦，還有一件事，」他說。「請他把他的盔甲借給你。」

「什麼？現在我知道你瘋了。」

「如果他們在戰場上看到他——或者以為看到他——那就值一千個人。」

內斯特往後站，看著各種可能像蛆蟲鑽入這個年輕人的皮膚。他說的夠多了。「好，盡力而為吧。」他的手在帕特羅克洛斯的肩上停了片刻。「這件事只有你辦得到。」

26

返回阿基里斯營區途中，帕特羅克洛斯聽到有人叫他的名字，抬頭一看，是老友尤里皮勒士。他一瘸一拐沿著小路朝他走來，大腿嵌著一個箭頭，帕特羅克洛斯向他跑去，兩人抱在一塊——得小心翼翼，因為尤里皮勒士站不穩。

「看起來很嚴重。」帕特羅克洛斯說著，往後退了一步。

「很多人更慘。」

「來吧，來去讓醫生……」

帕特羅克洛斯做好負重的準備，把尤里皮勒士的胳膊搭在自己的肩上，朝醫院方向走去。「越早清理越好。」

他們就這樣一同蹣跚前進，走得非常緩慢。好不容易，走到醫院的帳篷，帕特羅克洛斯替尤里皮勒士在帆布旁找到一個位子，小心翼翼讓他坐到一張毯子上。他四處尋找可以用來當止血帶的東西，最後找到一條沾了血的布。他跪下來，抓住箭杆開始拔。尤里皮勒士尖聲大叫，帕特羅克洛斯沒理睬他——拖延必須做的事是一種虛假的仁慈。他握緊了手，穩穩拔出箭，檢查裡面沒有殘留，便拿起布條，在尤里皮勒士的腿傷上方幾寸的地方繞了幾圈。尤里皮勒士把頭轉向一邊嘔吐。這時，一個受了輕傷的人一跛一跛走過來，想看看發生了什麼事。他個子矮小，一頭濃密的紅色鬈髮從前額梳高，或許是為了給人個子更高的印象。帕特羅克洛斯知道他認識這個人，但怎麼也想不起他的名字。「你能接手嗎？」他說。

那人從帕特羅克洛斯手中拿過布頭。「你沒事吧，兄弟？」那個受傷的人問。尤里皮勒士想回答，但牙齒直打顫，說不出話來。

「我去給你弄點水來。」帕特羅克洛斯說。

他用手捂著口鼻抵抗惡臭，站起來環顧四周。許多傷患喊著要水喝，還有人睡著，或是失去知覺。離他左邊幾張床的地方，有個人顯然死了。他看到一個中年婦女給一個失去一隻眼睛的男人送水。「水？」他邊問邊模仿喝水的動作，不是每個奴隸都懂希臘語。女人指著她身後遠處的一張桌子。

帳篷擁擠不堪，他必須跨過幾個毫無生氣的身體才能到達後面。他走近時，看到一大缸水，旁邊排著半打的水壺，幾個麻袋裝滿了草根——有濃濃的泥土味道——還有一架子的乾藥草在微風中搖曳。十來個女人圍坐在長桌旁，有人研磨草藥，有人把黏稠的棕綠色藥膏塗到方方正正的亞麻布上，那裡像是一座工作效率極高的平靜島嶼，即使鮮血和痛苦的高潮正拍打著岩石。他沿著架子走著，挑了幾束乾燥藥草，又揀了新鮮的香菜和百里香，坐下來開始磨。一盤盤的清水、蜂蜜、牛奶和酒沿著桌子間隔擺放，樣樣都在伸手可及的範圍內。他需要清洗和包紮傷口，給尤里皮勒士喝止痛藥——然後回到阿基里斯那裡，最好是在他開始發飆以前。沒有餘暇思考內斯特的建議，但那樣也好，如果有餘暇思考，現在可能已經沒有勇氣了。

他一心想快點做完，沒有馬上認出坐在他對面的女孩，但後來伸手去拿牛奶罐時，瞥了一眼桌子另一頭，見到她在那裡：布莉塞伊絲。「你在這裡做什麼？」

「我在這裡工作。」

她抬起頭，他發現她的嘴唇裂開，臉龐脖子都是瘀青。前一天晚上奧德修斯揭開她的面紗時，這些都不存在。「你還好嗎？」

「還好，命還在。」

「我剛才去看馬查恩。」

「是的，我們聽說他受傷了，他情況怎樣？」

「不嚴重，據說是皮肉傷——沒有感染。」他儘量不要太過明顯盯著那些瘀傷。「他是個麻煩的病人……」

她笑了。「我能想像。」她舉起一隻手，摸了摸嘴唇。

之後他們默默工作，他磨完藥草後說：「能幫我找一些醋嗎？」

他小心翼翼把磨碎的草藥放入盛有蜂蜜和牛奶的碟子，用手掌根部壓碎幾條草根，攪拌到混合物裡，然後又加酒和鹽。他意識到她注視著自己，幾乎不用看，也能看到她眼白裡的紅色血絲，脖子上的手印還在繼續加深。

「給誰的？」

「朋友——剛剛碰見他，我想我們其實有親戚關係，不知道，我已經搞不清楚了。」

「你需要的話，我再去拿膏藥來。」

回去時，他發現沿著帳篷外緣走更容易些，他感覺到汙漬斑斑的厚帆布刮過後背。他發現尤里皮勒士臉色煞白，血流過多，不過起碼止血帶似乎有用：血液流動速度已經放緩了。他感謝那個紅髮的人，他大概很高興可以脫身去料理自己的傷口。他把止痛藥滴到尤里皮勒士口中。傷口大致已經止血了，他不想攪亂可能已開始形成的凝塊，只是傷口仍舊得清洗：他真希望馬查恩在這裡提供建議。最後，他判斷清洗傷口比什麼都重要，他見到太多的人死於壞疽，壞疽十分可怕，連瘟疫也比不上。

布莉塞伊絲從他後方過來。「我能幫忙嗎？」

「你可以開始替他清潔。」

他再次拿起杯子，把藥水滴入尤里皮勒士口中。緩慢又費力的工作：尤里皮勒士不停讓藥水嗆到，每喝幾口就得休息一下。布莉塞伊絲開始清潔他的腿，動作輕柔又徹底，還不時彎腰仔細檢查傷口。她用手指壓壓邊緣，小心翼翼探著，傾聽皮膚的聲音。帕特羅克洛斯臉上寫著問號。她說：「我想沒事，沒有感染。」

聽到她的話，尤里皮勒士彷彿找到新的力量，把剩餘的藥水咕嚕咕嚕灌下。帕特羅克洛斯替朋友擦了擦嘴，將他的頭輕輕放到毯子上。「好啦——你很快就會感覺舒服一些了。」

尤里皮勒士的眼珠往上翻，幾秒鐘後就睡著了。

帕特羅克洛斯立刻轉向布莉塞伊絲，「你確定沒有感染？」

「我認為沒有。」

她和他一起走到門口。有一次，他們不得不退到一邊，讓四名抬著擔架的人擠過去——結果發現他們面對面時無話可說，或者什麼也說不出來。他伸出手，輕輕撫摸她的臉。「這是怎麼回事？」

「顯然我沒有盡力讓阿基里斯想把我要回去，我確實沒有盡力，我應該撒謊。」

他搖搖頭。「不會一直這樣下去。」

「唉，我想會的。」

「不——老實說，不會的。情況一定會改變，如果不改變，你就讓它們改變。」

「說得真有男子漢氣概。」

「你會有機會的，有一天，當你用雙手抓住它的時候。」

「奧德修斯說阿基里斯稱我是他的『妻子』。」

「沒錯，我當時在場。」

她聳聳肩。「可能是我得到這種對待的另一個原因。」

接著，他們分手了。他往前走了一百碼，回頭一望，只見她站在帳篷門口，舉著一隻手望著他離去。

27

阿基里斯站在營棚的臺階，厲聲問道：「你上哪裡去了？」

沒時間搞這些，也沒耐心。帕特羅克洛斯從旁邊擠過去，回頭一看：「馬查恩受傷了。」

「嚴重嗎？」

「不算嚴重，內斯特在照顧他。」

阿基里斯跟著他進來。「你去了這麼長的時間，就弄明白這件事？」

帕特羅克洛斯拉出一把椅子坐下，雙手捂著臉。

「怎麼了？」

「沒什麼，還會有什麼？」

「一定發生什麼了，你平常不會像一個小女孩那樣哭哭啼啼回來。」

帕特羅克洛斯用掌根抹了一下臉頰。「我沒有。」

「嗯，你差點騙過我了。哦，媽媽，媽媽親親就好了，媽媽，媽媽——」

夠了。帕特羅克洛斯從椅子上彈起，雙手掐住阿基里斯的脖子，拇指用力往他喉嚨按下去。阿基里斯的臉漲得發紫，眼睛開始鼓起來……他舉起雙手，抓住帕特羅克洛斯的手腕。但接著他故意猛然放開手腕，一動不動停在那裡，泰然自若，毫不畏懼，看著帕特羅克洛斯如何竭力想要壓制自己。最後，帕特羅克洛斯顫抖著推開阿基里斯。一陣沉默。阿基里斯抓著自己的脖子，咳了幾聲，使勁吞嚥幾下，才終於說話。「我都忘了你的脾氣有多壞。」

他的聲音沙啞，眼白浮現小小的紅點，這句話有意說得漫不經心。

帕特羅克洛斯坐下來。「馬查恩沒事。」

「很好。」

又是一陣沉默。

「我們可以回到那個問題：你為什麼哭？」

「因為我不是石頭做的——而你顯然是。」

阿基里斯深吸了一口氣。「什麼——」

「不，阿基里斯，不。你聽我的，一次就好。我去了醫院，那裡擁擠不堪，床和床之間連走路的空間都沒有。他們正在搭另一個帳篷，因為還有人會湧進來。我往回走時，可以聽到特洛伊人的歡呼。阿基里斯，今晚他們在篝火上烤肉時，我們會是在焚燒死屍，你明知道你可以阻止這種事。」

「你希望我做什麼？」

「作戰！」

「你明知道我做不到。」

「你心裡怎麼過得去？你怎麼睡得著？」

「這不是我開始的，阿伽——」

「拜託，不要又來了——」

「我知道，你都聽過了，你聽過不代表事實不再是事實。」

「所以這就是你希望後人記住你的方式，是嗎？那個坐在小屋生悶氣，不管他的戰友戰死的人？你確定嗎？」

「我做不到。」

「那就讓我來吧。」

「你？」

「有何不可？很難想像嗎？」

阿基里斯搖搖頭。「不，當然不是。」

「還是你認為那些人不會聽命於我？」

「不是，我知道他們會聽從你。」

「所以？」

阿基里斯沉默不語，苦苦思索。

「如果我穿上你的盔甲，他們會以為是你，我是說特洛伊人。」帕特羅克洛斯等著。「我穿上很合身——嗯，差不了多少。」

一個打量的眼神。從那個眼神中，他習慣只看到關愛，這樣客觀的評估令他不寒而慄，他不得不強迫自己繼續說下去。「可能足以把他們擋回去。」

「沒錯，但代價是你會成為目標！」

「我知道，但是……」

「而且不是隨隨便便一個人的目標——是最厲害的，赫克特。」

「你是說我沒用。」

「不，你不是沒用，但你也不是我。」

一陣洩氣的沉默。「我不在乎會發生什麼事。」

「你不在乎，我在乎！」阿基里斯無法保持平靜，從房間一頭走到另一頭，又繞了一圈回來，在帕特羅克洛斯面前停下。「我想或許可行。」

「不對，是一定可行，我相信一定可行，他們一看到了盔甲，他們就只看到盔甲——」

「好吧。」阿基里斯坐進椅子裡，看上去氣喘吁吁，像有人在他肚子上打了一拳。「但有條件。第一，一旦他們從船邊撤退，你就停止。我不在乎進展如何，你停止。第二，你不能和赫克特打。」

「我不會怯戰他。」

「你不能和赫克特打，同意？」

沉默。

「聽著，就這樣，這是條件。」

「好吧，我同意。」帕特羅克洛斯站起來，深吸了一口氣，四壁似乎向他逼近。他需要去外面，活動活動，做些事情——但他知道他必須留在原地。「我們什麼時候告訴他們？」

「晚餐前，在他們完全喝攤以前，你想開一個計畫會議嗎？」

「免了——計畫就是離開戰壕，搏命戰鬥。」帕特羅克洛斯突然大笑起來。「我迫不及待地想告訴他們，那樣是攔不住他們的，他們幾週來一直在掘地。」

阿基里斯看著他，神情相當哀傷。「你知道我有一個夢想，就是你和我齊力攻下特洛伊。」

「什麼，就我們兩個？」

「為什麼不？」

「我以為理由相當明顯。」

「我不這麼想。」

阿基里斯竟然在自嘲，不過這倒也合理。

「那麼，在你的這個夢想裡，其他每個人都死了？」

「我想是這樣。」

「你自己的人呢？全部？」

阿基里斯微微聳了聳肩。

「你是個怪物，你知道嗎？」

「知道，說也奇怪，我真的知道。」他伸手攬住帕特羅克洛斯的肩膀。「來，吃東西吧。」

28

規矩變了。不久以前，阿伽門農的女人嚴格禁閉在屋裡，現在我們必須走出去，為即將奔赴戰場的希臘軍隊歡呼。

破曉前一小時，織布棚空了，在醫院帳篷這裡的女人也必須離開。我耽擱到最後才拖著疲憊身體走到集合地點，我想不透阿伽門農何以堅持要我們來，因為我們至多只能發出幾聲亂七八糟的歡呼。不過，我注意到在這個時候男人拿著長矛，在女人隊伍中走動，慫恿我們更熱烈表達支持。

但那天一切都不同，軍營上下都在說阿基里斯心軟了，終於要上戰場了。我不信，我親耳聽見他斷然拒絕阿伽門農的賄賂，這段期間可能發生什麼事使他改變主意？那還用說，除非還有一個檯面下的提議……交易。有的話，是否包括我？沒有人願意告訴我。

我環顧四周，想要評估一下氣氛。在醫院裡，阿基里斯放下暴怒準備再次作戰的傳言並沒有消除悲觀的情緒，一般的意見是太少了、太遲了，那些人都是傷兵。一離開醫院，我只看到喜悅和寬慰。

在阿基里斯自己的營區尤其明顯。我無法不管這件事，用面紗緊緊包住頭和肩膀，走過大門，我知道麗特塔會盡所能替我掩護。墨米頓人已經全副武裝，像嗅到血腥味的狼群般躁動不安，在教場繞來繞去。在他們身後的馬廄，我看到有人在梳理阿基里斯的馬，把皮毛打理得油亮光滑。當阿基里斯步出營棚站上船尾發言時，一陣響亮讚許的吼聲響起——不過看到他站在那裡，沒有武裝，孤身一人，在場的人一定跟我一樣覺得很奇怪。他為什麼沒帶武器？其他人都帶了。我四處都見不到帕特羅克洛斯，但話說回來，他此時應該已經在戰車上，腰上纏著韁繩。

當阿基里斯說完後，屋子的門打開了——阿基里斯走了出來。死一般的沉寂，該有歡呼的時刻，卻只有沉寂。我不覺得這些人感到驚訝，他們早知道要發生什麼。然而，當兩個阿基里斯相遇、面對面站著，那一刻令人不寒而慄，好像一抹陰影掠過太陽。是啊，他們用歡呼、頓足、劍擊盾牌、鳴鼓、吹笛、吹號角等方式來彌補沉默……但他們的第一反應是恐懼，那是人們面對怪異事物時尤其會感到的恐懼。帕特羅克洛斯站在那裡，與阿基里斯無一處不同，他成了阿基里斯的離魂，彷彿預示一個人的死亡。阿基里斯感覺到了，我知道他感覺到了，我見到他神情一變，但立刻又恢復正常。事實上，他是率先歡呼的人，他跑上臺階緊緊抱住帕特羅克洛斯。

他們一同穿過院子，人群分開讓他們通過。帕特羅克洛斯連走路也像阿基里斯，也許這個變化是盔甲帶來的，畢竟這是為阿基里斯量身訂製的盔甲，也可能他刻意模仿他的動作。但是我認為這些都不是重點，重點是他變成了阿基里斯，這不正是愛的最高目標嗎？愛，不是兩個自由思想的交流，而是一個合而為一的身分吧？我想起跟著帕特羅克洛斯到海邊的那天晚上，我在海灘上看到他們兩人，這就是我當時隱約的感受。

奧特米登接任帕特羅克洛斯的馭車工作，他鼓起勇氣穩住戰車，帕特羅克洛斯一躍而上。又是一段簡短的對話——帕特羅克洛斯俯身傾聽，阿基里斯仰頭說話——奧特米登拉起韁繩抽打馬脖，戰車出發。戰鼓擂動，號角鳴響，士兵配合節奏以劍擊盾，縱隊緩緩移動。墨米頓人將領導進攻，因為他們精力充沛，也因為人人都知道，只要看到阿基里斯，特洛伊軍隊就會恐懼。啊，當城垛上的普萊厄姆與平原上的赫克特認出那頂馬鬃羽飾飄動、閃閃發光的頭盔時，我可以想像那種驚愕、那種驚慌。赫克特絕非懦夫，他不會退縮，他會一路披荊斬棘想要靠近那頂頭盔。每一個有名聲要創造或維護的特洛伊戰士，都想比他更早到達那裡。殺死阿基里斯的人肯定將會獲得不朽的榮耀。

但盔甲裡的不是阿基里斯，是帕特羅克洛斯。那天早上，我體會到了同時支持相對陣營的感受。我不敢祈禱，因為我不知道該祈禱什麼。

戰鼓和盾牌的砰砰聲漸漸消失在遠處，營地陷入詭異的寂靜。也來目送帕特羅克洛斯離去的艾菲思邀我和她共飲一盞酒，我說不行，得回去了。我確實立刻走了，還故意沿著兩排小屋之間的小路走去，但一知道沒人注意我，就放慢了腳步。

我只是想要幾分鐘時間享受寂靜，沒人呻吟，沒人喊著要水。除了一扇鉸鏈鬆脫的門砰砰作響，除了上空盤旋的海鷗叫聲，什麼聲響也沒有。所有小路都是空的，男人走了，女人進了營棚，裡面的織布機已經開始喀噠喀噠響。我閉了一會兒眼睛，聆聽風吹索具，突突聲響不絕於耳——我很恨這種簡直要逼瘋我的聲音——當我再次睜開眼睛時，他就在那裡了。

他沒有看見我。他站在兩排屋子之間的角落，望向內陸的戰場。從聽到他的戰鬥口號響徹呂耳涅索斯的城牆以來，我第一次覺得他似乎很脆弱。我退回到陰影中，我不知道身為營裡唯一沒有受傷的人是什麼感覺，因為他就是那個唯一，其他人都去了，連平日留下來守船的老人也去了。我一動不動，幾乎不敢呼吸。過了一會兒，他朝他屋子的方向走去。

擺脫了他存在的壓迫，我溜到海灘，立刻踢掉涼鞋，沿著海岸開始漫步。在糾結的乾海藻上拖著腳步，我的腳踩出一小群一小群帶刺的蚋。我不時彎腰撿東西：竹蟶、卵鞘、半截的海鷗羽翅──大海給陸地倒了各式各樣的殘渣。偶爾我撿起一塊鵝卵石，但沒有一塊像我到軍營第一晚發現的那塊尖銳綠石那樣美。我全神貫注，不知道自己要往哪裡去，直到突然感受到一陣寒意，抬起一望，看到第一艘黑船在上方高高聳立，黑色船底有厚厚的灰色藤壺。我沿著船身走，想用指甲摳下一個藤壺，可是它們卡得很緊。船與船之間落下暗影，那種水底青澀的潮濕氣味不久就變得難聞。我想躲開，便加快腳步。當我剛走到船尾時，他出現了，從拐角處全速衝過來。

我們險些相撞。他及時停下，往後退了一步。我注意到他的臉色變得非常蒼白，一開始我想不出原因，後來才明白他在這宛如海底的幽光中把我誤認為忒提絲。和母親見面為什麼會對他產生這種影響，我並不知道，我確實知道的是，這個驚嚇讓他生氣了。但那也不奇怪，阿基里斯所有的情緒似乎都是憤怒，只是程度不同。

「你。」他說。「你究竟在這裡幹什麼？」

我往後退了幾步說：「我來送他們。」我知道他很氣憤，還是忍不住問：「他會平安無事嗎？」

「他照我說的去做，他一定就會無事。」

「不可思議，他們一定都以為是你。」

「應該是我。」

我看出他還在生氣，想從他身邊擠過去，他卻抓住我的手臂，指甲深深掐入我的皮膚。「我真希望這輩子從來沒有遇到你。」他非常沉靜地說。「我真希望你那天就死在呂耳涅索斯。」

他把我重重推向船舷，我舉起雙臂擋臉，但他只是抓住繩梯的一端，幾個雄健的腳步就登上甲板。我確定他走了，才朝營棚跑去。我回頭看時，他已經在船尾：在移動烏雲的映襯下，一個高大的黑色身影。他沒有看著我，他的目光越過我頭頂直直望著戰場。

抱著一種逃脫的感覺，我垂著眼睛，一路回醫院和麗特塔身邊——回到安全的地方。

29

阿基里斯把與女孩的偶遇拋到腦後，全副注意力集中在戰場上。白晃晃的烈日當頭，彷彿一個矛尖刺進他的腦袋，他不停拭去刺痛眼睛的汗，努力密切注意自己的羽飾頭盔在成群扭打的士兵之間前進。看到這一幕，他開始不安，眼睛眨也不眨，盯著一個與自己真假難辨的遙遠身影。

船尾下，營區空無一人：婦女在織布棚緊閉的門後閒聊，狗兒懶洋洋伸出粉紅色舌頭，痛苦躺在小屋陰影中。他身邊有水，但是一壺溫水，嘗起來有鹹味，雖然送水的女孩信誓旦旦說是直接從井裡取來的。他喝了一大口，漱了漱口，吐到甲板上。注意力不過是停頓了一下，也足以害他迷失方向。他回頭再看著戰場時，無法立刻找到頭盔，以為最糟的事發生了，心情開始緊張起來。但沒有，在那裡——謝天謝地。帕特羅克洛斯一路殺去，穿過特洛伊軍隊，朝特洛伊進攻，與赫克特不可避免遇上了。他在做什麼？至少在過去的一個小時裡，船已經是安全的了。「回頭。」

他意識到自己說出聲來了。周圍什麼也沒有，只有空蕩蕩的甲板和空蕩蕩的營地，沒有人聽見。然而，炎熱忿懣的寂靜使他很不自在。哦，該死，他聲嘶力竭地喊道：「回頭，你這該死的白癡！行行好！」

頭盔周圍的戰鬥越來越激烈。他不忍看，但也無法躲在屋裡毫無所知。四小時，不戴帽頂著烈日，四小時，五小時，一分一秒過去……

一開始，這種異樣的陌生感覺很容易忽略，後來他倏地人就到了頭盔裡，腦袋在銅製盔殼中彈來撞去，好像劍劈下來的一樣，天空暗了片刻，然後他又站了起來，一邊跑，一邊嘶喊著他馳名的戰鬥口號，因為他看到了特洛伊城門。周圍地上盡是傷兵，接著隔著一排奮力抵抗的背部，他瞥見赫克特。但是盾牌太重了，幾乎要讓他的胳膊脫臼，他渾身大汗，想要抓住長矛，結果手指一滑——

阿基里斯擦了擦眼，放鬆肩膀，小心翼翼左右轉動腦袋，讓自己專注細節：腳邊的水壺，水壺底下木板的細緻木紋。他需要重新與周圍環境建立聯繫，回到現實世界，調整自己的視野，而不是受限於頭盔面甲。

漸漸地，他的呼吸穩定下來，但他仍然沒有完全出現在自己面前。他持續低頭看著手，偷偷瞟了幾眼，好像覺得那是別人的手。它們肯定沒有那麼大吧？他把扶欄抓得更緊，想把這種錯覺從腦子裡擠出去，他的手慢慢恢復正常大小。不過這讓他承受莫大的衝擊，他需要喝杯涼水，真正的涼水，不是這種溫溫熱熱的髒水。來一杯涼酒也許更好。他不記得自己曾經感覺這麼虛弱過，他從繩梯往下爬了一半，然後直接跳到地上。只要離開烈日幾分鐘，他馬上就會恢復正常。

他會恢復正常。他察覺那句話奇怪的地方，彷彿是第一次聽到這句話。不過，說對了，他一整天都不太正常，從一大早醒來發現帕特羅克洛斯一絲不掛站在銅鏡前就開始不正常了，他編好頭髮，粗長的辮子垂在背後，好像第二根脊椎骨。

從鏡中察覺到動靜，他轉向阿基里斯，露出笑容。

「你睡了嗎？」阿基里斯問。

「最後睡了。」

「我打鼾了嗎？」

「你什麼意思：『我打鼾了嗎？』喝那麼多酒？」

「我沒有喝很多酒。」這是真的，他從不多喝，也從不多吃——他絕對不會錯過全副武裝在海灣上奔跑的機會。他具備所有次要的美德，只有一個——巨大——的缺點。「你感覺怎麼樣？」

帕特羅克洛斯轉頭對著鏡子。「我很好。」

敲門聲響起，阿爾西穆斯拿著護脛套走進來，護脛套擦得亮晃晃，讓人看了眼睛都要痛了。阿基里斯雙腿一甩移到床邊，告訴阿爾西穆斯不需要他，他會幫帕特羅克洛斯穿上盔甲。他聽起來信心滿滿，好像只有他一人知道如何讓自己的盔甲給另一個人使用，只是他其實從未想過別人會穿上他的盔甲。事實是，他需要這幾分鐘與帕特羅克洛斯獨處。

他迅速無聲替他扣上鐵甲，鉸鏈無能為力，但至少可以調整帶子，只是右臂下最重要的部位他們試了十幾次才調整好。「好了，感覺怎麼樣？」

帕特羅克洛斯的胳膊又轉了一圈。「很好。」

「來，試試頭盔。」

帕特羅克洛斯盯著自己的倒影，小心翼翼把頭盔戴到頭上，調整了一下面甲，然後轉身面對阿基里斯。頭上有了青銅盔飾與馬鬃飄動，他猛然看起來高了一尺。他的前額和鼻子遮住了，加上面甲沿著下巴線條突出，他的臉龐幾乎消失了。

「怎樣？你想他們會相信是你嗎？」

「老天，信，連我都信。」

阿基里斯邊說邊笑，但知道自己的聲音聽起來有些顫抖。他轉到一旁，低頭看看剩餘的盔甲：護肩、護臂、護頸、護脛……他佯裝在其中一個護脛上發現一點灰塵，開始用軟布擦拭，再退後察看那塊地方，往上頭呼了口氣，又擦了一遍。每抹一下，他的臉龐就出現一次，金屬的曲線殘酷地讓五官變形了。「你用我的長矛？」

「不，我帶自己的，他們不會注意長矛，唔，除非它插進他們身體裡。」他轉身對著鏡子，似乎給自己的倒影迷住了——或者他看到的是阿基里斯的倒影？「不過我要帶你的劍。」

阿基里斯去拿劍來，但沒有把劍遞出去，而是開始在空中比劃，同時一步一步逼近帕特羅克洛斯。劍刃閃爍如此之快，他宛如同時揮舞著六把劍。帕特羅克洛斯露出吃驚的神色，阿基里斯看到他眼裡最初閃現了一絲恐懼，但他並沒有退讓。最後，阿基里斯笑著把劍放下遞出去，但即便如此，也無法讓自己讓出這把劍，反而以劍指著帕特羅克洛斯裸露的喉嚨。刀刃十分鋒利，光是輕輕靠著皮膚，都可能劃出一道傷口。刀尖在阿基里斯手中隨著脈搏顫抖。「記住我說過的話嗎？不管進展如何，只要船安全了，你就得掉頭。你也不跟赫克特決鬥，赫克特是我的。」

「沒問題。」帕特羅克洛斯笑了，但你可以看出他希望劍尖拿開。「我說過：沒問題。」

他們互相凝望良久。接著，阿基里斯自嘲地微微鞠躬，把劍遞了過去。「記住，我希望你能及時趕回來吃午餐！」

帕特羅克洛斯笑了，但不怎麼注意，他是那麼急於離開。穿上阿基里斯的盔甲改變了他，改變了他們之間的關係，如今他與阿基里斯勢均力敵——至少在他自己看來是如此。從他的步伐，他的姿態，甚至是他抬頭挺胸的模樣，都可以看出他越來越自信了——讓人完全相信他就是阿基里斯。

「你知道的。」阿基里斯說。「我開始認為這或許可行。」

帕特羅克洛斯又一次轉動胳膊，只是這次手中握了劍。「一定可行。」

「你確定這樣可以嗎？」

「很好。」

「希望你不要再說一切很好。」

帕特羅克洛斯抱住他。「但的確很好。」

「我先跟他們說話。」

帕特羅克洛斯走在他前面，進入漆黑的大廳，但快到門口就停下來。他們再次擁抱——私人的擁抱，比隨後的公開擁抱更親密，只是阿基里斯仍舊從帕特羅克洛斯的肩膀感覺到他的緊張，他渴望離開。

阿基里斯搖了搖他。「一定要回來。」

然後，他臉上掛著微笑，走入炫目的光芒中。

幾個小時後，他從光亮走入近乎黑暗的大廳，停下腳步辨認方向。當他又能看見時，就走到大廳一隅，把頭伸入一大缸水中，手指撥弄著汗濕的髮絲，他持續埋在水中，直到肺都開始痛了為止。他抬起頭，渾身濕淋淋，水珠像灰色珍珠滴落在皮膚上，他發現自己無法控制地顫抖。肯定是太陽曬太多了——但他確實感覺好多了，至少頭腦清楚了。

好多了，但怒不可遏。只要船安全了就停止，不要往城門猛攻，不跟赫克特決鬥，赫克特是我的。他還能說得更清楚嗎？不過，平心而論，帕特羅克洛斯並沒有和赫克特決鬥——至少現在還沒有——只是他忽略了剩下的事。阿基里斯來回踱步，踢開任何擋在面前的東西，當然，沒有一樣東西不擋他的路——除了那幾條狗，牠們很伶俐，偷偷溜去院子。他不是不明白為什麼帕特羅克洛斯會違背他的命令，有時，在戰鬥最酣之際，會出現平靜的一刻，時間緩慢下來，嘶喊喧囂漸漸消失，你見到敵人眼白裡的血絲，你知道——不是認為，不是希望——而是知道你不能錯過。這種時刻非常罕見，在其餘百分之九十五的時間，戰爭只是乏味血腥的折磨，無聊和恐懼各占一半。但隨後又來了，戰爭的喧囂逐漸減弱，你的身體像一根連接天地的長竿，那閃閃發亮的一刻又來了。

在那種狀態下，誰也不可能停下來往回走。他懷疑帕特羅克洛斯整個上午都處於這種狀態——或者接近這種狀態。

可是，命令就是命令，必須服從。好哇，他會恭喜他，當眾拍他的背，給他倒上一杯上好的美釀，晚餐時給他送上最好的肉，歌頌他，感謝諸神——他會做這一切。但之後，當他們獨處時，他絕對要挫挫這個小混蛋的銳氣。一定要，他不可能就這麼算了，但他顯然會等到他自己一人，然後他會說……他會說什麼？

突然，阿基里斯停止踱步，凝視著銅鏡，他的臉龐從鏡子回望他，沒有流露出一絲憤怒，只有恐懼——恐懼他再也不能對帕特羅克洛斯說什麼。這讓他崩潰了。他蜷縮在床上，床單還有帕特羅克洛斯的肌膚氣味，他一遍又一遍喊著他的名字，彷彿這可能成為抵災防難的咒語。「帕特羅克洛斯。」又一次，聲音更大了：「**帕特羅克洛斯**。」

在戰場上，帕特羅克洛斯聽到阿基里斯呼喚他的名字，注意力動搖了一秒鐘。一秒鐘，這一秒夠長了，因為赫克特赫然出現在正前方。他想舉起阿基里斯的劍，只是時候已晚，赫克特舉起長矛，狠狠朝他的身側一刺——輕輕鬆鬆刺了進去——突然，他倒在了地上，如即將乾涸的池塘裡的魚那樣抽動翻騰。特洛伊戰士黑壓壓蜂擁而上，擋住了光。「阿基里斯！」他大喊。鮮紅的血液從他的身體噴出，靈魂開始在黑暗中消失，又是一聲：「阿基里斯……」

一里之外，阿基里斯抬起頭。就在那一刻，他以為聽見帕特羅克洛斯在呼喚他的名字。帕特羅克洛斯？咦，不可能。但是一個男人的聲音，很奇怪，因為男人都去打仗了，軍營只剩下女人。想到這一點，一陣苦澀深深刺痛了他。

他知道那是誰的聲音，但不敢讓自己思索那可能代表什麼，所以他告訴自己，不是，那是一隻海鷗，牠們的叫聲有時聽起來很像人……

他抬眼望著椽木梁，他想祈禱，但祈禱對他從來不是一件易事──他是他母親的兒子，他對神瞭解很深──幾句結結巴巴的話後，他放棄了祈禱。枯坐沒有意義，該回到船上了，不過如果繼續這樣往前推進，他們很快就會消失在視線外。

他才走到門口，就聽到又有人呼喊他的名字，這一次肯定沒錯。那麼，他們回來了！不知怎的──天才知道原因──他們居然回來了。

他推開門走到檐廊，以為會看到院子擠滿人馬，但一個人也沒有。只有寂靜，只有在遠處某個地方，一扇鉸鏈鬆脫的門在砰砰作響。

回船上看看情況吧。繩梯爬到一半，他就停了下來，因為有一樣東西吸引了他的注意力。有東西正在移動，接著他看清楚了：一輛戰車疾馳而來，戰馬從一團滾滾塵土中現身。不知為何──他立刻就明白——他覺得必須阻止戰車到達這裡，因為當它到達時，他會聽到這一生聽到過最壞的消息。所以他竭盡全力希望把它推回去，只是即使是他的力量也無法阻止時間或是凝結空氣。

他深吸了一口氣，跳回了地面，走到院子中央，等待著他知道即將到來的事。周圍營棚毫無動靜，連一絲的風也沒有。

白日。刀刃般銳利的黑影。寂靜。

30

那漫長的一天，我一直坐在長凳上磨藥草。一開始嘈雜的戰鬥聲逐漸遠去，到了下午三點左右，只剩下地平線上沉悶的碰撞聲。幾個傷兵零星進來，傷勢並不嚴重，他們帶回了好消息——如果你是希臘人的話，是好消息。擊退特洛伊人了，帕特羅克洛斯和墨米頓人攻至特洛伊的城門，那座城說不定當晚就會陷落。

消息火速從一個帳篷傳到下一個帳篷，很快地，除了傷勢十分嚴重的人以外，所有人都又笑又唱。進行曲，思念母親和故鄉的悲歌，描述妻子和情人的情歌，還有——隨著時間的推移，關於海倫的歌越來越多。

眼眸，秀髮，乳頭，嘴唇
讓千艘戰艦出發了……

他們都相信梅涅勞斯——她的丈夫，阿伽門農的弟弟——在要回她後會殺了她。他這麼說過，說了很多次，他們之中有些人傾向認為這是浪費。先操她，再殺了她。

她站著時操她，她躺著時操她，
割斷她的喉嚨，在她垂死時操她。
她死了，但沒被遺忘，
挖出來，在她腐爛時操她。

他們唱到聲音嘶啞，吵著要幾壺更烈的酒，我們聽從馬查恩的交代，只能拒絕。然後，暫時平靜下來。我提著水壺送水，帳篷熱得叫人透不過氣來，繃帶和床單散發出的腐血惡臭是一面只能強行通過的自然屏障。傍晚時分，戰鬥聲又響起來，男人不時面面相覷。為什麼？希臘人被逼退了嗎？不久，大批傷患湧入，帶來最新的可怖消息。帕特羅克洛斯死了，死在赫克特手上，他們現在正在爭奪他的屍體，特洛伊人想把他拖到特洛伊城裡，希臘人跨在他的身體上方抵擋。一個人說，他看到赫克特抓住帕特羅克洛斯的雙腿，奧特米登和阿爾西穆斯死拉著他的手臂不放。「我覺得他們要把他扯成兩段了。」

死了。我無法相信，儘管從他穿上阿基里斯的盔甲走出屋子的那一刻起，我就知道這一天會以他的死亡告終。我覺得得到艾非思那裡——考慮她的悲傷比想像我自己的悲傷容易許多——但我看不出有什麼辦法能溜出醫院，因為有那麼多傷兵不停湧入。

所以，當阿基里斯得到噩耗時，我不在那裡，但是艾菲思從女營的門口目睹聽聞了一切。向阿基里斯稟報帕特羅克洛斯的死訊的，是內斯特的兒子安提洛科斯，也就是非常崇拜阿基里斯的那個男孩。話一說完，阿基里斯就大叫一聲，倒在地上，雙手抓起髒沙子往自己臉上頭髮撒。安提洛科斯擔心他會抽出匕首割喉，所以抓住他的手腕。女人聽見他的哭喊，紛紛走出小屋，團團圍住他。他癱倒在地，儘管力大無窮，也施展不出一點力氣。

陡然間，一陣大風刮起。艾菲思說，那陣風不知從哪裡刮來的，在門縫下咻咻吹著，吹起馬鬃馬尾，吹出一小團一小團盤旋的沙屑，接著又像來時那樣迅速消失無蹤。天空變暗，厚重的烏雲滅去了太陽的光輝。

安提洛科斯一張張臉看過去。「怎麼回事？」

然後，他們看見了她。她大步走上海灘，銀灰色暴風光在她的臉龐和頭髮投下微微的金屬光澤。人群中出現竊竊私語。「忒提絲。」

這個名字從一張又一張的嘴裡蹦出，他們立刻開始後退。有的人跪地，額頭抵著潮濕的沙子，另一些人蜷縮在門口，或者跑進屋子，砰一聲把門關上。所有人都拚命想要離開，拚命不想看到這場會面，就連安提洛科斯也鬆開阿基里斯的手腕，爬進一間營棚的蔭下。

她走近時，寂靜降臨。還在戶外的人不是蒙上眼睛，就是轉過臉去，留下女神與她的兒子獨處。

31

怎麼了？

有什麼事？

哪裡疼嗎？

老問題，每當他哭著回家，膝蓋有擦傷或頭上有瘀傷，她就問他這些問題。每一個輕微的擦傷似乎都讓她想起了他有限的生命，倒不是說他不愛聽，他怎麼會不愛，愛她經常大驚小怪，愛她喃喃說媽媽親親就好了。但他也厭惡，因為怎樣的母親會在兒子出生一刻就開始哀悼他的死亡呢？他在她的悲傷中長大，他強壯，他健康——至少在她離開以前是如此——但這些都不重要，他生為凡人，什麼也無法安慰她。

怎麼了？

一聲熱烈的呼喊，她用手抱著他的頭，指尖發出魚腥味。於是，他開始滔滔不絕：帕特羅克洛斯的死，他內心的不安——因為這一切都不應該發生，在那副盔甲裡的應該是他——就是現在，兵法遠不如他的男人正在努力阻止赫克特把帕特羅克洛斯的屍首拖入特洛伊城門。別人拚死也要把他的朋友從傷殘和恥辱中搶救出來，他卻還坐在這裡，在這片美好綠色大地上像廢人一個。不過，夠了，那是過去的事，改變不了。眼下最重要的事，是找到赫克特給他一死。

但殺了赫克特，你自己的死亡也會立刻隨之而來。

「你以為我在乎嗎？擊斃他——這個念頭是唯一讓我活下去的東西，他一旦死了，我自己的死亡來得越快越好。」

沒有盔甲，你無法戰鬥。

「為何不可？假如我無論如何都要死？」

當然，她是對的。沒有盔甲，他活不到靠近赫克特的時候。

暫時遠離戰場，明日黎明，我帶給你一套配得上神的盔甲來。

於是她走回海中，沉入洶湧的波浪，黑髮在水面散開，一秒鐘後消失無蹤。

他等待與至親分離的熟悉痛楚出現，但這一次什麼也沒有發生。或許，失去帕特羅克洛斯的痛，吞噬了所有較小的悲傷。

在接下來的幾個小時，他主要的感覺是麻木。這是一種肉體的感覺，他看著放在桌面上的手，分辨不出肉和木之間的界線。一次又一次，他半是想像，半是幻覺，想著他把劍刺進赫克特的喉嚨那一刻。他像糊塗的公牛晃著頭，把自己拉回現實。他自幼記性絕佳，但在短暫的餘生中，帕特羅克洛斯死後的最初幾個小時將是一片空白。

少了盔甲，他如同無殼蝸牛，廢人一個。但接著他想也許還是能做點什麼，於是爬上戰壕上方的矮護牆，以天空的背景，發出他那駭人的戰鬥口號，吼聲響徹戰場，一直傳到了特洛伊城門。織布機前的女人停下來傾聽，躺在醫院帳篷裡的傷兵懷著重新燃起的希望互望，布莉塞伊絲坐在長桌旁磨草藥，想起了呂耳涅索斯城陷當日首次聽到那聲吶喊時的情景，不禁打了個寒顫。

在戰場上，為了搶救帕特羅克洛斯的屍體而戰的希臘人認出這一聲吶喊，紛紛轉向它。他們看到了什麼？一個高大的男人站在矮護牆上，金色餘暉灑在他的髮上嗎？不，他們當然沒有看到這一幕。他們看到雅典娜女神以她熠熠生輝的神盾護住他的肩膀，他們看到他的頭頂竄出三十尺高的火焰。特洛伊人所見的景象則沒有記錄下來，因為戰敗一方載入史冊後消亡，他們的故事也隨之失傳。阿基里斯喊了三次，特洛伊人也撤退三次，最後一次的時間足以讓希臘人拖走帕特羅克洛斯的屍體帶回營地。

好了，他終於有一件事可做了。他可以清洗屍體——可憐殘破的屍體，處處都是劍傷，沒散真是個奇蹟，他把油倒入傷口。有人拿了一條亞麻布把下巴裹起，他不喜歡這樣，因為那讓帕特羅克洛斯看起來太像死人，但他沒有反對，他知道必須這麼做。他把帕特羅克洛斯抱在懷中晃著，感覺他的胸膛和腹部還有最後的溫暖，只是他的胳膊和雙腿已經冷了。祭司來了，開始吟誦祈禱，女人哭泣捶胸，他的友人想摟住他，但是他把他們推開了。這些都無助於事。

再也承受不住時，他走到海邊。但是，也許是生命中頭一次，他沒有直接走入大海。他想保住身上的汙穢，他不要洗頭，不要梳頭，他甚至不打算安葬帕特羅克洛斯——除非見到赫克特死在他的腳下。

——

他和帕特羅克洛斯一起度過了那一夜，蜷縮著身子，躺在他的身側。帕特羅克洛斯則直挺挺躺在床上，冰冷而僵硬。

——

天尚未明，他就起來了，到海灘等待。他不知眼中的灼熱是疲倦，也不知道肋骨下的抽痛是饑餓，現在就該是如此。他來回踱步，她偶爾遲到，通常很晚才到；他也從來不指望她一定會來，他還小的時候，有時她答應了，結果根本沒來。這次也許也是一樣。

然而，她乍然出現了，帶著他爍爍閃動的新盔甲，大步走出了大海。掛在細瘦手臂上的，是當天稍晚阿爾西穆斯和奧特米登兩名年輕壯漢都無法輕易舉起的盾牌。為了她，他佯裝欣賞盾牌和其他組件，可是他其實根本沒有留意。他需要這副盔甲才能上戰場，沒有別的了，對他來說，盔甲就只有這個意義。她流著淚擁抱他，他強迫自己回應她手臂的壓力，但事實上迫不及待想要甩開她，女人的眼淚——即使是女神的眼淚——而今對他也無用了。

戰爭。赫克特。他只關心這些。直到赫克特死，他才會停歇。

32

看到他以前，我已經聽到了他的聲音：他闊步走在海灘上，召喚士兵上戰場，戰鬥口號響徹了營地。

躺在汗濕床鋪上的傷患互相看了看，能走路的人堅持站起來，一瘸一拐走向競技場。我從帳篷後面的開口溜出去，跑到海邊，那裡已經聚集了好幾百人看著阿基里斯向他們走來。陽光照耀，風吹起那濃密的長髮，是的，有那麼一瞬間，他的頭看起來確實像是著火了。

很快，整個軍營的人都往競技場集合。所有人都去了，就連平日留下來守船的人也去了。奧德修斯——又受了傷，這次是腿部——跛著腳走來，沉沉倚著他的長矛。最後，阿伽門農也到了，受傷的手臂僵硬地垂在身邊。當他進入時，全場安靜下來。

他的一個傳令官見到我和其他女人站在後面，大概是執行命令，抓起我的胳膊，就把我推到前面。清晨的風很冷，我站在那裡瑟瑟發抖，垂頭盯著涼鞋，努力不去注意一雙雙瞪著的眼睛。不遠處，一匹馬發出嘶鳴。突然間，我明白是怎麼回事：阿伽門農正設法在極短的時間盡量收集他承諾給阿基里斯的物品。人人都清楚，阿基里斯現在什麼報酬都不拿也會征戰，但那個承諾仍舊必須信守。

我試著不去聽他們的聲音，但除非用手指堵住耳朵，否則不可能不聽到。這些男人自小接受演說訓練，聲音毫不費力就能傳到競技場每一個角落。我斗膽回頭看了一眼，發現荷克米蒂在內斯特營棚的臺階上看著，我看見她舉起手，可不敢向她揮手。我幾乎連呼吸都不敢，我在阿伽門農的爪牙之下。

阿基里斯起身站到競技場中央。他說，他和他親愛的夥伴阿伽門農為了一個女孩起衝突，險些為了她像兩個爛醉的水手在酒吧打架，他只覺得慚愧。她不如在他攻下她的城時就死了，要是當時有支射偏了的箭射中她，結束她的生命，那就更好了，希臘人可以因此免除多少的悲傷和痛苦，又有多少戰亡的勇夫仍舊活著……

他把帕特羅克洛斯的事怪到我頭上。

這時我就明白已經沒有希望了。

阿基里斯繼續說下去。但是，夠了，那是過去的事了，他現在已經準備好，徹底準備好要出馬殺敵了——這一次，如果不把赫克特的腦袋用長矛尖帶回軍營，他是不會罷手的。

喊聲震天。人人都站起來吶喊，過了好長一段時間，阿伽門農才讓人聽見他的話——他的話根本不值得一聽，長篇大論，漫無邊際，充滿了自我辯解，接著又詳述他還是準備送給阿基里斯的物品——當然，嚴格說來，現在這是畫蛇添足。我瞥了阿基里斯一眼，發現他在阿伽門農念名單時竭力掩飾不耐。阿伽門農終於停止說話後，阿基里斯的回答也很乾脆俐落，阿伽門農承諾的物品可以現在送交，也可以日後再給，或者根本不用交付了，由阿伽門農自己選擇。他說得再清楚不過：這事與物品無關；物品現在都不重要了。

我以為結束了，我可以走了，可奧德修斯這時站起來，提醒阿伽門農他曾說過要鄭重發誓他從來沒有碰過我；他說，阿基里斯應該知道自己沒有蒙受無禮的對待。奧德修斯這番話聽起來是好意，甚至有點死板，你必須仔細觀察，才能捕捉到他眼中那惡作劇的光芒。

接著是一陣漫長的沉默，我感覺競技場上的每一隻眼睛都轉向我。阿伽門農掙扎站了起來。是，他當然會發誓，當然，為什麼不呢？一頭野豬尖叫著被拖進競技場，我聞到牠因為恐懼而拉屎的臭味，閉上了眼睛。阿伽門農向宙斯和眾神吟誦祈禱，割開野豬的喉嚨，發誓他從未「以男人對待女人的方式」和我一塊躺下。我有一種想要呵呵笑的荒謬欲望——這句誓言幾乎可以說是真的。阿伽門農接著又說，我在他的屋子和其他女人一起生活，沒有受到任何干擾，如果他說謊，他祈求諸神懲罰他。

阿基里斯布滿污垢的臉龐仍然毫無表情。他相信阿伽門農嗎？我完全不知道。也許相信吧，立誓說真話卻撒謊會帶來可怕的後果，他也許不相信阿伽門農膽敢那麼做。不過事實是，我認為他並不在乎，帕特羅克洛斯死了，什麼都不重要了。

有了這個誓言，協議便完成了。阿伽門農邀請所有國王參加盛宴，他和阿基里斯將又一次像兄弟般坐下來用餐。另一方面，墨米頓人則將東西收拾搬去阿基里斯的營區吧。他們立即開始工作，三足鼎、坩堝、一捆捆華麗的繡花布、大大小小的金盤，全從阿伽門農的庫房搬出來裝上騾車。大家向神像獻上祈禱和祭奠，車夫揮著響鞭，隊伍慢慢出發，四匹駿馬昂首闊步走在隊伍最前面，後頭是一長列滿載的大車，在崎嶇不平的道路上顛簸搖晃。

而我跟著七個來自萊斯沃斯的女孩與其他東西走在最後頭。

33

我回到阿基里斯的營區，首先看到的是帕特羅克洛斯放在棺材中的屍體。我離開時，他還活著。我雙膝跪下，雙手抱住他冰冷的雙腳，我想我在那一刻感到前所未有的孤獨和茫然無依。我嚎啕痛哭，其他女人聽到我的哭聲，都跑出屋子和我一起哀悼。

我想，我們多多少少都利用帕特羅克洛斯的死作掩護，哀悼自己失去的親人。我一邊哭，一邊想著我的兄弟，甚至想到了可憐又愚蠢的馬尼思，我想他要是娶了另一個女人，一定非常幸福。但我不希望有人認為我們為帕特羅克洛斯悲痛是裝出來的，或者不真誠。我握著他冰冷的雙腳，想起他曾經要我別哭，他答應會讓阿基里斯娶我。

哦，我毫不懷疑，在疆場上，在激戰中，他和其他人一樣殘忍。但在營地這裡，在被俘虜的婦女和她們的孩子中，他一直和善可親。

啊，是的。我聽到你說。但這並不是全部事實，不是嗎？你不只是「記得」他承諾要讓

阿基里斯和你結婚，你還讓每個人都記住了。尤其是阿基里斯，死去的人的願望對活著的人來說是很有分量的，特別是當這個死去的人像帕特羅克洛斯這樣深受喜愛的時候。來，承認吧！你設法安排你的婚姻。

絕不可能！阿基里斯才告訴所有人，他恨不得我早死了！

不可能，可你試過了，不是嗎？你怎麼能這麼做？這人殺了你的兄弟，殺了你的丈夫，燒了你的城，毀了你愛過的一切——而你還預備嫁給他？我不明白你怎麼能那樣做。

也許那是因為你從來沒有當過奴隸。不，如果你想找碴，何不問問我為什麼要把這件事說成是公共事件？我們的「悲痛」，我們的「損失」。不是「我們的」。我跪在帕特羅克洛斯斯的腳前，知道自己失去了一個最親密的朋友。

晚上我有時醒著躺在床上，與腦海中的聲音爭吵不休。

34

在阿伽門農的大廳，宴席持續到夜深，但阿基里斯在午夜以前就回來了。那天晚上，他又與帕特羅克洛斯作伴，蜷縮在棺材旁光禿禿的木板上。

我察覺男人之間出現不安的情緒。帕特羅克洛斯早該火化，從火葬堆灰燼中耙出屍骨，在祈禱、讚頌和向眾神的祭奠中入葬。希臘人——特洛伊人也是如此——的習俗是死後第二天日落以前火化，但不知怎麼回事，阿基里斯決定推遲帕特羅克洛斯的葬禮儀式。也許他希望殺了赫克特以後——我認為他從未懷疑自己辦不辦得到——他自己的死亡也隨之而至，那麼他就可以和帕特羅克洛斯在同一堆火中火化。他一定喜歡那麼做。

翌日，天未破曉，他就起身穿盔戴甲。新盔甲製作得出奇精巧，完全貼合他的身體，他走起路來，好像身上只穿著一件罩衫。我在起居間和大廳之間的窄道碰上他，他的眼睛充血，人卻十分鎮靜，彷彿老鷹俯身撲向獵物之前那幾秒鐘般繃緊著神經。

我只看到他猶豫了瞬間。當時，他準備登上戰車，抬頭一看，見到奧特米登站在帕特羅克洛斯多年來的位置，不由自主退了一步。但他隨即恢復了鎮定。奧特米登伸出手，不過阿基里斯視若無睹，自己一躍就上了戰車，轉身從阿爾西穆斯手中接過把他壓得雙膝顫抖的盾牌。

接著，阿基里斯舉起長矛，喊著雄健的戰鬥口號，發出前進的信號。

——

於是，這場戰爭最瘋狂的殺戮開始了。

碰巧我知道他當天殺死的所有人的名字，我可以將我認為有什麼意義的名字背給你聽。

唔……我也不知道，或許是有一點意義存在吧。

伊菲提翁。他死時十八歲，阿基里斯一劍從他頭部正中央劈下，左右腦像裂開的核桃一樣整齊分開，露出迴旋的大腦。他撲通倒下，被阿基里斯的馬蹄和戰車車輪深深踩入泥土裡。

接著——

德莫列翁。長矛刺入太陽穴，直接刺穿他的面甲——他的盔冑遠不如阿基里斯的堅固——也刺穿了骨頭，把他的大腦絞得稀爛。

接著——

希波達馬斯。他想逃時，長矛刺入肩胛骨之間，他翻了個身，眼裡的光芒消失了。

接著——

波利多魯斯。普萊厄姆的么兒，十五歲，還不到參加參戰的年紀，但在戰爭最後幾個月和幾週，未成年男孩常常被派到戰場上。長矛再度刺出，再度刺向背部，但波利多魯斯沒有逃跑，事實恰好相反，他賣弄著自己的本領，朝希臘人的隊伍衝去，連看也沒看是誰在後面追上來。阿基里斯的長矛從肚臍下方穿出，波利多魯斯大叫一聲，向前跪倒在地，雙手緊捧著熱氣騰騰的內臟。

接著——

德呂俄普斯。劍往他脖子一劃，差點砍下他的頭。

接著——

德馬庫斯。右膝刺了根長矛，當他無助站在那裡等待時，阿基里斯一劍刺向他的脖子，結束他的生命。

接著——

勞哥諾斯和達耳達諾斯兩兄弟，他們緊緊貼在自己的戰車兩側，但阿基里斯把他們鉤了出來，就像用別針挑出螺肉那樣輕而易舉。然後，他迅速又有效率殺死了他們，一個用矛，一個用劍。

接著——

特羅斯。死前他緊緊抱著阿基里斯的膝蓋求饒，阿基里斯將劍刺入他的上腹，劃出一道深深的傷口，肝臟從傷口滑出，鮮血湧出，在他腳下積成一灘。

接著——

米留厄斯。長矛猛然刺入他的耳朵，從另一隻耳朵裡伸出。

接著——

厄開克洛斯。劍刺進頭部。

接著——

杜卡利翁。長矛刺穿肘部的肌肉，他無力地垂下持劍的手臂，等待死亡的到來。阿基里斯一揮劍，杜卡利翁的頭就連同頭盔一同飛走，他的身體呈大字型躺在泥地，體液從斬斷的脊骨源源流出。

接著——

——

但你也看出問題了，對吧？面對這麼一長串籍籍無名到令人難以忍受地步的名字，你怎麼會感到同情或擔憂呢？

在往後的人生，無論走到哪裡，我總是尋找分散在希臘世界各地的特洛伊女人。那個瘦骨嶙峋的老婦人，雙手長滿褐斑，拖著腳步去替主人開門，她真的是赫庫芭王后嗎？她曾經年輕貌美，是普萊厄姆國王大殿上領舞的新嫁娘。那位衣衫襤褸、急匆匆從井裡打水的女孩，難道是普萊厄姆的某個女兒嗎？或者，那個上了年紀的妾，臉上彩妝從皺紋上脫落，真的是安卓瑪姬嗎？她曾經以赫克特妻子的身分，抱著稚子，自豪站在特洛伊城垛上啊。

我遇到很多女人，很多是名字你可能沒聽說過的娼妓。所以我可以告訴你，勞哥諾斯和達耳達諾斯兩兄弟不只是兄弟，他們還是雙胞胎。他們小時候，達耳達諾斯口齒不清，連自己的母親也聽不懂。「他在說什麼？」她老要問他的哥哥。「他說他要一片麵包。」勞哥諾斯回答。「你得讓他說話，讓他自己開口要。」男孩的祖母說。「但是我很忙。」那個母親告訴我。「如果我聽她的話，就得在那裡耗好幾個小時。」

還有德呂俄普斯，他母親分娩了足足兩天。「最後我母親要助產婆下樓，『你去給自己倒杯酒吧。』她說。『我留下來陪她。』助產婆一離開房間，她就掀開被子，我不知道她做了什麼，但天啊，我終於解脫了。十分鐘後，他出生了。『啊。』助產婆說。『我沒想到她就要生了。』我母親只是笑了笑。」

接著是米留厄斯，阿基里斯的長矛從他耳朵刺出的那一個。「他六個月大就會走路——從來不爬，也從不靠屁股拖來拖去，就是要直挺挺站著。我常常彎腰牽著他的手帶著他到處溜達，彎著腰——一兩個鐘頭，好幾個鐘頭——他一坐下就又想站起來。我的背都斷了。」

或是伊菲提翁的母親，記得他的父親第一次帶他去釣魚，他皺著眉，專心想把蟲餌弄到魚鉤上……「哎呀，他一站起來，蟲餌就掉下去。我不敢笑，可憐的小東西，但你不得不佩服他，他還是繼續努力。他就是那樣——他不會放棄的。」

有些年輕女人後來和希臘主人生了孩子，我相信她們也愛著這些孩子——女人都愛孩子——但是當我和她們說話時，她們想起的是特洛伊的孩子，那些為了拯救特洛伊而戰亡的男孩。

接著——

里格穆斯。阿基里斯的矛尖擊中他的胸膛，穿破的肺汩汩流血。

接著——

亞里伊佛斯。他掙扎著要把戰車轉向時，阿基里斯的長矛往他背部一刺，一命嗚呼。他倒在地上，發狂的馬疾奔而去，空蕩蕩的戰車從車轍縱橫的地面彈起。

接著——

接著是誰真的不重要了——他忘了自己殺死過的人。在抽出長矛的瞬間，他已經轉身尋找下一個，接著又是下一個。那麼，為什麼，在這一片模糊的腥紅殺戮中，有一個男人的死亡特別難以忘記呢？他說「男人」，但「男孩」可能更加貼切：他下巴上的那個是絨毛，不是鬍鬚，他出現在戰場上，證明了特洛伊人的絕望，或者證明了他個人想要用戰鬥證明自己是個男人的欲望。無論如何，他在那裡，從河裡爬出來……

萊卡翁，普萊厄姆的兒子，他無法忘記的那一個。

這些人不會有葬禮，不會有淨化之火。帕特羅克洛斯躺在他的營區沒有下葬，他不會停止戰鬥讓特洛伊人得以埋葬他們的死者。他也不擄人，現在不擄，以後也不擄。每一個遇上他的人，他都給予一死，他的車輪輾過他們的身體，鮮血、糞屎、腦漿齊濺，最後他的冑甲也沾黏了穢物。他不往下看，也不回頭望，而是直視前方，催馬向前，永遠向前。每一個死亡都讓他更靠近特洛伊的城門，更靠近他與赫克特對戰並置他於死地的那一刻。

鮮血、糞屎、腦漿——他在那裡，珀琉斯之子，半獸半神，一路朝榮耀奔去。

35

如此持續五日。那段期間，他幾乎不曾闔眼。他的樣貌令人恐懼，眼睛由於哭泣而紅腫，臉龐在一道道泥巴底下顯得慘白而憔悴。

每天的開始是黎明前到帕特羅克洛斯的靈柩處。我把我們緊緊纏在他頭上的亞麻布解開——亞麻布是為了擋開蒼蠅——然後站在後面。聞到腐肉的味道，我幾乎要吐了，好想說：行行好，燒了他吧。但阿基里斯似乎沒有注意到帕特羅克洛斯的任何變化，臨走前總是俯身親吻他的嘴，即使嘴唇已經發黑皺縮了。就算頭上纏著亞麻布，也很難讓他的嘴闔上。阿基里斯走後，洗衣女工圍在棺木旁喃喃自語，但我沒有停下來聽她們說些什麼。

晚餐後，他又去看帕特羅克洛斯，不過夜裡無人允許和他一同進房間。有一次，我想我聽到他說「還沒有」，猜意思是赫克特還活著。阿爾西穆斯在半敞的門外徘徊，不時往內張望，看到阿基里斯站在石板旁，低頭靠在帕特羅克洛斯的胸膛上。一天深夜，他大聲呻吟，阿爾西穆斯把手放在門上。

我抓住他的胳膊。「不。」

「不該把他單獨留下。」

「他就是要單獨一個人。」

過了一會兒，他點了點頭，往後退了一步。

特洛伊人如今在特洛伊的城牆下作戰。墨米頓人開赴戰場後，我就立刻爬上阿基里斯的船，站在船尾觀戰。第五天早上特洛伊防線終於攻破時，我也在那裡。即便到了那個時刻，我還在期盼他們能夠重新布署，可是巨大的城門打開，特洛伊戰士跑進去。普萊厄姆俯在矮護牆上，示意赫克特也躲到牆內，赫庫芭甚至坦露著皺巴巴的老女人乳房，懇求兒子自保。赫克特非但不肯，還轉身背向家園與安全，獨自走去迎戰阿基里斯。

我看不下去，回到屋裡，把所見情景告訴其他女人。我們知道我們正在見證特洛伊的末日，隨著這座城的滅亡，我們重獲自由的最後希望也將破滅。然而，織布的活兒仍舊沒完沒了，梭子飛來飛去，布一寸一寸織成，也許是因為女人擔心要是停下來，要是線弄斷了，世界也會碎裂，也會帶走她們。

接著，在梭子不停的格格聲中，我們聽到一種新聲音。在織布機的轟隆聲中，我們還得拉長耳朵才聽得見，我們之中無疑有人會說服自己聽見的是海鷗在鳴叫——牠們偶爾會發出的歇斯底里如狂吠般的叫聲——但不是海鷗，那是女人的聲音，聲音延續不歇。漸漸地，織布機一個接一個停了下來，在淹沒我們的那陣寂靜中，我們比以前更清楚聽到哀悼的哭喊。於是，我們知道赫克特——特洛伊最後也是最偉大的守城大將——死了。

第三部

36

一開始，我想不出來那是什麼。最後阿基里斯把戰車駛入馬廄院子，我才看到車後繫著什麼東西，那東西在車轍縱橫的地面顛簸跳動。過了五分鐘，我才意識到那一團血肉模糊的東西是赫克特。墨米頓人興奮得喊喊喳喳，阿基里斯不只擊斃赫克特，還用戰車拖著他的屍首，繞特洛伊城牆三圈，赫克特的父親普萊厄姆立在城垛俯瞰，眼睜睜看著強壯英挺的兒子變成一袋肚破腸流的東西。

那是希臘人的勝仗時刻，人人都知道。我以為會有歌舞慶祝，沒想到阿基里斯卻是要人把帕特羅克洛斯的棺柩抬到教場，命令他麾下的墨米頓人駕著戰車繞著它走。戰車越繞越快，馬兒噴著鼻息，馬鞭裂了，轆轆轉動的車輪底下揚起團團塵土……直到人馬都渾身大汗，耗盡氣力，阿基里斯才走下自己的戰車，走到棺柩前，把被赫克特的鮮血染紅的雙手放在帕特羅克洛斯的胸膛上。「赫克特死了。」他告訴他。「我承諾你的一切，我都做到了，你這下可以安眠了。」

這是闐雜廝殺後的一個嚴肅片刻，墨米頓人沉默下來，許多人掉下眼淚。

然而，如果說阿基里斯滿足於以再度泉湧的悲傷紀念自己最偉大的勝利，阿伽門農則絕對不會就此滿足，不僅宣布替阿基里斯舉行盛宴，還親自護送阿基里斯到他的營區。許多國王也出席了宴會，在院子踱來踱去，喝了不少的酒，互相拍背，發出一陣接一陣笑聲。阿基里斯儘量和其他人一塊笑，但似乎有些茫然，彷彿不知道這些人是誰，也不知道為什麼應該和他們說話。

我想他看起來很空虛。所有的殺戮，所有的復仇……也許他成功說服了自己，如果他做到這一切——擊斃赫克特，擊敗特洛伊軍隊，讓普萊厄姆崩潰——帕特羅克洛斯就會信守承諾，不再是死亡的狀態。我們都試過與神做瘋狂的交易，卻往往不知道自己在做什麼，他就是這樣。他做到了一切，遵守每一個承諾，而帕特羅克洛斯的屍體仍然只是一具屍體。一個空缺。

但他必須去參加宴會，阿伽門農的任何「邀請」都具有命令效力。況且，從官方角度來說，他們是朋友。

阿基里斯與其他國王離開後，墨米頓人鬆懈下來，自己慶祝。艾菲思和我忙著四處倒酒，後來奧特米登突然命令我們回到安全的女營，還囑咐我們把門閂好。他知道將有一個瘋狂的夜晚。

我睡不著。我想部分是因為吵嚷、歡呼、歌聲……還有想到赫克特躺在泥濘地上，四肢不全，孤身一人。

過了一會兒，我下床，拿一張素白的亞麻布，把披風拉緊裹住臉龐，悄悄走去馬廄。我幾乎沒有發出任何聲響，但馬立刻知道我來了，一隻踢了踢馬廄門，其他的開始搖晃繞圈。在一排排甩動的馬頭當中，我到處看見閃著白光的眼白。屍體躺在院子中央——殘破不堪，幾乎不成人形。我強迫自己再靠近一點，光線還夠讓我看清楚，不過快速看了一眼，我就慶幸可以移開目光。我把亞麻布輕輕蓋在他那可憐受損的臉上，然後踮起腳尖走開，留他獨自在冷漠的星空之下。

37

還要更多的酒。伴隨著跺腳聲和歡呼聲，杯子又被高舉起來。

他為什麼生來如此完美？

他究竟為什麼出生？

他對任何人都他媽的沒用！

他一點用都沒有！！

坐在周圍桌邊的男人用杯子拳頭敲打木板，但那些坐在旁邊的人在他身上打拍子，拍著他的胳膊、肩膀、腦袋、大腿——他們能夠拍到的每一個部位。他們拍個不停，他們不能停止觸摸他，但是他渾身上下都因為征戰而疼痛，身上沒有一寸不痛的地方。

盛宴似乎將會永遠持續下去。他想回家——或者該說是帕特羅克洛斯如今不在但被誤以為是家的地方。他至少需要黑暗和安靜，但裝著烈酒的大酒壺依然從一張桌子端到另一張桌子，每幾分鐘就有人跳起來提議祝酒。阿基里斯一喝再喝，因為他只能喝，因為他別無選擇。滿頭大汗的笑臉漸漸模糊……某種笑話正在傳開，大家不停相互推搡，低聲耳語……他們能勸動他去洗個澡嗎？這似乎就是笑話的要點。看他！看看他的狀態，看看他的頭髮……！他勉強咧嘴一笑，表示不以為意，不會見怪。但他接著冷不防站起來，有人問他要去哪裡，他說：「去尿尿。」可是走向大門的路上，四周都是想拍拍他後背祝賀他的男人，他們像黃蜂一樣圍著他團團轉，朝他的胳膊和胸口頑皮地打上幾拳。一切都叫人痛心，在內心深處該有歡樂和歡笑的地方，卻只有一個沒有陽光的坑。

到了外面，他斜靠在一排馬廄的牆上，看著小便在腳下的石板上流淌。燈火通明的大廳就在右手邊不遠處，但他知道自己不想再進去了。天啊，都快天亮了，他做得已經夠了吧？反正，他們全喝得醉醺醺的，很可能不會發現他不見了。所以他沿著海灘走回自己的營區，海浪在他腳邊奔湧翻騰，海水不規則的呼吸聲與他自己的呼吸聲相呼應。在海灣周圍的陸地，營火熊熊燃燒，他知道自己到任何一堆火前都會受到歡迎，只是他這一生從未感到如此徹底的邊緣，如此的孤寂。

阿伽門農剛剛佯裝也為帕特羅克洛斯的死傷心……帕特羅克洛斯死時，這混蛋欣喜若狂，因為他知道這會讓阿基里斯回到戰場……沒有其他辦法可以做到這一點。不，今晚他就算想與誰在一起，那也是他麾下的墨米頓人，他們起碼和他有相同的失落感。但是，當他接近自己的船隻時，意識到他也不想和他們在一起。不，不如自己留在外面……睡在沙灘上也行，有何不可呢？他以前做過。

先游泳？每個人似乎都認為他該洗個澡，也許他們說的有道理？他把手指舉到臉上，聞到了乾血的魚鱗味，又舉起胳膊聞聞腋窩，天啊，是，他們說的有道理。他連衣服都懶得脫，就直接走到大海裡。海浪拍打著他的大腿、鼠蹊、腹部、胸膛，每一個浪頭都把他抬起又放下，最後來了一個超越先前海浪的浪頭，捲過了他的頭頂。他任由浪將他拖下去，下沉，下沉，沉入一個無聲的綠色世界，他的世界——如果不是因為肺部灼熱的疼痛，可能曾經是他的世界。隨著一聲吸氣的尖聲，他翻身仰漂，讓自己隨著潮水來回漂浮。

太陽的力量開始在世界邊緣聚集，星光稀微，轉眼就消散了。他哭了，鹹水滴進了鹹水，也又排尿了——他感到大腿有一股短暫的暖流——一切都從身上流出，悲傷，痛苦，失落，最後他達到了一種空洞的平靜。

回到乾燥的陸上，腳踩在鵝卵石上的摩擦聲阻斷所有其他聲音。他好像在左右搖擺，喝醉？他喝醉了嗎？不知道，記不得他不得不喝下多少酒——肯定是沒吃東西——只是有點不對勁，他感覺……很奇怪，好像他被拉得又緊又瘦。沒關係，不管是什麼，都會過去的，赫克特的死才是最重要的。結束了，每一次他的右腳踩到小石子時，他就重複這句話，結——束——了，結——束——了，結——束——了。赫克特的死；沒有了赫克特，特洛伊無法撐下去——是他給了整場戰爭關鍵的一擊。

他在心中各個角落尋找，想找到其他國王對他的大肆讚美的微弱回聲，卻遍尋不著。擊斃赫克特還不夠，在置他於死地的那一刻他就知道了，他真正想做的是吃他。他不會對多少人這麼說，但這是事實，他想咬下赫克特的喉嚨，這就是為什麼他知道普萊厄姆正看著，還拖著屍體繞了三趟特洛伊的城牆，而那麼做也不過是舌尖嘗到赫克特的人肉滋味的拙劣替代品。

睡眠。他坐了下來，感覺指尖下的沙子如絲綢般柔軟，然後——挖深——變得又硬、又濕、又冷。他的眼睛很痛，每眨一次眼，眼皮就會痛苦地摩擦虹膜。即使在離軍營這麼遠的地方，他也能聽到醉醺醺的歌聲，他的手下無憂無慮圍著營火，吃飽喝足了。他仍然可以加入他們——在他所愛和信任的人中間喝到站不起來。或者，就算不這麼做，也有一張柔軟的床等待他，火堆燃著，麵包和橄欖放在桌上，一壺隨時可以倒的酒……但就是沒有帕特羅克洛斯。不，他不如待在這裡，任鹹水刺痛乾裂的唇，讓胸膛隨著大海的節奏起伏。

他仰躺在地，扭動肩胛骨，在沙地上挖出了凹坑。細長的黑色濱草像斷了弦的豎琴劃破天空，他立刻想起了他的琴，他無法再彈了——帕特羅克洛斯死後，一次也沒彈過。就這麼算了吧，就這麼算了吧。他眨了幾下眼睛，宛如一個大嬰兒竭力保持清醒，接著陡然墜入了像光一樣稀疏襤褸的睡眠中。

幾分鐘後，只覺得一陣噁心，他張大嘴巴，舌乾口燥，掙扎想要說話。他又醒了過來。醒了嗎？他看到小丘上的圓卵石，叢叢的濱草在頭上方搖擺，但夢還沒停止。帕特羅克洛斯俯身靠近他——不是什麼慘白的鬼魂，而是他本人，如生前一樣強壯有活力反常的是，幾乎懷著敵意，他生前從未如此。

你在忽視我，阿基里斯。

沒有，他想說，但說不出來。不能說，也不能動，他想要向帕特羅克洛斯伸出手，但手不管用。

我活著的時候，你從來沒有忽視過我，現在你卻忽視了我。

他想說：我為你和赫克特對決！

你居然還沒埋葬我！你知道蒼蠅在皮膚上產卵的感受嗎？

誰在這裡說話？是……跪在他旁邊的這個東西，這個像帕特羅克洛斯像到令人心痛的影像，還是這些念頭是他自己的？然而，帕特羅克洛斯看起來如此真實，甚至穿著昔日的長袍，高大強健……當太陽冉冉升起時，他臉上的光改變了。

燒了我吧，阿基里斯。亡者不讓我進去，他們不讓我過河，他們說我不屬於那裡，但我也不屬於這裡。把我的身體交給火，將我的骨骸埋在你母親給你的金甕，它夠裝兩個人，讓我們生同眠、死同穴吧。

去他的「死同穴」，他現在就想擁抱帕特羅克洛斯。他又一次試圖伸出手，只是雙手仍舊無法移動。

還記得我們過去常常在晚餐後坐在一起沙盤推演嗎？我現在一想到這事就哭……

那麼讓我們一起哭吧，他想說。讓我們坐下來，為我們失去的一切像狼一樣嚎叫。

突然間，讓他癱瘓無言的束縛消失了，他大叫一聲，伸手去抓眼前那個逼真的人，帕特羅克洛斯的魂魄卻從指縫間溜走，隨著一聲輕微的喊叫，消失在地底下。

什麼都不剩，什麼都沒有。但是他來過了。直到生命盡頭，他全然相信帕特羅克洛斯回來和他說話。他翻身跪起，急忙在銀沙上挖出一個洞，徒手一路挖到黑暗潮濕的那一層。然後，他雙手又狂熱地工作，建出一個小墓堆，標出帕特羅克洛斯現身的地方。他知道一旦身體火化，魂魄就無法再回來。

但赫克特死了，他執著這一點——這是一個真正的、堅實的成就。然而，在這個奇異的臨界空間，在海陸之間，在生死之間，他開始懷疑起這個成就。如果帕特羅克洛斯還活著——他剛剛看到他，他剛剛聽到他說話——赫克特真的死了嗎？

這就是他現在必須做的事：察看赫克特，往他殘缺不全的屍體撒尿，然後替帕特羅克洛斯舉辦一場配得上國王身分的葬禮運動會。

他慢慢走回軍營。黑暗正在快速消散，宴會卻仍舊繼續，目光呆滯的男人跌跌撞撞，醉得連自己的母親都認不出來。他把濕斗篷拔到身上，悄無聲息在小屋間穿行，朝馬廄院子走去。到了那裡，他停下腳步。赫克特的屍體還在他留下的地方，只是現在有了遮掩，有人蓋上了一塊布。他不敢相信他手下的人會這麼做，還有誰呢？諒奴隸也沒這個膽。

走近時，他腦中浮現一連串的模糊印象。他在這裡留下了一袋碎骨，但白布下的屍首有著一個男人的長度和形狀。他眼睛看到改變，大腦卻無法接受，有人在耍花招，這不是赫克特的屍體。不可能是。慢慢地，極其緩慢地——他為了需要這麼大的勇氣而感到慚愧——他彎腰把布掀開。

赫克特的臉，光滑無瑕，彷彿他還活著，正向上凝視著他。他的眼睛睜開，除了此一細節，他就像在睡覺一樣，躺在家中的皇室大床，妻子安卓瑪姬在他的身邊。阿基里斯無法停止注視那雙眼睛，他的手指很想把那眼皮闔上，不必繼續注視那茫然的空白。然而，為死人闔上眼皮是一種尊重的表示——他不會那樣做，他寧可把那對眼珠子挖出來。結果，他什麼也沒做，只是站直身子，環顧一下院子，似乎期待看到潛伏在那裡的罪犯。

沒人，馬廄空無一人，大家都圍著火堆大吃大喝。但無論如何，他真笨，因為沒有人能做這件事，一定是神的傑作：那麼——**去他媽的神**。他仰起頭，吼出他的反抗。院子四周的馬兒開始甩頭踱步，影子在牆上互相追逐……阿基里斯又一次大喊大叫，吶喊響徹了院子。他不會被打敗的，即使神也無法打敗他。太陽一出來，他就要把赫克特的屍體更牢固地綁在戰車上，全速繞著軍營跑，這一回除非是所有的骨頭都斷了，所有的五官都稀爛了，他才要停止……沒有人可以詐取他的復仇，就是神也不行。

38

女人不參加火葬，所以帕特羅克洛斯火化時我不在現場，不過後來我從阿爾西穆斯那裡聽說了這件事。阿爾西穆斯開始不停說話，結結巴巴，念念有詞，好像不敢停下來思考太久。他愛阿基里斯，可也怕他，我也認為他越來越怕他。

阿基里斯信守諾言，答應帕特羅克洛斯的每件事都做到了。他割斷十二名特洛伊青年的喉嚨——揪住他們的頭髮，將他們的頭往後拽，一刀從他們的喉頭劃過，動作迅速又俐落，彷彿他們是山羊。他把帕特羅克洛斯的馬也殺了，扔進火裡，接著是他最喜歡的狗，也就是和他們一起住在屋裡的那兩隻。好多好多的血，阿爾西穆斯說，他不知道他們怎麼讓火堆燃燒，不過最後火還是燒起來。

從女營門口，我們看到火焰和躍入夜空的火花。我摟住站在身邊的艾菲思，把她帶進屋裡。「我接下來會怎麼樣呢？」她不停地說。我無法回答，因為我不知道。我剛到軍營時，艾菲思對我很好，現在我起碼可以稍微回報她的善意。

在葬禮運動會期間，女人在幕後忙著準備食物和酒水，但晚餐時不用侍酒。根據希臘習俗，在這樣的時候，年輕人要侍候長輩。我們也不能公開出席運動會，不過我們不時溜出屋子旁觀幾場競賽。阿基里斯忙得團團轉，又是擔任評判，又是頒獎，處事八面玲瓏，非常擅長在小爭端升級為全面爭吵以前解決它們，我幾乎不認識他了。他似乎正在變成帕特羅克洛斯，只有那雙眼睛仍然是阿基里斯的眼睛，紅腫，難以正視。

我大部分時間留在阿基里斯營區的女營中，有時邀請其他「獎品」來共用一頓餐，共飲一壺酒。記得在一次這種場合，我看到塔克美莎在房間另一頭和艾菲思深入交談，你很難想像出比她們兩人更強烈的對比組合：艾菲思，十分蒼白嬌嫩；塔克美莎，滿臉通紅，大汗淋漓吃著一盤羊肉佐香草。沒有任何兩個女人能比她們的差別更大，但在一個非常重要的方面，她們卻是相似的：都愛上了俘獲她們的人。這對我構成了一個不安的問題。說實話，我鄙視塔克美莎，但一秒也未想過要鄙視艾菲思。我很好奇，我對塔克美莎的蔑視，是否只是對一個經常對我頤指氣使的女人的盲目偏見，我認為應該不是，但也無法肯定。我只知道我喜歡艾菲思，甚至愛她，也許我很容易理解她為什麼愛帕特羅克洛斯，因為我也漸漸愛上他了。

我說過阿基里斯會頒獎——看哪，全是大獎啊！為了紀念帕特羅克洛斯，沒有什麼是他捨不得送出去的：盔甲、三足鼎、馬、狗、女人……艾菲思。他把她當成戰車比賽的首獎，我們沒有得到任何的預警，當奧特米登過來接她時，我們正坐在女營中修補衣服。她想抓住我，但奧特米登無情地扳開她的手指，把她拉到院子。所有女人都跟過去看著她站在那裡，海上吹來寒風，大家瑟瑟發抖，等著知道她的新主人是誰。

比賽尾聲非常刺激，戴奧米德越過終點線，得意地笑著把馬勒住，所有人都歡呼雀躍起來。他的臉龐布滿跑道上的灰塵，他跳下來，穿過院子，迎向阿基里斯。阿基里斯指著艾菲思，說她就是獎品，戴奧米德把艾菲思的頭左右擺動——阿基里斯那時就是這樣對我——滿意地點了點頭，轉身擁抱阿基里斯。他們這樣維持大半天，互相搭著肩膀，有說有笑，而在他們的背後，戴奧米德的助手抓住艾菲思的胳膊把她帶走了。

當人群在他們面前散開時，她轉回頭直望著我，最後痛苦的一瞥。然後，她走了。

葬禮運動會以戰車比賽結束，船長和國王們離去後，阿基里斯又主持晚宴，獨自一人。以往我會留意他的一舉一動，觀察他表情每一分鐘的變化，如今我不敢看他。這人曾兩度說他希望我死，一次當著我的面，一次當著全軍的面，我不認為他會殺我，但我深信他可能會把我轉賣給奴隸販子。我曾是他的榮譽獎品，所以我是重要的，如今這些都已不復存在。所以我垂著頭，斟滿一杯又一杯的酒，在長桌之間來來回回，直到能夠脫身上床睡覺為止。

男人悶悶不樂，阿基里斯的悲傷讓聚會籠罩在陰鬱的氣氛之中。我不同情他，我為帕特羅克洛斯的死感到傷心，但這份傷心也浸透苦澀。沒錯，他是個好人，沒錯，他對我很好，可是他按照一個國王兒子應有的禮儀火化，我兄弟們的遺體則是任由腐爛。

儘管我說過，我盡量不看阿基里斯，卻總是能夠察覺到他的存在。在這個擁擠的大廳，他坐在曾與帕特羅克洛斯共用的桌子旁，四周全是崇拜他的人，而他孤伶伶一個人。

我也一樣。帕特羅克洛斯死了，艾菲思走了，我比以往更加孤獨。在艾菲思被帶走的那一刻之前，我還會說已經習慣了失去，但顯然沒有，因為我十分想念她。在阿基里斯的營區，我和大多數女人交好，但沒有一個親近的人，也沒有人我想要親近。我只是茫然坐在織布機前，晚餐奉酒，拖著腳步在海灘邊走了一里又一里的路，什麼期望也沒有。每次餐後，回到女營，我會爬上曾和艾菲思共用的床，把被子拉到頭上。

———

然後——我想大概是葬禮運動會結束後的第四或第五個晚上——這段淒涼平靜的日子結束了。晚餐時，在我斟完第一輪酒後，奧特米登就示意我過去他那邊，說：「阿基里斯今晚要你。」

我的腿變成了沙，我不知道是應該繼續倒酒，還是放下酒壺立刻過去。奧特米登沒有給我指示，也已經轉過身去。我不知道還能做什麼，於是繼續倒酒，直到餐宴結束才溜出大廳。我梳梳頭髮，咬咬嘴唇，又捏了捏臉頰，然後坐進我到軍營頭一個晚上被帶去的壁櫥。我還記得當時我如何撫摸著床上的羊毛被，用指尖描摹上頭的圖案，好像躲進盤繞的螺旋圓圈中，可能就再也不必思考或感覺了。後來帕特羅克洛斯走進來，給了我一杯酒。第二天晚上，之後大多數的夜晚，艾菲思也都在這裡。

如今少了這樣的慰藉，我坐在床上格格打顫，直到聽見外面通道傳來聲音：奧特米登和阿爾西穆斯要去與阿基里斯分享最後一杯酒。我從門縫往外窺看，看見帕特羅克洛斯的椅子空著，狗也不在了，我吃了一驚，因為我非常習慣看著牠們伸直身體趴在火堆旁。但後來我想到了，阿基里斯在帕特羅克洛斯的火葬堆上獻祭了牠們。啊，我可以想像那個情景，他呼喚牠們過去，拍著大腿說：「來，好傢伙！來！」牠們趴著朝他爬過去，一面搖著尾巴，一面緊張地舔著嘴唇，知道不好的事要發生了，卻還是不得不去找他。艾菲思在戰車比賽中當成頭獎送出去，也許終究是幸運，他可是割斷了狗的喉嚨。

最後，另一個房間的談話結束了，奧特米登和阿爾西穆斯正在告辭。他們走後，安靜了很長的一段時間，或者我覺得那是很長一段時間。接著，沉重的腳步聲走向門口，阿基里斯慢慢推開了門，那道光縫越來越寬，遮住了地板。他看著我，頭朝另一個房間點了一下。

我跟著他進去，儘量坐得離他遠一些。房間裡，帕特羅克洛斯的空椅非常醒目，與這種奇異的缺席一比，就連阿基里斯也顯得無足輕重。七弦琴包在油布裡，放在他椅邊的桌上，但他沒有把它拿起來。自從我回到他的營區後，我一次也沒聽過他演奏。

寂靜令我透不過氣來，再也無法忍受時，我說：「你為什麼不彈呢？」

「沒辦法，沒用。」

在床上，在黑暗中，我就是七弦琴。他摸索著，使勁吸吮我的乳房，好像努力回憶曾經讓他興奮的事。持續幾分鐘後，他爬到上面，試圖把他軟趴趴的陰莖塞入我體內。我把手伸到下面，又捏又摸，想幫忙，又幫不上忙，反而把情況弄得更糟。我害怕成不了事的結果——不是對他，而是對我。顯然什麼事也不會發生那一刻，他呻吟著翻身躺下，我立刻溜下床，把他的老二含在嘴裡，好像剛發現了一顆格外多汁的梨，咂著嘴吸吮。但不管我怎麼努力，它還是像嬰兒的陽具一樣柔軟。

過了一會兒，我放棄了，躺在他旁邊。我知道我說任何話都有危險，所以什麼也沒說。他很安靜，可能是睡著了，但我從他的呼吸知道他沒有睡。我說：「你希望我走嗎？」

他轉身背對著我當作回答。我溜下床，摸索著找衣服。火堆快滅了，燈火也都燒得暗了。我找到外衣迅速穿上——後來才發現前後穿反了——摸著走到門口。我不記得把涼鞋放在哪裡，太害怕，也不敢留下來找。在檐廊上，我站了片刻，深深吸了幾口氣。這麼早回女營，人人都會知道我失寵了——如果她們還不知道的話。沒有人會露出惡意，但每個人都會注意到。我起碼想得出兩個幻想有機會取代我位置的女孩。

我不在乎別的女孩成為寵兒，只是認為我朝奴隸市場又向前邁進一步——這才是我非常關心的。我告訴自己情況還不算太糟，他沒有打我，沒有揍我宣洩挫折——事實上，他沒有做任何他可以做的事。所以我抱著臂膀安慰自己，來回晃著身體。或多或少恢復平靜之後，我打著赤腳，摸黑穿過堅硬的沙地，朝女營走去。

39

他無法入眠。不能吃，不能睡，不能彈奏七弦琴——現在還很明顯地不能操女人……廢了。他先轉向一邊，又轉向另一個方向，把床單拉到下巴，又把床單往下推，手腳攤在整張床上，然後又蜷成一顆球——從頭到尾想著帕特羅克洛斯。不是想，是渴望。他頭顱的形狀，鼻梁下的小凹痕，歪嘴的笑容，寬大的肩，窄削的腰，皮膚上那種餅乾烤到棕色的味道。他們相處的方式。

他不曉得悲傷原來是這樣的，和肉體疼痛這麼相似。他靜不下來，他現在不該這麼痛苦吧？他履行自己的承諾，擊斃赫克特，割斷十二名特洛伊青年的喉嚨，把他們的屍體當成帕特羅克洛斯火葬堆的火種。他在熱呼呼的灰燼中仔細搜尋，拾起朋友燒焦的骨頭，連指關節骨和小腳骨也沒漏，然後將它們放在一只金甕中。等時候到了，金甕也還有空間裝下他的骨骸——但願這一天不會太久才到。

他現在明白自己一直在努力什麼：與悲傷談協議。所有這些發狂似的活動的背後存有一個希望：如果他信守承諾，就不會再有痛苦。但他開始明白，悲傷不會答應這種協議，這種痛苦無法避免——甚至也沒有讓痛苦更快過去的方法。悲傷用爪子攫住他，在他學會它要教的每一個教訓之前，它是不會鬆手的。

好不容易睡著後，他立刻滑入同一個夢，他每晚都做的那個夢。他在一條漆黑隧道，當他摸索著往前走時，陰暗中幾乎看不見的巨大物體不停將他絆倒。他踩到一個東西，它膨脹的肚子在他腳下嘎吱作響，由於看不見，所以無法分辨踩到的是特洛伊人的臉，還是希臘人的臉，而在這個地方，在這個陰森森的地方，沒有光，沒有色彩，誰的臉似乎也無關緊要。他寧願相信自己身在一座宮殿的地窖——也許是普萊厄姆的宮殿，這表示他們攻下了特洛伊，而且即使他的母親發出可怖的警告，他仍舊活著看到了這一天，參與了這一天——現在他在地窖尋找躲藏起來的受驚女人。他知道她們在這裡，他不時覺得聽到裙子的沙沙聲，他能聞到她們的恐懼。

他急切想要相信就是這樣，只是頭上每一根僵硬的頭髮同時也在告訴他，這裡是冥府，周圍全是死人。

所以，他全神貫注，留意自己身體裡的生命，繃緊手臂，收緊肌肉，深呼吸，痛苦地深呼吸。漸漸地，隨著一寸寸地向前移動，陰暗開始清晰起來，隨即便有足夠的光線讓他看見這片荒蕪之地。死人像一捆捆的破布躺著，在戰袍中鼓脹。特洛伊人還是希臘人？還是無法分辨。他再仔細一看，拉開斗篷和毯子，甚至開始搖晃肩膀和手臂試圖喚醒他們，因為下面好寂寞，身為最後一個活著的人好寂寞。沒有回應。發黑的臉仰望著他，無眼瞼的眼窩裡的眼珠呆滯如死魚。哦，他們需要火，這些人需要火，淨化之火，他給他們，如果他可以的話。不管是特洛伊人還是希臘人，沒有人應該這樣腐爛，沒有埋葬，沒有哀悼。然後，當他探查它們時，一個屍體跳起來，以哀怨的眼神定睛凝視他……

朋友，它說。

他立刻知道是誰。

萊卡翁，普萊厄姆之子，他無法忘記的那一個。

「我不認識你。」他想這麼說，可嘴唇一動就醒了。他坐起身來，瘋狂環顧四下，生怕將那個不潔的亡靈帶回來了。直到確信沒有什麼潛伏在陰影裡，他才讓自己撲通倒回枕上。他聞到自己由於恐懼而流出的汗水，鼠蹊處已經是一片沼澤。有一瞬間，他覺得很害怕，猜想他恐怕尿床了。母親離開後的第一個可怕冬季，他有時會尿床，不過沒有——摸了摸下面的床單——沒，沒事，汗水而已。他掀開被子，讓皮膚接觸到空氣。

為何夢到萊卡翁？帕特羅克洛斯死後，他殺了數十人，從戰爭開始到現在，則有幾百人了——那麼，為什麼獨獨就是這個人在混亂的血腥殺戮中格外顯眼呢？是「朋友」那兩個字，這句話當時激怒了他，從此縈繞在他心頭。當然，萊卡翁本人沒什麼值得懷念之處，阿基里斯第一次看到他時，他像隻落水的老鼠，想從河中爬出，在掙扎保持平衡的過程中，把一身的盔甲給脫了。河水氾濫，貪婪奪去了阿基里斯扔進河裡的每一具屍體，一面送走它們，一面發出咯咯輕笑。

對阿基里斯來說，那幾分鐘只是戰鬥中稍作休息，勉強夠他喘口氣而已。但不管長短，休息結束了，因為他就在那裡，或者說它就在那裡，這條蟲，這條蛆，這個像溺水老鼠的人，沒有頭盔，沒有盾牌，沒有長矛，因為他在拚死求生中把它們都丟棄了。他——它——正用雙手膝蓋爬上泥濘的河岸。阿基里斯什麼也沒說，只是以食肉動物的殘忍姿態，等著那個渾身濕透的可憐蟲認出他來，等著他心生恐懼。

但萊卡翁有點值得稱讚，他沒有試圖逃跑，不過話說回來，他也無處可逃，後方是河，前方是阿基里斯。他——它——不僅沒逃，反而跑上前，抱著他的膝蓋，開始乞求饒命。阿基里斯看了看，聽了聽，沒有任何感覺，沒有隱約意識到他和這個東西是吸著相同空氣的人。天啊，那東西在絕望逃避死亡之際說出了好可怕的話，背叛了一切。他說，他不是赫克特的兄弟，不是真的，哦，是的，沒錯，沒錯，同一個父親，但不是同一個母親，至於赫克特——哎呀，他幾乎不認識他！他與帕特羅克洛斯的死沒有任何關聯，發發慈悲吧，阿基里斯，想想你的朋友會怎麼做——你那正直、善良、勇敢又仁慈的朋友。

就是那兩個字。

所以，去死吧，朋友，他說。有什麼好激動呢？帕特羅克洛斯死了，他比你強多了。

他舉起劍，從鎖骨一側刺入年輕結實的喉嚨，把劍儘量往裡插。萊卡翁往前一倒，鮮紅色的血湧出，泥濘的地上出現一灘血泊。他還在抽搐時，阿基里斯就抓住他腳踝，一把將他扔進河裡。他在河上漂浮幾分鐘，戰衣鼓了起來，最後被水流沖走。阿基里斯站在河岸看著，直到屍體從視線中消失。在他入海以前，魚群將早就狼吞虎嚥吃光他那閃閃發光的腎臟脂肪，沒有人會為他舉行葬禮，沒有人會燃起淨化之火。現在，對特洛伊人，絕不留情。

結果，他現在夜夜都夢到那個混蛋！為什麼，到底為什麼，既然他顯然註定要與死者共度長夜，怎麼就從來沒夢過帕特羅克洛斯呢？他推開被子，撐起身子，放輕腳步走到鏡子前，凝視自己的倒影大半天。這時，在身後的房間裡，帕特羅克洛斯的魂魄開始聚集，他感覺到它的存在，卻懶得轉身，因為他從反覆的失望中知道那裡什麼也沒有，總之，沒有什麼可看的，也絕對沒有活生生的溫暖軀體可以擁抱。

他朝倒影靠得更近些，氣息讓鏡子蒙上霧氣。

所以，去死吧，朋友，有什麼好激動呢？帕特羅克洛斯死了，他比你強多了。沒有回應，沒人回答。受了挫敗，他蹣跚走回床上。哦，是的，健步如飛的阿基里斯，他曾經像是空氣和火焰所組成，如今則是步履蹣跚，步伐沉重費力又拖沓。他的身軀由於體內的死亡而沉重，沉甸甸壓在地上。

一定快要天亮了。他徹底放棄睡覺的打算，穿上外衣，離開小屋，徑直走向赫克特趴在泥土中的馬廄。無人敢掩蓋他，或表現出任何尊重的暗示，那種叛逆的小舉動——在他屍體上蓋一塊布——再也沒有發生過。阿基里斯踏著沉重步伐穿過院子，腳趾在涼鞋中滑動，黎明以前寒意甚濃，但他的身上仍冒著汗。就連對自己來說，他都似乎不像人了，也難怪馬會不安地左右搖擺。

他嘗試做了幾次長長的深呼吸，為什麼他呼吸時肺會痛呢？也許它們決定比他身上其他的部位提前一兩週停止工作吧？還是他開始長腮了？那是他人在背後對他的評論之一。鰓，蹼足……好吧，有個海神做母親，你還指望什麼？事實上，他的腳趾確實有蹼，就像他母親一樣，只是她身上多出來的皮膚是半透明的，他的則是又厚又黃，他為此覺得羞恥。帕特羅克洛斯還知道一件別人不知道的事：他為自己的腳感到羞恥。他有許許多多的部分跟著帕特羅克洛斯進了火堆，因為無人可以分享的事不再那麼真實，也許甚至不再真實。

他走近時，馬夫抬起頭，清了清嗓子，恭恭敬敬點了點頭，但絲毫沒有奴顏婢膝的意思。這是墨米頓人的性格，他們以膽量、忠於職守和絕對服從聞名於世，唔，確實有膽量和忠誠……絕對服從？算了吧，皇室血統，甚至是神族血統，都打動不了他們——他們的尊重必須是贏來的。他知道，在過去的九年，他贏得了一千次，可就在最近他注意到……確切地說，不是退縮，而是某種程度的警惕。困擾他們的不是他的憤怒——這些人通常外表沉默寡言，內心非常憤怒——而是他懷恨的能力。好吧，他們可能想說，他帶走了你的女人，你的榮譽獎品，他侮辱了你——那麼你他媽的滾回家啊！他們始終不明白，他為什麼把他們留在這裡，留在這片骯髒的海灘上，像一群老祖母那樣枯坐，而不到一里遠的地方，曾經是他們戰友的人卻在戰爭中犧牲了。

但那是過去的事了，他們現在應該忘了吧。也許他們忘了，也許讓他們耿耿於懷是他現在每天早上做的事。

他把手放在戰車扶欄上，多年來帕特羅克洛斯將韁繩繫在腰間所站的位置。每天早晨，相同的記憶；每天早晨，相同的刺痛，刺得他禁不住屏息。但是，掩飾任何軟弱跡象是他的習慣，所以他繞著戰車，一寸一寸察看，不時彎腰檢查車底。經過一日的苦戰，戰車車輪會黏上滿滿的鮮血和汙物，馬夫都很懶——如果他們認為走捷徑不會受罰的話，一定就會走捷徑。他們不會忽略馬——他們會先餵飽馬，再餵飽自己的肚子——但是他們很有可能飛快跑去海灘，用水桶裝滿海水，即使這麼多年了他們絕對知道，就是最好的金屬，也會讓鹽給腐蝕。他不停囑咐他們：從井裡打水，勿用海水。他跪下來，舔了舔自己的手指，手指沿著一根輻條抹了一下，再用舌頭嘗了嘗。沒有，很好。

他站起來，感到筋疲力盡，似乎一丁點的力氣也沒有了。也許今天早上算了？也許他可以省去一次，回床上睡覺，一次就好？但是，不行，他的憤怒鞭策著他，他必須繼續設法平息那無法平息的憤怒。他像一個渾身爛瘡的乞丐，抓呀抓，抓呀抓，指甲都抓出血痕了，卻仍然搔不到癢處。

男人不願看他，他在這裡的時候，他們不停忙碌著，提水桶，摩擦、搓洗、朝金屬呼氣、檢查光澤，再摩擦。緊張，因為他看著他們；犯錯，因為他看著他們。所以他強迫自己轉過臉去。現在沒人會注視他的臉，好像他的悲傷令他們害怕，他們害怕什麼呢？總有一天他們必須忍受這樣的痛苦嗎？還是他們永遠不會，他們做不到，因為悲傷所取代的愛有多深，悲傷就有那麼深。

他轉過身去，工作做得快多了，所以他乾脆離開院子，讓他們繼續忙吧。十分鐘後，他回來了，事情都做好了，青銅護欄熠熠生輝，馬兒的皮毛閃閃發亮。在他檢查工作以前，大家都很緊張，他們以為頂多就是一個簡短的頷首，一聲咕噥的贊許，不料他給了他們驚喜，一抹微笑閃現，眼神交流，在接過韁繩以前，還逐一感謝他們。他們點點頭，嘟噥著退下。人們總是躲著他，從他十七歲起就如此，也許是對他戰場上的英勇表示讚揚，或者是恐懼他的忿怒，也可能是其他一些他不願去想的更黑暗的理由。因此，他把額頭靠在一匹馬的鼻子上，感覺牠的呼吸溫暖了他的皮膚，這種與非人類生物的接觸，讓他感覺自己幾乎又像個人了。

現在，輪到赫克特了。他的腳踝仍舊用繩子綁在一起，固定在輪軸杆上。他檢查繩結，把繩結拉得更緊，然後才伸腳一踢，讓屍體翻成仰臥。昨晚，他把一堆血肉模糊的骨頭扔進馬廄院子的穢物中，今晨，赫克特又一次像睡著了，睡得很沉，很寧靜，很安詳——而每晚睡眠都躲避著阿基里斯，他多想仰頭嚎叫。他沒有這麼做，而是登上戰車，開始讓馬掉頭。在他的身後，赫克特的屍體在車轍縱橫的地面顛簸，起初緩慢，然後速度加快，他駛出院子，離開營區，離開海灘，離開了戰場，沿著石砌小徑來到焚燒屍體的海角。

在他焚燒帕特羅克洛斯的那天晚上，火焰往天空衝得老高，特洛伊俘虜的鮮血在燃燒的木頭上跳動，嘶嘶作響。他答應帕特羅克洛斯十二個年輕人，他就弄來十二個：又高又壯的年輕人，是他們家族的驕傲，但最後伏首貼耳，聽天由命，如同有些公牛獻祭以前的樣子。

生火前的最後一刻，他剪下自己的頭髮，劈開濃密的髮辮，纏到帕特羅克洛斯的手指上。啟航到特洛伊以前，他曾經發過誓返家以前不剪頭髮。如今站在迎風的海角，望著濃密如繩的頭髮，簡直像要融化一般，消失在迸發的一團藍色火焰中。違背了那個誓言，等於放棄了再見父親一面的全部希望。如他母親所說，他的死亡緊隨在赫克特的死亡之後，他已經感覺到自己的死亡，知道自己不會回家了。幾天，最多幾週，然後——什麼也沒有了。

骨灰甕在墨米頓人為帕特羅克洛斯建造的巨塚底下看不見，但在他的腦海中，它就像那天他把帕特羅克洛斯的屍骨逐一放進去那樣清晰。指關節骨——回想起他們幼時玩的骰子遊戲；長長的腿骨——勾起九年前他們剛到特洛伊時在這個海灘上度過的夏夜回憶；最後是頭骨。他燒焦的指尖劃過頭蓋骨，繞過空洞的眼窩，想起了皮肉，想起了毛髮。

一聲吶喊，他把韁繩往馬脖一甩，開始繞著墳墓疾馳。

在下方的軍營，正在打磨盔甲的士兵停下手中的工作抬起頭來，馬夫們互看一眼，想著等他們回來時馬會是什麼樣子，他們一心惦著這件事，因為怕得無法去想其他事。一遍又一遍，阿基里斯的戰鬥口號在營地傳開，他驅策著出汗的馬兒，繞著墳墓越走越快。

當他回來時，赫克特的身體已經變成一團紅色的爛泥碎骨，臉皮剝落，那張臉已經無法辨識。阿基里斯縱身跳到地上，把韁繩拋給一個緊抿著嘴的馬夫，大步穿過狹窄的通道，從馬廄走向他的營棚。布莉塞伊絲向他走來——看見她，他嚇一跳，在昏幽的光線下，她看上去像忒提絲。當她緊靠著牆壁時，他聞到了她的恐懼。

一走進起居間，他就會回到鏡子前。他現在每天早上都這樣做，已經成了例行公事。他知道會看到什麼，但他需要讓自己看到，以證明他不害怕。他剛才加諸於赫克托的傷害從閃亮的金屬反射回來，如影子一般落在自己皮膚上，這就是為什麼跑過來接下韁繩的馬夫不看著他嗎？

然後，他稍微往右挪一下，陰影消失，又是他自己的臉在看著他。是幻覺，皮膚上那些痕跡，他每天早晚都會看到，很難不相信它們是真實的。

他打著哆嗦去尋找太陽。站在檐廊的臺階上，他環顧正在甦醒的營地。火堆在燃燒，他的晚餐準備工作已經展開了，有人研磨替他的肉調味的香草，織布機嘎啦嘎啦響著，為他的背部做布料，替他的床鋪做被子。在馬廄院子的拐角處，有人正在給他的馬梳理皮毛，給他的戰車拋光，阿爾西穆斯很快會來替他的盔甲做最後的收尾工作。他控制著他所看到的一切。

但是，每天早上，他就是有一股衝動，非得駕著戰車繞帕特羅克洛斯的墳墓一圈又一圈，玷污赫克特的屍體，這個過程——他完全明白——令他自己蒙羞，然而他不知該怎麼做才能讓這一切停止。

40

那一夜慘敗之後，我沒料到阿基里斯會再次派人來叫我，但他居然叫我去。事實上，才過了兩晚。

他晚餐幾乎沒吃什麼，進了起居間，又要了些酒，但只是坐在那裡盯著火堆，沒喝我倒的那杯酒。奧特米登和阿爾西穆斯清了清嗓子，在椅子上動來動去，帕特羅克洛斯那把空椅子仍是屋內最顯眼的東西。

阿基里斯讓他們提早走了，但沒有叫我退下。我坐在床上等待，害怕夜晚到來。當他終於站起來時，卻不是要脫下衣服，而是從房間一角的雕花匣拿出剪刀。他把椅子轉過去拖到鏡子前，將剪刀遞給我，然後抓起胡亂砍斷的髮尾。「來。」他說。「看看你能怎麼處理。」

完全意想不到。我接過剪刀，四處想找樣東西披在他肩上，他把戰衣扔在床邊的地板上，所以我就用了那件衣服。我用手指夾起一縷頭髮開始剪，這種接觸有種奇妙的感覺，從某個角度來說，比性更親密。我不喜歡，不過笨手笨腳剪了幾下後，我把他的頭髮剪得不錯，多虧這把剪刀很鋒利，非常鋒利。我用手指梳了幾下他的頭髮，看看髮尾是否整齊，突然——沒有任何預警——竟然看到他躺在地上的血泊中，剪刀就插在他的脖子上。這個幻覺——如果這能叫幻覺——讓我停下來。我站在那裡，感覺有點不舒服，抬起頭發現他在看著我。

「繼續。」他說。「怎麼不繼續？」

我們看著對方，或者應該說我們看著對方在鏡中的倒影，我想說：因為如果我繼續的話，你那些寶貝似的墨米頓人會把我折磨至死。但我知道說任何話都有危險，所以只是低下頭繼續剪。這次我不敢疏忽，直到剪完才停下來。

從那天起，他每天晚餐後都叫我留下，只是再也沒有要求我留下來過夜。要求，我說。習慣成自然，再也不需要要求了。

奧特米登與阿爾西穆斯通常也在，不過他從來不會要他們留太久。在他們離開之後到就寢以前，他會拿起一個火把，要我也拿一個，然後走去赫克特屍首躺著的骯髒地方。通常他會伸腳一踢，讓屍體翻過來躺著，然後放低火把，檢查那張臉。距離他上次拖著屍體繞帕特羅克洛斯的墳墓，已經過了十二個小時，五官已經完全恢復，連眼睛也回到眼窩——他每次都會推起眼皮確認。當他站直身體——這是我最害怕的時刻——他加諸在赫克特身上的傷害銘刻在他自己臉上。

有時，就這樣結束了。有時，他檢查把赫克特的腳踝綁在戰車上的繩子，再次出發，在黑暗中駕車繞著帕特羅克洛斯的墳頭。在那些夜晚，我常常蜷縮在起居間，心驚膽寒傾聽他回來的聲音——不是特別為我自己，而是因為他似乎一點人性也沒有了。他成了……我本來想說憐憫和恐懼的對象，但他從來沒有激發過旁人的憐憫之心，他當然也沒有這種感覺。心驚膽寒，沒錯，我不是唯一有這種感覺的人，奧特米登和阿爾西穆斯愛他，能幫他的地方一定幫，但是他們也感到畏懼。

但他們和他同樣受困在仇恨和復仇無休止的輪迴中，如果他們無法利用他們所有優勢讓自己擺脫這個輪迴，我還能有什麼希望呢？

41

每天晚餐時，他獨坐在過去與帕特羅克洛斯共用的桌子旁。進餐時間變得很難熬，因為只有他吃，其他人才能開動，而他一點胃口也沒有。不過他盡最大努力，勉強自己露出明顯的熱情咀嚼，只是未必能咽下他所咀嚼的東西。吞不下去時，他偷偷將一小團一小團嚼爛的肉吐到手掌上，藏到盤子邊緣底下。阿爾西穆斯和奧特米登侍候他，然後陪他喝酒，不過夜晚慢慢過去時，他會察覺到一絲急躁，他們無疑想要快快結束，好去和朋友喝一杯，或是與心愛的女孩上床。他們誰有心愛的女孩嗎？他不知道，帕特羅克洛斯一定知道。

最後一道菜上桌後，他會揮手示意奧特米登和阿爾西穆斯離開，他們老在他身邊轉來轉去，開始叫他心煩了。不過平心而論，他們兩人都沒有什麼問題，只有一個不可彌補的大缺點——不是帕特羅克洛斯。尤其是阿爾西穆斯，他是個不錯的小夥子，心地善良，也忠誠勇敢，是一名優秀的戰士，或許有點傻呼呼，但時間會解決的。奧特米登則完全不同，長得高高瘦瘦，馭車功力一流，但總是嘴唇緊抿，一本正經，剛正不阿。帕特羅克洛斯死時他在場。他——不是阿基里斯——把那垂死的人抱在懷裡；他——不是阿基里斯——見證他最後一口氣的逝去；他——不是阿基里斯——擊退想把屍體拖回特洛伊的特洛伊人。因此，阿基里斯必須永遠感激奧特米登，而不是讓他懷疑——就是一秒也不行——他強烈地恨他。為什麼是他？為什麼不是我？他一遍又一遍問這些問題，彷彿有一天會有不同的答案，內疚感最終將會減輕。

阿爾西穆斯和奧特米登——他們現在是他最親密的夥伴，多虧有了他們，他才不會感到孤獨。也因為他們不是帕特羅克洛斯，所以和他們在一起時，他感到無比孤獨。

他緊緊抓住椅子上的雕刻扶手——兩頭咆哮山獅的頭，雕工細膩——想從麻木中清醒過來，勉強起身，允許其他人都離開。但就要站起來時，他注意到大廳另一頭出現某種——確切來說，不是騷動——是干擾。有人打開對外的門，一陣夜風吹來，火把忽暗忽明，煙霧繚繞，他的眼皮感到一股涼意。接著，突然之間，有個白髮蒼蒼但不佝不僂的老人拄著杖朝他走來。父親，他心想，雖然他的父親為何要冒著危險遠航到這裡來探望他，這令人費解，他以前沒做過這件事。然而，當老人走近時，他根本一點也不像珀琉斯。

似乎沒人注意到他，所以這一刻讓人覺得很奇怪，甚至有些怪異——超出了正常的萬物秩序。

老人走了很久才走到他面前，很明顯他是來見誰的：他的眼睛盯著阿基里斯。從他那件粗布外衣和拄撐著的粗糙手杖來看，宛如一個農民，但是他的舉止絕對不像農民。阿基里斯的內心深處開始形成一團疑雲，但是這團疑雲很模糊，甚至比父親不期而至更加不可能發生。不對，不是不可能。根本不可能。

那人走到他身邊——現在離他只有兩三尺遠——發炎的關節發出一陣可聞的聲響，他蹲下身子，抱住阿基里斯的膝蓋——這是懇求的姿態。有那麼一會兒，一切都靜止不動，儘管有一兩個人開始交換困惑的眼神。接著，老人說話了，臉對著臉，聲音沒有提高，好像屋裡除了他自己和阿基里斯以外，再也沒有別人了，也許世上再沒有別人了。阿基里斯感覺後頸的髮根豎起，好像從某個無法想像的遙遠未來回望，看到自己坐在一個王座般的椅子上，有個高大的白髮男人跪在他的腳下。他們就在那裡，定格，不只有此刻，而是永永遠遠。

一個聲音把他拉回了當下。「阿基里斯。」老人喘著氣，好像說出這個名字耗盡他全部的精力：「阿基里斯。」

只有名字，阿基里斯注意到只有名字，沒有頭銜。這麼卑躬屈膝跪在他腳下，這句話卻認為他們是平起平坐的。他感覺自己的雙手緊緊握成了拳頭，但這只是反射動作，他並沒有感到威脅。他赤手空拳就可以將這個老人拉開，就像撕開一隻煮過頭的雞那樣輕而易舉，可是他竟然害怕……

「普萊厄姆。」

他低聲說出名字，不讓周圍的人聽見。不知怎麼，一說出這個名字，懷疑就變成了鐵錚錚的事實。瞬間勃然大怒。「你他媽的是怎麼進來的？」

這時，他最親密的副手們站了起來，紛紛流露出自責和驚愕的神色。他們仍然不知道這人是誰，但知道他不應該在這裡。他不應該進入院子，更不應該一個人直接走入大廳，未接受盤問就接近阿基里斯，而且近得足以碰到他，甚至近得足以殺死他……

阿基里斯舉起一隻手，他們不情不願往後退下，像兜著圈轉的狗兒發出低沉的哼聲。

普萊厄姆這時掉下眼淚，無聲的眼淚順著臉頰快速流下，消失在白鬍子裡。「阿基里斯。」

「你沒必要一直這麼喊，我知道自己是誰。」他知道嗎？這個場景讓他非常困惑，他不確定自己是否仍舊知道。「我問你一個問題，你是怎麼進來的？」

「我不知道，有引導吧。」

「神？」

「我相信如此。」

「哈！真的？你沒有賄賂守衛？」

「沒有那種事。」普萊厄姆聽起來很驚訝他會那麼想。「我聽到我進來時你說的話。」

「我什麼也沒說。」

「你說了，你說：『父親』。」

阿基里斯試圖思考，但大腦一片空白。他確實心裡想父親，但幾乎可以肯定他沒有說出聲；普萊厄姆可以看透他的心思，反而讓這個會面更顯得奇異。

「他現在一定是個老人，你父親——他不可能比我小多少。」

「他一點也不像你，他……很強壯。」

「你離家**九年**了，阿基里斯……你回去時會看出差別。」

我沒有要**回**去。

他必須阻止自己大聲說出這些話，奇怪的是，阻止他的不是老人——他的敵人——的存在，而是一張張簇擁著他們的面孔。在火把的光芒下，那一張張通紅出汗的臉是他的朋友，他不敢把真相告訴他們。

「他一定在思念著你。不過，至少他知道你還活著，心裡很是安慰……不像我的兒子死了。」

阿基里斯在椅子上扭了一下。「你**想要**什麼？」

「赫克特，我想帶赫克特的屍體回家。」

這句話落下，就像石頭掉進一座深如洪淵的井中，你用餘生傾聽，也未必聽得到它們落入水中的那聲撲通。不是故意的，如果阿基里斯可以說話，他會說話。

「我帶了贖金。」普萊厄姆分明正在強迫自己推倒阿基里斯那座沉默之牆。「你可以自己去看看，就在外面的大車裡……或者派一個手下去……」普萊厄姆環視這一圈充滿敵意的面孔，聲音猶豫了一會兒，然後他抬起頭來。「把我的兒子給我吧，阿基里斯。想想你的父親，他和我同樣是老人。尊重諸神吧。」

仍是沉默。

「你有一個兒子，阿基里斯，他多大了？」

「十五歲。」

「那麼，快到可以戰鬥的年齡了，是嗎？」

「還沒——他住在他母親的父親家。」

「我敢說他一定等不及前來攻打特洛伊，和他的父親並肩作戰，證明自己的價值……他很快就會來這裡。阿基里斯，如果你的兒子的屍體在我的城門內沒有下葬，你會是什麼感受？」

阿基里斯搖搖頭。普普萊厄姆更用力抓著他的膝蓋，手指陷入其中：「我做了前人從未做過的事，我親吻殺死我兒子的人的雙手。」

阿基里斯感覺到他乾瘦的嘴唇掠過自己的手背，這種感覺頓時激發他的怒火。他想痛打一頓，把這袋老骨頭扔過地面。他全身抽搐，每塊肌肉都繃緊，但他設法讓雙手保持不動。只是當他低頭看時，發現他的手不對勁，這雙手本來就特別大，是一名戰士的雙手，自幼受訓用劍使矛，但是肯定從來沒有這麼大吧？他記得帕特羅克洛斯死的那天也發生同樣的事。他試著彎曲手指，結果情況更糟，每一根指甲都嵌在紅色角質中，為什麼血就是洗不掉？

突然間，他的手又屬於他了。他推開普萊厄姆，但輕輕摸到了薄外衣下輪廓鮮明的鎖骨。他掩住了臉，為他的父親和帕特羅克洛斯、為生者與死者流下眼淚。普萊厄姆仍然扶著阿基里斯的椅子扶手，為赫克特流下眼淚，為其他每一個在這場無止盡戰爭中身亡的兒子流下眼淚。

他們非常靠近，這兩個男人，近得就要碰到了，但他們的悲傷是平行的，不是共同的。

在他們周圍，男人調換腳步重心，頻頻咳嗽。每個人現在都很清楚這個老人是誰；答案很明顯，不過照樣難以置信。奧特米登走到門口，深信外頭會有一隊特洛伊衛兵，因為普萊厄姆不可能手無寸鐵隻身前來，特洛伊國王在黑暗的掩護下驅車駛入希臘陣營的中心？沒有休戰的旗幟，沒有保證安全的通路？不，不可能，他起碼會帶衛兵……

奧特米登一下就回來。他搖搖頭，外頭一個人也沒有，只有一輛有篷的農用馬車和一對騾子。

在阿基里斯四周圍成一圈的男人靠得更緊，阿基里斯卻瞄了奧特米登一眼，頭猛然一晃，示意讓他們退下。奧特米登立刻張開手臂，推開每一個人。阿爾西穆斯嚇得目瞪口呆，到了此時還釘在地上動彈不得，也跟著退開。他們在阿基里斯和普萊厄姆四周讓出空間，其餘人變成一圈嘟嘟囔囔的臉龐，火把的光將他們的影子投在牆壁和天花板上。但這樣仍舊不夠，阿基里斯的雙手做出推的動作，奧特米登立刻打破圈子，引導大家往外走。「沒事。」他一邊不停說，一邊趕他們向門口走去。「你們看到了，沒事……」少數幾個流連不去，頻頻回首，仍舊無法相信自己眼睛所見，但奧特米登半是勸服，半是強迫，讓他們跨過了門檻。

他們開始散去時，可以聽到外頭有個聲音在問：「是他嗎？」另一個聲音說：「是啊，不過沒事，對吧？他可以帶刀來，但他沒帶。」「還是可能帶了——沒人搜過那傢伙身子。」「那些哨兵**他媽的**在幹什麼？」「他們一定是收了賄賂。」

漸漸地，聲音消失了。

大廳一片寂靜。阿基里斯伸出手，輕輕攙扶普萊厄姆起身。普萊厄姆掙扎著要站起來，膝蓋發出一陣咯噠咯噠響。他微微一笑，像老人一樣笑了，悲哀地接受了這個小屈辱。

阿基里斯拉過一把椅子。「來，坐吧。沒問題，你可以帶走你的兒子，但是明天，現在不行。」

但普萊厄姆不想坐下來。突然間，他筋疲力竭，失去了控制，任性得像過了就寢時間的學步幼兒。他想看一看赫克特的屍體，不，不要明天——**現在**。他想摸他，用他能找到的任何東西，慈藹地把他裹起來，帶他回家。他想給赫克特的母親她如今唯一得以擁有的安慰：準備為兒子火化。他的臉龐泛著紅暈，他情緒高漲，甚至有些魯莽——因為他沒死，他闖入敵營，直接走進阿基里斯的大廳，而且命還留著。他從來沒想過——沒錯，待客之道是神聖不可侵犯，但不適用於他，他只是一個闖入者，不是客人。然而，即使他是客人，對於一個像阿基里斯這種違反所有法律的人來說，待客之道對於他豈能有什麼意義呢？

普萊厄姆內心深處某個角落有一種恐懼，認為赫克特的屍體早就拿去餵狗吃了，阿基里斯基於他個人某個殘忍目的正在耍他——普萊厄姆。所以：不，他不坐下。赫克特的屍體躺在這個營區的某個地方，最好的狀況是受了凌辱，最糟的狀況是只剩一堆骨頭，周圍是舔著肉排的狗，他為何要坐下來和兒子的凶手閒聊呢？不，不，不！「阿基里斯，別叫我坐下，因為我的兒子還在外頭，還未下葬，我看是已經餵你的狗吃了吧。」

在任性暴躁中，他第一次聽起來像他自己：一個虛弱的老人。

瞬間勃然大怒。「我說：**坐下**。」阿基里斯的太陽穴上，有條血管像皮膚下的蟲子突了起來。「如果我拿他餵狗，你就沒有什麼東西可以帶回家。而且，我也完全有理由這麼做，因為那正是他對帕特羅克洛斯的計畫，而且，你一定會讓他這麼做的，別告訴我你不會，我知道你會。」

就連似乎是阿基里斯最親密的夥伴的兩個年輕人，也開始從他身邊走開了。普萊厄姆顫巍巍倒在椅子上，阿基里斯則是來回踱步，用握緊的拳頭猛擊另一隻手的掌心，逐步而緩慢地控制自己的情緒。最後，他停下腳步，低頭看著普萊厄姆。「來，我們過去那邊喝一杯，那邊比較有隱私，這裡任何人都可以進來。」出乎意料的是，他居然微微一笑。「唔，這一點我不必告訴你，對吧？」

他們走向起居間，阿基里斯帶路。如往常一樣，房裡燃著火，一壺酒已經備妥，一碟碟的無花果片、乳酪、麵包和蜂蜜擺在桌上。

「坐。」阿基里斯說。

還在打顫的普萊厄姆坐下，他不知道他坐到了阿基里斯的椅子。

「布莉塞伊絲！」阿基里斯高聲一喊，接著又對奧特米登說：「叫她拿更烈的酒來，這玩意根本是處女尿。」他轉向普萊厄姆。「你喝一杯？」

普萊厄姆一手掩著嘴，不讓嘴唇顫動。他像一個受了驚嚇的老人，但那只是表面，真正重要的是，他骨子裡向來不屈不撓。阿基里斯看到恐懼，也看到勇氣——普萊厄姆不折不扣贏得了他的敬意。

阿爾西穆斯和奧特米登仍然徘徊不去。「你們現在可以走了。」阿基里斯說。「我沒事的。」

奧特米登不由自主搖了搖頭。

「噢，讓那些人安靜，我不管你們怎麼做，讓他們閉嘴就好。我們不希望事情傳遍全營。」

奧特米登勉為其難鞠了躬，退了出去，仍舊目瞪口呆看著普萊厄姆的阿爾西穆斯也跟著出去。

普萊厄姆凝視著火堆，像貓爪下的老鼠一樣一動不動。他心想：哎，最壞的結果是什麼？反正他也不久於人世，就算沒有這場戰爭，他……哎，誰知道呢？也離終點不遠了。與其再忍受幾週的折磨，現在就死——阿基里斯的匕首快速一刺——豈不更好？然而，他想活下去，他想再次親吻赫庫芭，告訴她他把他們的兒子帶回家了。

一個女孩捧著壺酒走進來，她在門口時猶豫了一下，顯然不知道該先給誰斟酒。阿基里斯指示她先替普萊厄姆倒酒。兩只杯子都倒滿酒後，女孩悄悄退到暗處，不過普萊厄姆在她退下前就察覺她長得非常美麗。即使在這裡，在生命的盡頭，在他敵人的跟前，他也無法阻止自己的遐思，如果再年輕一次，把那個女孩抱在懷中，會是怎樣的感受……

阿基里斯坐下，喝了一小口酒，不過似乎坐立難安，隨即又跳起來。「我有幾件事需要處理，你要什麼，就找布莉塞伊絲，我馬上就回來。」

我知道那個名字，普萊厄姆心想。他很肯定以前見過那個女孩——她不是那種你見了會忘的女孩——但他無論如何也想不起在哪裡見過。

「大王，再來點酒嗎？」她問。

他想：好啊，為什麼不呢？

幾分鐘後，阿基里斯回來了。也許他去察看贖金是否足夠，諸如此類。他搓著手直接走向火堆。

「我吩咐他們給我們送些吃的來。」

「我不餓。」

「你不餓，但你吃點……你最後一次吃東西是什麼時候？」

阿基里斯轉向布莉塞伊絲，但她比他早一步，桌子已經擺好了。

42

一盤盤的烤肉拿來放到桌上，奧特米登和阿爾西穆斯就立刻又被吩咐退下。我清楚看出奧特米登非常氣憤，身為阿基里斯的首席副官，他通常是侍候皇室貴賓的人，他顯然覺得由我來頂替他難以忍受。他倒不必擔心，阿基里斯親目侍候普萊厄姆，挑選最多汁的肉塊，熟練地放到他的盤子上。

我把一盞燈放在桌上，火光在金色杯盤上閃爍。通常款待國王時，阿基里斯會穿上他最華麗的袍子，但今晚卻換上他最粗糙最樸素的外衣，顯然是不想令他的客人相形見絀。我最樂於把阿基里斯看成一個一無可取、舉止毫無優雅可言的暴徒，只不過他從來不是那種人。

我又放了一壺酒在他肘邊的桌上，然後退到陰影裡。

第一個問題來了：普萊厄姆沒有刀。問題立刻解決，阿基里斯直接拿了塊亞麻布，擦亮自己的匕首，遞到桌子的另一頭。我則忙著去替他找一隻來替代。哦，我知道，聽起來是瑣事——但那個微不足道的小事改變了一切。阿基里斯大為震驚，臉龐也變得和藹起來。他知道普萊厄姆沒有攜帶武器——無劍，無矛，也沒有一群特洛伊戰士守在門外——連一把匕首也沒帶，就走進他頭號敵人的大廳……沒有人出門不帶短刀，連奴隸也不例外。阿基里斯在戰場上是膽識的鑒賞專家，可是這等膽識他從未遇過。他這個人爭強好勝到了近乎瘋狂的地步，所以我知道他一定心想：我做得到嗎？我做得到普萊厄姆剛剛做的事嗎？

這是阿基里斯這一夜的第二頓晚餐，但他吃得相當多，不過話說回來，他第一頓幾乎什麼也沒吃。他撕肉切骨，肉湯和血順著手腕淌下，閃閃發光。普萊厄姆只吃他的份，不過對每一道菜都細細品嘗，讚不絕口。然而，當他盡了身為賓客的職責，能夠將盤子推開時，我感覺到他鬆了一口氣。

我聽不太到談話，其實他們說得也很少，似乎光是對視一眼就滿足了——像情人，或者抱著新生兒的母親。一般來說，不眨眼的凝視，尤其是一個男人直接盯著另一個男人，會被視為威脅，不過他們兩人似乎都不會因此感到不安。這是他們頭一次照面。九年前阿基里斯來到特洛伊時，普萊厄姆已經老得無法打仗，從那之後，他幾乎日日望著沙場上的阿基里斯，毫無疑問地，阿基里斯不時抬頭也可見到一名白髮蒼蒼的老人垂眼俯視，知道或猜到那就是普萊厄姆。然而，最關鍵的一點是，他們從來沒有在戰鬥中測試過彼此的力量，因此這種漫長的打量替代了測試。不過我認為還有更深層次的意義，他們宛若站在一條光陰隧道的兩端：普萊厄姆看到他曾經是的年輕戰士；阿基里斯看到他永遠當不成的那個受人愛戴的老國王。

我相信阿基里斯認為這是一次平等的會晤，我倒不這麼看。四十多年來，普萊厄姆治理一個繁榮昌盛的城邦；阿基里斯則是狼群之首。不過，就是因為這樣，他們兩人拿麵包往同一個碟子蘸的畫面更顯得奇怪。其實，那晚的一切似乎都不真實，是夢幻的——而且極其脆弱，猶似在碎浪上形成的水沫，轉瞬間就會永遠消逝不見。

快吃完時，我拿來一盤淋了蜂蜜的無花果片，很高興見到普萊厄姆確實吃了一點。或許他已經筋疲力盡，滿心渴望的只有甜蜜。我想他吃飽了，就給他一盆散發著檸檬汁和香草香氣的溫水，他洗了洗手指，用細亞麻布輕輕擦乾。

餐後，他回到阿基里斯的椅子上，坐著凝視著自己的酒。一切都沒有改變，可是氣氛頓時又緊張起來。

「行行好吧。」普萊厄姆說。「我現在想看看赫克特。」

我看得出阿基里斯的思緒在飛轉，他一定是想到赫克特的屍體躺在馬廄院子的鵝卵石上，全身赤裸，沾滿了糞屎。如果普萊厄姆看到了，他的悲傷很可能會轉為憤怒，反過來又重新點燃阿基里斯對帕特羅克洛斯之死的悲傷，以及他自己的狂怒。你可以看出阿基里斯像是騎在一匹尚未完全馴服的馬上，正在收拉韁繩，控制自己的速度。在禮遇之下——以及偶爾閃現略似憐憫之情的情緒——我相信他離殺死普萊厄姆只有一步之遙。

「你當然可以去看看。」他說著站了起來。「但不是今晚，明天一早，我保證。」

他給普萊厄姆重新斟滿了酒，示意我跟他走。阿爾西穆斯和奧特米登在檐廊待命，我舉著火，他們從普萊厄姆的車上卸下贖金搬入庫房，其中有大量用特洛伊城出名的華美錦繡製成的織品、衣裳和臥具。阿基里斯留了一件格外精美的外衣，預備給赫克特的屍體穿上，然後囑咐我在檐廊替普萊厄姆鋪一張床，但鋪在從正門看不見的屋側，並且儘量安排得溫暖舒適。

「要什麼儘管去拿。」他說。「想拿我床上的毛皮也行，我不要他冷到。」

我走去一間倉庫拿牛皮地毯當床底。不管怎麼用心處理，牛皮的氣味總是難聞，我平日都盡量快進快出，不過今天我需要這幾分鐘獨處的時間。普萊厄姆乍然出現在阿基里斯的大廳，我和每個人一樣都嚇了一跳，我感到茫然，但也異常地全神貫注。我還能聽到他懇求阿基里斯，懇求他牢記自己的父親——然後是一片寂靜，他低頭親吻阿基里斯的雙手。

我做了前人從未做過的事，我親吻殺死我兒子的人的雙手。

我站在倉庫，四周盡是阿基里斯從燃燒的城市掠奪來的財富，這句話在我身邊迴響。我心想：而我做了在我之前無數女人被迫做的事，我向殺死我丈夫和兄弟的人張開雙腿。

這是我人生最低潮的時刻，比半裸站在競技場面對一群狂吠暴徒更糟糕，甚至比在阿伽門農的床上更糟糕，但那一刻的絕望加強了我的決心。我知道我必須抓住這個機會，即便這可能是一個非常渺茫的機會，我必須要逃。所以，我隨手又挑選了幾張獸皮，請阿爾西穆斯搬到阿基里斯的屋子，這些獸皮品質很好，強韌厚實，太重了，我搬不動。

我很快鋪好床。我只用上好的亞麻布床單、柔軟無比的枕頭與最暖和的毯子，上頭還鋪上一條繡著金蔥銀絲的紫色羊毛被。我在床邊桌上放了一杯細心稀釋過的酒，又在幾步遠的地方擺一只桶子，而且體貼地加了蓋。未出嫁前，我會幫助母親照顧我的祖父，所以我很清楚老人家的夜間習慣。完成時，那張床的確看起來像一張皇家大床，但願它能夠安慰普萊厄姆，在這裡，在他的敵人之中，他得到一個國王應有的尊敬。

回到起居室，我發現普萊厄姆在這趟危險的旅途後心力交瘁，一邊喝酒，一邊打瞌睡。不過一分鐘後阿基里斯進來，他猝然驚醒。「我想看看赫克特。」普萊厄姆又說了一遍，顯然忘了他已經提過這個要求。

「明天。」阿基里斯說。「先睡一覺吧。」

普萊厄姆一手捂住眼睛。「好吧，我很樂意躺在床上。」

他禮貌地向阿基里斯道一聲晚安，勉強走到門口沒有絆倒，只是一到外頭檐廊，就開始左右搖晃。我領他繞過屋角，他幾乎是趴到了床上。他在床沿坐了一會兒，雙手撫摸著被子，欣賞那張美麗的布，然後心滿意足輕嘆一口氣。「我想我這輩子從來沒有這麼高興看到一張床。」

我問他還需要什麼，這時他抬頭看著我說：「我認識你吧？」

「我們見過，國王，不過那是很久以前的事了。」

「在哪裡？」

「在特洛伊，我在那裡住過兩年，海倫常常帶我去城垛。」

「**對**！我就知道我以前見過你，你是海倫的小朋友。」他的臉龐洋溢著老人家認出舊人的喜悅。

「唔，誰想得到你會長成一個美人呢？」

「我不再是海倫的朋友，我是阿基里斯的奴隸。」

他神情一變。「我知道，我聽說了。城陷後，女人的日子就不好過。」

我知道他想起了自己的女兒，特洛伊陷落時，她們將被征服者瓜分，而特洛伊一定會陷落。我看著坐在那裡的羸弱老人——沒有強壯的兒子們留下來保護他——我知道沒有希望了。

我回到屋內，阿基里斯站在桌旁盯著下方的空盤，我覺得他的眼神相當茫然。我進去時，他向四周看了看。「他上床了嗎？」

「上床了。」

「睡著了？」

「還沒有，但我想很快就會睡了。」

他用手指敲打桌子，顯然正在苦思。「他做了一件好了不起的事，你有沒有注意到他沒有帶刀？」他搖了搖頭。「快，我們得把屍體清洗乾淨——時間不多，他在天亮前必須離開，他們要是發現他在這裡會殺了他。」

43

阿基里斯從門邊的燈座取下火把，帶路來到馬廄，奧特米登和阿爾西穆斯緊隨其後。我看見赫克特的屍首呈大字形躺在汙穢不堪的地上。是，很髒，每一寸都沾了泥屎，但仍然是一個人的長度和形狀。我打了個哆嗦，鬆了一口氣，因為我本來以為諸神或許會玩最後一個把戲，讓阿基里斯找到他至少這一週持續在找的東西：一堆部分連接著的油膩骨骸。

他低下頭，嚴肅地點了點頭，然後跪下將雙手插到屍體下方。阿爾西穆斯不需命令，也跪在另一邊做了同樣的事。他們極其緩慢地把赫克特抬到肩膀的高度，奧特米登抬著他的兩條腿。在我們的周圍，馬兒踱著步，發出嘶鳴。我高舉著火把，三個男人慢慢拖著腳步走出院子，穿過狹窄通路，來到替死者準備火化的洗衣房。

他們走到門口後，奧特米登改變位置，用雙手托住赫克特的頭，讓它可以安全越過門檻。我完全沒料到自己會想笑：阿基里斯日復一日糟蹋那具屍體，他們現在的保護照料顯得可笑不已。我隨著他們進屋，在牆壁上找到火把燈座。他們把赫克特放到石板上，往後退了一步，三人累得直哼哼。

我和阿基里斯隔著石板面對面，就像三個月前邁倫去世時一樣。當時，阿基里斯不願離開，對洗衣女工——他的奴隸——擺出他的權威，她們也堅定立場，不出聲聲明自己的權威：她們擁有裝殮死者的權利。叫人驚訝的是，她們最後一個字也沒說就迫使他讓步了。我感覺到她們幽暗的影子就在身後的空間，只是她們無名的權威如今對我毫無用處。

阿基里斯開始清理黏在赫克特皮膚上的一團稻草，他必須使勁才能刮下，我緊張起來，以為會看到一片片的皮膚隨稻草脫落。我至今還是難以相信赫克特的屍體能夠奇蹟似地保存下來。我俯身聞了聞石板，以為會聞到那種遇過就永難忘懷的惡臭——肉類變質的那種陰沉餿臭——但是完全沒有，只瀰漫著從大鍋中飄出來的濕羊毛味道，彷彿有血跡斑斑的衣服在裡頭浸泡過夜。赫克特伸開四肢躺著，好像睡著了，就連能從半闔的眼皮下看到的眼白也是清澈的。漸漸地，我的鼻子教會了大腦相信眼前的證據。

沉默持續太久了。阿基里斯把整具屍體檢查一遍，發出有點令人討厭的咂嘴聲。「瞧眾神是怎樣挑釁我？」

眾神挑釁你？

有個可怕的片刻，我以為我大聲說出了那句話，但我當然沒有。我突然意識到營中一片沉寂，醉醺醺的戰士已經打盹入睡，矮護牆上的守衛則竭力保持清醒，盯著移動的黑暗，樹樁化為人形，開始悄悄貼近……這間屋子裡也沒有聲音，只有我們呼吸的起落。我望著赫克特，那麼有生氣，那麼有存在感，我幾乎要以為他的胸脯會隨著我的胸脯一塊起伏。

冷不防，阿基里斯命令奧特米登和阿爾西穆斯出去，他們露出驚訝的表情，甚至不只驚訝，而是錯愕。奧特米登到了門口時還又轉過身，好像想確認阿基里斯的話是什麼意思。我一直以為他們三個人都會離開，留下我一個人處理，只是我並不知道該怎麼獨力將屍體翻身。沒想到阿基里斯隔著石板站在我的對面。

「我可以去找那些女人來……」我說。

「然後讓全營都知道嗎？我可不這麼想。」

不知怎麼的，顯然他不會只是束手旁觀，所以我裝了兩桶水，遞給他一塊布。我負責左側，阿基里斯負責右側，隨著我們的手一下一下的擦拭，白皙的肌膚也一塊一塊出現了，幾乎就像是我們給予赫克特活力——創造出他來。

過了一會兒，我又把桶子裝滿水，再找出乾淨的布。我們繼續幹活，上上下下，左左右右，在石板四周表演一種無聲的舞蹈。我給赫克特洗腳，用破布擦拭他又長又直的腳趾中間，阿基里斯則清理他的雙手，一根手指一根手指的清理，拿他的匕首尖清潔指甲底下。我知道他不可能去清潔臉部，所以拿了一壺水澆在頭上，用手指梳理頭髮，解開纏結，鬆開上頭的泥塊。我記得用了八壺水才清理乾淨。之後，我才開始清潔臉部。我擦去赫克特眼睛鼻孔的污垢，也清理了耳朵內側。接著，我往後退一步低頭看，這就是原來在普萊厄姆駕崩後會繼位成為特洛伊國王的男子，而他現在卻在這裡，皮肉像死鱈魚一樣蒼白細密。

我竭力忍住不哭，覺得眼淚太過明顯時，就彎腰假裝洗布。再次站直時，我看到阿基里斯正在看著我。

「你知道的，我不必把他送回去。」

我的心咯噔一下。「可是你已經拿了贖金……」

「不是赫克特，是普萊厄姆。」

我不敢說話，為普萊厄姆、也為自己感到害怕。如果他不放普萊厄姆走，那麼我——

「你想特洛伊人會出多少錢贖他們的國王回去？」

我只是搖搖頭。

「任何代價，絕對是任何代價。」

「可是你已經……」

他等著。「別停，說下去。」

「你已經得到一大筆贖金，贖赫克特。」

「不，你不明白，我可以要海倫。」

「要海倫？」

「有何不可呢？他們迫不及待要送走那個婊子。」

當然，他是對的。特洛伊人會立刻願意拿海倫來換回普萊厄姆，想都不用想，然後……我的腦筋飛快轉動，海倫回到她丈夫身邊，沒有必要繼續打仗，沒有理由攻陷特洛伊……戰爭會結束。戰爭會結束。人人都可以回家，當然不是我——也不是其他的奴隸——但其餘每個人可以回家。軍隊，軍隊可以回家了。無限的可能，想了叫人眼花繚亂。

然後，我看著他。「你不會這麼做的。」

「他是客人。」

「不請自來。」

「沒錯，但受到歡迎。」

你可能認為這是一場發生在主人和奴隸之間的奇怪對話，但請記住，我們周圍一片漆黑，除了死者，沒有任何的見證人。

之後，工作在沉默中進行，雖然沉默的本質已經變了。

封竅時，阿基里斯退開，讓我一個人來。我把一塊細麻布纏在頭上把下巴固定好，再四處尋找硬幣放在赫克特的眼瞼上。沒看到硬幣，但我找到一隻小碗，裡面裝滿了為封竅準備的扁平鵝卵小石子。我挑了兩塊——我記得是淺藍灰色的，上頭有白色細紋——摸起來又輕又光滑。我的兄弟以前常用這樣的石頭在河面上打水漂，赫克特小時候想必也會這樣做吧。我把鵝卵石放在他的眼瞼上，小心翼翼抬起他的頭——我們永遠會忘記了人頭有多沉重，不管你多常抬起一個人的頭，永遠會感到震驚——在他的眼睛上纏上一塊布，讓石頭保持在位置上。然後，我往後退開。如今，赫克特走了，從某種意義而言，我覺得他直到那一刻才死去。

我們為他穿上阿基里斯預留的外衣，再用一張細麻布把他裹起來。我在每一層布之間放了百里香和迷迭香，希望讓為他解開裹布的女人——他的母親和妻子——知道，這之中加了一些關懷與敬意，他不是由冷漠的雙手所沖洗包裹的。最後，我用一張薄得幾乎透明的細麻布蓋住他的臉。

阿基里斯把他從石板上抬起，我跑去前面開門。阿爾西穆斯和奧特米登立刻出現在他身邊準備支援，但是阿基里斯堅持獨力將赫克特搬到車上——即使以他的標準，也是一個需要相當大力氣的壯舉。阿爾西穆斯跳上車，接過了頭部和肩膀，阿基里斯跟著上車，用羊毛厚帶把屍體固定在車側，以免車輪在粗糙地面上顛簸時屍體不當滑動。完成後，他們三人都上氣不接下氣。

阿基里斯跳下來，站在那裡，一隻手搭在大車後擋板上。我覺得他看起來很孤寂，只是我看不見他的臉，是憑姿勢而非表情判斷他的情緒。最後他轉向奧特米登說：「但願帕特羅克洛斯能夠理解。」

我心想——誰知道呢，也許奧特米登也這麼想——帕特羅克洛斯一定從一開始就不希望赫克特的屍體遭到蹂躪。多虧諸神憐憫，普萊厄姆才不會今天早上出來發現大車上有一堆蠕動的蛆，否則他的悲傷和恐懼會重新點燃阿基里斯的怒火，於是……結果呢？很有可能普萊厄姆躺在大車上，死在他的兒子身旁。

「我想我們需要喝一杯。」阿基里斯說。

於是我們三人隨著他穿過大廳，來到他的起居間，我開始調配烈酒。阿基里斯才幾秒就喝完他那一杯，這對他來說很不尋常。阿爾西穆斯年輕，胃口很大，盯著留在盤子上的冷烤羊肉片。

「來，自己來吧。」阿基里斯說著又從我手裡接過一杯酒，然後問：「你的呢？」

於是我給自己倒了一杯，在床上坐下。普萊厄姆不時發出幾乎與潮起潮落無法區別的鼾聲，我的臉龐有些麻木，但看著爐火，一切又很平靜。他們喝完酒後——阿爾西穆斯在短時間狼吞虎嚥了一大堆肉——阿基里斯站起來祝他們晚安。

我看得出來他們誰也不想走，正如他們所見，他們可是要留下阿基里斯和一個特洛伊人單獨在一起——沒錯，是一個老頭子，而且顯然沒有帶武器，但照樣是一個特洛伊人。

「他甚至連把刀也沒有。」阿基里斯疲憊地說。「我還得借他我的。」

「女孩呢？」奧特米登說。

「她留下。」

阿基里斯的語氣不是惱怒，而是愉快，不過奧特米登知道最好別多問。阿爾西穆斯的嘴唇閃著油光，斜眼瞥了我一眼，然後退了出去。當我回頭看時，阿基里斯正在微笑。「他們以為你和普萊厄姆是一夥的。」他說。「他們認為你會趁我睡覺時殺我。」

他的心情似乎輕鬆了，似乎忘記了他好奇帕特羅克洛斯會怎麼想的那個孤寂片刻。他的動作也變得輕快，稍早他從大車跳下後如貓一般悄無聲息著地，我就注意到了，但以為是我的幻覺。如今，在火光的照耀下，那個變化非常明顯。我看著他踢開涼鞋，一隻接一隻，然後在半空中接住它們。

他將衣服拉過頭頂，我也開始脫衣，因為我顯然要留下來。說真的，這是我最不希望的，我想去外面和普萊厄姆談一談，但這是避不了的。我閉著眼睛仰躺，等著床鋪因為他的重量而下陷。我祈禱他快快睡著，但他仍舊如我所知道那樣精力充沛。此外，還有一樣東西，他有些時候似乎遲疑了，不是對自己沒有信心，他從來不會，反而像是想要一個回應。最後，他終於閉上了眼睛，呼吸又快又輕又淺，更糟糕的是，他把手臂搭在我的胸脯上，沉沉壓住了我。我感覺他的汗水在我的皮膚上漸漸冷卻，並且知道我不敢動，至少現在還不敢。

44

我想我一定是不知不覺睡著了，因為我再次意識到周圍環境時，眼睛盯著黑暗，心頭感到一陣迷惘與茫然。隨著睡意散去，我漸漸想起普萊厄姆就在外面的檐廊——普萊厄姆就在這裡！——就在那扇門的另一側。我必須去找他。我躺著傾聽，確信阿基里斯睡著後，呼出了一口氣，在床上貼平身體，試圖從他的胳膊底下掙脫出來。但胳膊太重，我動不了。

油燈就要熄了，最後幾縷忽明忽暗的火焰投下的暗影似乎聚集在床的周圍，隨著燈火燼滅，暗影越來越多。我看了看門底的縫，想要判斷離破曉還有多久。

阿基里斯的身體又熱又沉重，我小心翼翼挪動大腿，讓自己的皮膚與他的皮膚分開。我覺得渾身粘糊糊——都是他。換作別的晚上，我會渴望走入大海，讓冰冷的海浪拍打身子，但今晚沒有這個渴望。我的嘴又乾又臭，這是喝了兩杯烈酒的可怕後果。阿基里斯的汗聞起來竟有酒味，不過話說回來，他喝的比我更多。

一隻狗在外面某處吠叫，或許是一隻狐狸——海灘上總有狐狸在潮灘尋找死海鷗——聲響想必傳入他耳朵，因為他在睡夢中喃喃自語，然後翻身背對著我。他胳膊的重量消失了，但即便如此，我也不敢溜到床腳，時候還未到，先讓他睡沉再說吧。

我推開被子，低頭看著自己的身體。我把雙手放在腹部上，想著這塊肉，儘管阿基里斯，儘管我的臀部和大腿疼痛，這團錯綜複雜的骨肉神經還是完全屬於我。門口吹來的風吹得我的皮膚泛起雞皮疙瘩，不過我沒有再拉上被子，我需要感受外面世界的冷，外面世界的衝擊。

我戰戰兢兢，開始一寸一寸爬下床。我知道我不敢冒險從他身上爬過去。

每回床發出咯吱咯吱的聲音，我就躺著不動，再一次細聽。有一回，他動了一下，像要醒過來，我僵住好幾分鐘，甚至不敢思考，就怕我的思想會喚醒他。第三次嘗試時，我移動到床腳，在那裡坐了一分鐘，彎曲羊皮地毯上的腳趾頭。我睡了多久？十分鐘？半個小時？不長。我仔細聽著有沒有什麼動靜，有沒有什麼聲音，有沒有什麼能告訴我現在幾點了的東西，但是沒有，營區一片闃靜，連大海也是如此平靜，我幾乎聽不到它的呼吸。火快滅了，木頭成了一堆焦木和白色灰燼。我伸手去拿斗篷，緊緊裹在身上。阿基里斯現在睡得很沉，每呼出一口氣嘴唇都會噘起。我注意床上的任何動靜，以非常緩慢的速度站起來——這個動作似乎解開了我內心的恐懼。我心想，到底有什麼好怕的？如果他醒來發現我不見，我大可說我以為聽到普萊厄姆的呼喚，他不能指責我去侍候他的皇室貴客。

我拉開門閂，把門打開一條縫。夜晚的空氣冷冷撲上臉龐，靠近門縫的眼睛開始濕潤。我深吸了一口氣，確定身後的門閂無聲無息回到位置，就溜了出去。夜色深沉，沒有任何動靜。我沿著檐廊慢慢移動，我清楚每一塊會嘎吱作響的木板，我走過這條路無數次，為了逃往海邊的珍貴時刻。

普萊厄姆睡著了，他伸直身體，連腳踝也沒有交叉，活似一具放在火葬堆上的屍體，只是他呼吸時發出鼻息般的聲音，相當愉快，就像把頭探入飼料袋的馬。我看到他的雙腳向上翹起，如兩座雙峰，紫色布褶朝兩側垂下。他睡覺的樣子好像我的祖父，我知道不能就這麼把他搖醒，所以拿了一個盆子，去找溫水讓他梳洗。

院子有一堆火用煤灰封著繼續燃燒，好讓阿基里斯每天早上都能洗熱水澡——就算他經常選擇去游泳，洗澡水還是要準備好。我把乾淨的水倒進金屬盆，放到灰燼中間，然後蹲下來等待。在最近的小屋底下，我看到蜷縮在一起的女人身影，她們不是太老，就是太醜，所以無法在屋裡分到一張床。所有的門都關著，連狗也睡了，但我不時看到一隻老鼠從一間小屋跑到另一間小屋，光禿禿的尾巴在地上拖著。哦，是的，老鼠回來了，不過數量比以前少得多。水加熱得很慢，可我不介意，我需要時間思考，計畫我要說的話。但接著我聽到身後響起了腳步聲，轉身以為——害怕——會看到阿基里斯，不過原來是阿爾西穆斯，奧特米登緊跟在他的身後。他們誰也不會閉上眼睛一秒鐘，因為他們知道阿基里斯睡在屋裡，而有個特洛伊人在他幾步路之外，即使他是一個老人，而且——據說——沒有武器。

阿爾西穆斯彎腰說了什麼，但我太吃驚了，沒有聽進去。我說：「我給普萊厄姆弄點梳洗用的水。」

「他醒了嗎？」奧特米登問。

「醒了。沒有，是我覺得我聽到他……」

「阿基里斯呢？」

「睡了。」

阿爾西穆斯朝我傾斜身體，一根手指伸進盆裡蘸了蘸。「夠熱了。」我用斗篷的下擺裹住手，以免提把太燙，然後把盆子從火上提起，準備要站起來。

「我來拿吧。」阿爾西穆斯說。

我盯著他。阿基里斯的左右手為一個奴隸提水？不，不是為我，哎呀，當然不是為我！是為了普萊厄姆，他雖然是一個敵人——最大的敵人——但仍舊貴為一國之君，必須受到皇室貴賓般的禮遇。然而，當我看到阿爾西穆斯的表情，心裡又想：不對，是為我。

可惡的提議，我需要單獨見普萊厄姆，而不是讓阿基里斯的助手侍候著。我應該可以說服阿爾西穆斯走開，讓我自己繼續，但奧特米登就不同了。他走在最前面，信心十足邁著大步，一夜未眠，他仍舊像是一番酣睡後那樣衣冠整齊，神采奕奕。

我們走到臺階時，我盡量以堅定的口吻說：「我送去給他吧。」我直視奧特米登的眼睛。「他認識我，我姐姐嫁給了他的一個兒了。」

奧特米登不自然地眨了幾下眼，在那個片刻——我真心認為也是第一次——把我看做一個人，一個有姐姐的人，而且這個姐姐還是普萊厄姆國王的兒媳。他猶豫了一下，然後點了點頭，兩人就看著我沿著檐廊走開。我看不到，但感覺他們留在臺階等候阿基里斯醒來。我一度以為聽見了他在屋裡活動，於是停下來傾聽，不過那只是一塊木板吱吱嘎嘎的聲音；牆壁和地板始終吱吱響個不停。不過仍舊讓人心驚，我的機會非常渺小，而且似乎持續不斷變小。

普萊厄姆仍然仰躺著，姿勢沒有改變，只是當我走近時，注意到他眼睛周圍的小肌肉有了原本沒有的緊繃感。因此，當我走向床鋪靠近時，他的眼皮突然睜開，我也不感驚訝。他的眼睛本來可能是碧藍色，但隨著年齡增長變淡了，虹膜四周有一圈銀灰色，我記得在我祖父的眼睛也見過這個改變。在那一瞬間，他看起來很害怕，然後我意識到他看不見我，於是就走進了燈照四周的光圈內。他立刻放鬆下來。他本來以為我是阿基里斯。

「普萊厄姆大王。」我輕切地喊了一聲，加重「大王」兩個字。「我給你拿了些水來梳洗。」

「哦，親愛的，你真好。」

他翻身用肘撐起身體。我把一塊布浸到溫水裡，然後遞給他。他用毛巾抹了抹臉，又擦擦耳朵，然後撩起頭髮和鬍子，盡量擦洗可以摸到的脖子和胸部。看著他全神貫注做著這件事，好像小男孩首次得到大人信任可以自己洗澡一樣，我突然感到一股愛與憐憫。在短短的幾分鐘裡，他忘了戰爭，忘了這可怕的九年——甚至忘了赫克特的死。一切離他而去，他統治特洛伊的一生，他五十年的美滿婚姻，通通離去了，都在一塊溫暖潮濕的方布上頭抹去了。看到那樣的轉變，然後用我濕漉漉的手指梳理他的頭髮——從前額往後梳，又把散落的髮絲梳理到耳後——對我似乎是再自然不過的動作。他看著我，突然說：「哎呀，沒錯，布莉塞伊絲，不是嗎？海倫的小朋友？」

我可以看到他挑起了記憶的重擔，重新振作起來。那個無憂無慮的小男孩消失，取而代之的是一個老人，一個飽經滄桑的老人，但仍然是一國之君。他掀開被子，把腿伸到床邊，然後停頓片刻，顯然起身有點困難。他幾次試著伸直疼痛的膝蓋，最後我伸手挽起他的臂膀，握住了他的手。他站起來時，最嚴重的疼痛似乎已經減緩了，這時我再也忍不住了。「帶我走吧。」我說。

他看上去很驚訝。

「我姐姐在特洛伊，你記得她嗎？她嫁給了里安德，她是我唯一剩下的親人。」

「我記得，你的丈夫被殺了，是嗎？」

「還有我的兄弟，四個都死了，我只剩下她。」

「我替你感到難過。」

「阿基里斯殺了我的兄弟，而我現在睡在他的床上。」

「所以你清楚一座城陷落後女人的下場，我沒有一天不想起這件事，我看著我的女兒們……」他搖了搖頭，好像要把聚在裡面的畫面趕出去。「橫豎我是活不到那一天，運氣好的話，我那時已經走了。」

「求你了？」

他把手放在我肩上。「親愛的，你這樣想不對。沒錯，你姐姐會給你一個家，我相信她會很高興這麼做——還有里安德。但是接下來呢？幾週的自由，然後特洛伊陷落了，你又成了一個奴隸——也許給了一個比阿基里斯更惡劣的人。」

「更惡劣？」

「當然，他對你不好嗎？」

「他殺了我的家人。」

「但那是戰爭。」他又挺胸而立，又是國王普萊厄姆，忘了需要我協助的虛弱。「我不能那麼做，我如果偷偷帶走阿基里斯的女人，你想他會作何感想？我兒子帕里斯在海倫丈夫家作客時勾引了海倫，看看那讓我們陷入什麼困境。」

「如果對你有任何幫助的話，我想他不會介意。」

「你確定？他為了你和阿伽門農決裂。」

「沒錯，但那只是因為自尊受傷。」

「而這樣就不會傷害他的自尊心？在他收留我、歡迎我做他的客人之後？他可以殺了我的。不行，我很抱歉。」他搖了搖頭。「我做不到。」

我聽到身後有動靜，轉身看見阿基里斯站在暗處，心臟跳了一下。他在那裡多久了？

「我看到布莉塞伊絲已經在服侍你了。」

夠久了。

「是的，她非常貼心。」

普萊厄姆摸了摸我的臉，手掌溫柔地貼在我的臉頰上，但是我不敢看他。

「該走了。」阿基里斯說。「天很快就亮了，我們不能冒險讓阿伽門農發現你在這裡。」

「你想他會怎麼做？」

阿基里斯聳聳肩。「我想我還是不知道的好。」

「但你願意為我而戰嗎？」

「願意，我願意挺身而出，我不需要一個特洛伊人教我待客之道。」

輕輕撲通一聲，普萊厄姆把手裡的布扔進盆裡。「好，我準備好了。」阿基里斯不只穿好衣服，而且全副武裝，雙手緊握著劍柄。他說他願意挺身而出，顯然他是認真的。我不敢看他的臉，所以看著他的雙手，發現普萊厄姆也在盯著他的手。阿基里斯向後退了一步，把斗篷裹得更緊，於是他的雙手，那雙可怕殺人的手，隱沒在褶層裡。我不認為他對那雙手所做的任何事感到羞愧——事實上，他還以此自豪——儘管如此，那雙手仍然是個問題，它們以他無法控制的方式塑造別人對他的看法。

我拿起普萊厄姆的斗篷，跟著他們穿過檐廊。我現在隱形了；主客之間的關係——把男人聯繫在一起的關係——又重新出現了。但後來我注意到，當普萊厄姆在臺階前畏縮卻步時，他推開了阿基里斯向他伸出的手臂——這場會晤不時出現的那種猝怒又出現了。我看出普萊厄姆後悔自己不由自主退縮的那一瞬間，想要強迫自己抓住阿基里斯的胳膊……結果，阿基里斯主動站到一邊，對我說我應該攙扶普萊厄姆一把才對。普萊厄姆把手放在我的肩膀上，一步一步走得很好，到了平地時，只微微地皺了一下眉頭。阿基里斯已經走到前面，正在和奧特米登說話，也許是不想讓人注意到普萊厄姆的虛弱和他自己的氣力之間的對比。我心想，普萊厄姆是多麼睿智，透過阿基里斯的父親向阿基里斯求助是多麼明智啊，而阿基里斯與老人打交道時，總是表現出十二萬分的得體與體貼，這種敏感只可能是來自他對自己父親的愛。

普萊厄姆將全身重量壓在我的身上，宛如一夜之間衰老了十歲，在短短幾個小時，從矍鑠變成龍鍾。我感覺到他的血管在我的手中搏動，像一隻不可能存活的雛鳥的心跳。阿基里斯等著我們跟上。

「一切都準備就緒。」他說。「我陪你走到大門口。」

當我們走到馬廄院子時，奧特米登和阿爾西穆斯已經開始把騾子套到車上。我們走近時，我感覺普萊厄姆在發抖，迄今他一直控制住自己，可現在——騾子咬著嚼子，鈴鐺叮噹作響——他轉向馬車。

阿基里斯打了個手勢，阿爾西穆斯把火把舉得更高，一圈光落在赫克特身上。我掀起亞麻布，讓普萊厄姆看到兒子的臉龐。普萊厄姆的喉嚨深處發出微弱的聲音，他怯生生伸手摸了摸兒子的頭髮。「噢，我的孩子，我可憐的孩子。」他哭了，他一隻手舉到嘴邊，想把嘴唇闔在一起，可卻無法遏止抽泣。

我們等待著，最後他轉向阿基里斯。

「你埋葬他需要多久時間？」阿基里斯問。

這個殘酷的問題非常刺耳，但接著我發現阿基里斯把焦點放在實際的工作上，反而避開可能輕易演變成衝突的場面。悲傷讓他們團結，但也使他們分歧。

「哎呀……」普萊厄姆呼吸急促起來，他緊緊抓住大車的一側思考。「到樹林取木材要走很長一段路……我們的樹全被砍了去蓋你們的營棚——大家也害怕去……我們需要停火。」

「這一點包在我身上。」

「那麼我說……十一天？十一天舉辦葬禮運動會，然後第十二天我們再打，如果我們必須要打……」

這幾乎是個問題。為何不呢？我想。為何不呢？如果他和阿基里斯可以這麼容易就同意停火，為何不繼續下去，建立永久的和平……？

「我送你到大門。」阿基里斯說。

出乎意料的是，普萊厄姆看起來很開心。「你確定嗎？哨兵會怎麼想？偉大的阿基里斯，神一般的阿基里斯，護送一輛農民的車？」

阿基里斯聳聳肩膀。「他們怎麼想無所謂，照我的話辦就好。不過我同意你，我們絕對不要一行儀隊。」他轉向奧特米登和阿爾西穆斯。「你們留下，在屋裡等我。」

「我認為我們最好就在這裡道別。」普萊厄姆說。「不，在你通過那扇門之前，都還是我的客人，你要是被認出來，那就不好了。」

普萊厄姆點頭同意。我看得出來，他希望一切停下來，讓他再看一眼赫克特。

「但首先——」阿基里斯說。「讓我們喝一杯離別酒吧。」

靠著一層薄弱的禮貌掩飾著內心的憤怒，我還以為普萊厄姆會拒絕，但他卻欣然答應了，甚至在他們走回屋子的路上，挽起阿基里斯的手臂。奧特米登和阿爾西穆斯互望了一眼，如此拖延顯然讓他們非常惱火，但是他們還是在後面跟著。我也不明白，都說了要儘快讓普萊厄姆離出營地，為什麼還要多作逗留呢？但這正中了我的意，沒人會留意我在做什麼。一開始，我只是繼續站在大車旁，只是稍微往左邊挪了挪，這樣萬一恰好有人張望，高大的車轅就可以把我藏起來。

拂曉的風很清新，院子四處燈座上的火把搖曳不定，越燒越暗。我把手放在後擋板上，等待他們的腳步聲消失。機不可失，時不再來，我知道我再也不會有這樣的機會。沒有時間去思考，沒有時間去懷疑我做的事是否正確，我一確信無人注意，就爬上了車子，在赫克特的身旁躺下，我滾燙的身體貼著他冰冷的身側，我拉開亞麻布床單，讓布也蓋住我。他的身體緊貼著我的肌膚，又黏又溼冷，百里香和迷迭香的氣味無法掩蓋這一絲腐爛的氣味。他的外表一點也沒變，但我的鼻子告訴我，不可避免的腐爛過程已經開始了。我沒有留意他們是否回來了，但我的臉緊緊貼在赫克特的手臂上，這樣我的呼吸才不會讓床單移動。只要普萊厄姆停下再看一眼他兒子的屍體——再自然不過的動作——我將會付出地獄般的代價，也許普萊厄姆也一樣，可能沒有人會相信他說不知道我在那裡的保證。

聽到他們回來的腳步聲，我緊張起來。阿基里斯和普萊厄姆低聲交談，我聽不清楚他們說什麼。過了一會兒，他們沉默下來——這種沉默比說話更可怕。我以為我聽到普萊厄姆又要來察看赫克特的屍體，但感到車子一斜，他上了駕駛座。一陣鈴鐺的叮噹聲，皮鞭打到騾子的脖子上，我們東倒西歪往前走了，赫克特冰冷的皮肉摩擦著我的臉頰。

馬廄院子車轍縱橫，即使開到小路上，車輪也因為坑坑窪窪的地面而不停顛簸震動。我抓住赫克特的屍體，它用帶子綁在車子兩邊，所以或多或少可以保持穩定。我很冷，幾乎和屍體一樣冰冷，每一塊肌肉都因恐懼而緊繃著。但我的思緒飛轉，我看到了姐姐，看到了姐夫，看到他們溫暖安全的家——最重要的是，我看到了自由的大獎。我——又是自己了，一個有家人、朋友和生活角色的人，是一個女人，不是一件物品，那難道不是一份值得我為之付出一切的獎賞嗎？就算我只能在極短暫的時間中享有？

但是我似乎覺得這份爭取自由的努力越想就越荒唐。如果普萊厄姆在我們到達特洛伊以前發現了我，很可能會把我從車上推下去，也許甚至就在我們穿過戰場之際。他曾為一個小女孩變過魔術，對她有一些感傷的記憶，但與他對於東道主阿基里斯所應盡的義務相比，這些顯得微不足道。他不會為了我破壞十一天的停火。

即使我到了特洛伊，順利找到姐姐，未來又會如何呢？短短幾週的快樂，籠罩在恐懼的氣氛中，然後躲到另一個堡壘，四周是另一群膽寒的女人，等待著另一座城的陷落，等待著阿伽門農把數千名喝醉的戰士放到街上。我聽過他的特洛伊計畫，他和內斯特的計畫。每個男人和每個男孩都會被殺死——那將包括了姐夫——孕婦會被刺穿腹部，以免她們的孩子是男孩。至於女人，則是輪姦、毆打、殘傷、收為奴隸。少數女性——或者更確切地說，是少數非常年輕的女性，主要是皇室或貴族出身的女性——分配給國王們。但曾經為奴的我沒有這樣的地位，我可能很容易就淪為娼妓，白天閃避毆打，晚上睡在棚屋底下。更糟糕的是，遇上阿基里斯，接受逃脫奴隸的懲罰……沒有憐憫的希望，我已經見識過阿基里斯的復仇心是多麼可怕……

普萊厄姆是對的，我心想，這麼做很瘋狂。

我緊緊閉上眼睛試圖思考。我被困住了，我現在所能做的就是躺在赫克特的屍體旁，等著車子停下來，如果它會停的話……總有可能守衛認出了阿基里斯，揮揮手就讓車子過去，不管怎樣，離開營區的大車通常不會被攔下來搜查。

最後，顛簸停止了。我每時每刻都感覺到阿基里斯走在車子旁邊，但現在他的感覺消失了。幾分鐘後，我聽到他和哨兵說話，騾子的輓具叮噹作響。普萊厄姆嘆了口氣，又咳了一聲，我想是因為緊張吧。我也想咳嗽，我拚命想像著檸檬的酸澀味道，收集唾液，用力吞咽下去，以緩解喉頭的搔癢。我聽見阿基里斯和守衛一同笑了起來。

大車隨時會再次向前移動。只能是現在，我從布裡掙脫出來，扭動著身子到了車尾，然後滑落到地上。我立刻開始走路，我又冷、又怕、又濕、又絕望，我的皮膚有赫克特的皮膚的味道……我感覺到阿基里斯的目光落在我背上，但不敢回頭看他是否真的在看我。我出於本能想跑，但知道那樣會引起太多的注意，所以只是緊緊裹著斗篷，以快速而穩定的步伐往前走。我沒有注意我要去哪裡，我不停讓罩衫的下擺絆倒，我無時不刻預料將有人呼喚我的名字。

周圍的營地正在甦醒：前一天晚上喝醉了的男人打著哈欠喊著要吃的；婦女們拿著火種，想要重燃隔夜的火堆。曉風吹皺了我的裙，吹亂了我的髮，我直接走向一群婦女，想要融入她們的圈子，甚至提起一個空桶，身體微微向旁傾斜，假裝桶子是滿的。最後，我鼓起勇氣回頭看，發現這些裝模作樣都是多餘的，普萊厄姆的大車已經沉重駛過大門，阿基里斯停下腳步，看著車子遠去，並舉起一隻手做最後的敬禮。然後，他轉身大步朝他的屋子方向走去。

直到那時，我才深吸一口氣。又等了幾分鐘，我才跟在他的後面，腦子裡想的都是日常工作。他要熱水洗澡，我交代負責替他準備沐浴洗澡的女人，然後走進屋子。他坐在桌邊，眼神茫然，但我進去時他抬頭看了我一眼，我覺得他看起來很驚訝。

「你想吃點什麼嗎？」我問。

他點了點頭，默默坐著。我準備了麵包和橄欖，還有一種呂耳涅索斯人經常做的鬆散白山羊乳酪，那氣味總是讓我想起童年，我母親最愛吃，她常常連同長在我們房子後頭樹上那又小又硬的杏子一起吃。我掰下幾塊，放在舌頭上，強烈的酸味讓她又回到我的身邊。淚水刺痛我的眼睛，但我沒有讓自己哭，我把大淺盤放在阿基里斯面前的桌子上，往後退了一步。

他似乎餓了，撕下幾塊麵包蘸油，用匕首尖叉起乳酪塊塞進嘴裡。我把稀釋的酒倒在他的杯子，放在他的盤邊。

然後，他隨意說了一句話——只是並不是隨意的一句話——「你為什麼回來？」

所以，他早就知道了。我嘴裡發乾，然後心想：不對，他是以為我去了女營，奇怪我為什麼沒等傳喚就回來了。於是我轉過身來面對著他——發現我一開始是對的，他確實知道。一時間，我大腦一片空白，可是我又想：如果你知道我在車裡，為什麼不阻止我？

我慢慢地說：「我不知道。」

他把那盤麵包和乳酪推到我面前，我以為他吃好了，想收拾盤子，但又停住了。他請我吃東西。嚴格來說，不是一個親切的邀請：他只是指著我的胸口，又指著一把椅子。於是我坐下來，面對著他，和他一同吃。

我說我不知道，因為我想不出別的話可說。特洛伊陷落，重新淪為奴隸，被拉到阿基里斯面前——這都是真的，但上車之前我就全知道了。還有一件事，一件我無法確切指出的事，讓我轉回了頭。也許不過是一個感覺，感覺這就是我現在的位置，我必須讓我的人生在這裡發揮作用。

我們默默吃著喝著，但我感覺氣氛變了。我曾經想逃跑，只是——不管出於什麼原因——還是回來了。他知道我在車裡——同樣，不管出於什麼原因——他預備讓我走。因此這不再是主人和奴隸的單純會面，其中包括了選擇的因素。有嗎？我不知道，或許很多都是一廂情願的想法——我想他一秒鐘也沒想到這些。

他冷不防推開盤子站起來。「我得去見阿伽門農。」

「他還沒起來。」

他露出頑皮的神情。

「真的。」

於是他又坐了下來，我們把酒喝完。

45

在九年漫長的流血和衝突後，這十一天是光輝燦爛的太平日。

我記得那是一段奇怪的時光，一段脫離了時光的時光，我們彷彿活在一個碎波的中空空間。每天歡呼叫嚷不時從特洛伊城牆內傳來，又一名戰士贏了比賽，從普萊厄姆所剩無幾的庫房獲得他的獎品，只是無人能夠久久享用他的人獎。

第二天，埃傑克斯帶著塔克美莎和他們的小兒子來吃晚餐。我們女人坐在檐廊，吃一盤塔克美莎愛吃的蜜餞——說得更確切一些，她吃，我看。孩子玩著他的父親為他刻的木馬，一面咂舌，一面讓它在檐廊上疾馳。我遮著眼睛坐著，看阿基里斯和埃傑克斯擲骰子。他們坐在院子中央的桌子旁笑著，用相知多年的隨意態度互相嘲弄，只要骰子沒有擲到他們要的方向，就大聲呻吟，用手拍打前額。他們所有的動作好像都有點誇張，似乎在以默劇表演擲骰子遊戲。

埃傑克斯冷不防跳起來，我以為他見到屋裡有人，便轉身跟著他的目光看去，但屋內一個人也沒有。我轉回頭時，埃傑克斯已經在地上，他躺在那裡，抬起膝蓋抵著下巴，像新生兒一樣嚎啕大哭。阿基里斯一動不動坐著，任由他的情緒爆發。埃傑克斯最後重新控制住自己，又坐了下來。他們誰也沒說話，只是繼續玩他們的遊戲，就像什麼事也沒發生過。整個事件從頭到尾絕對不超過十分鐘。

原本吃驚站了起來的塔克美莎又坐到椅子上，伸手又拿一塊裹了蜂蜜的堅果。

「他都沒睡。」她說。「一直做可怕的惡夢。有一天晚上，他夢到自己被一隻蜘蛛吃掉了，他可以聽到牠的嘴巴在動什麼的，然後尖叫著醒來。哎，我如果問他怎麼了……」

「他不肯告訴你？」

「他當然死也不肯說！我應該忍著，什麼也不說。如果我想談，他就會說：『女子當沉默』。」

我認識的每個女人都是聽著這句話長大的。我們坐在幽暗的檐廊，想了一下，突然大笑起來，我們兩個一起——不只笑，還放聲尖叫，叫到上氣不接下氣，男人最後轉身盯著我們。塔克美莎把外衣下擺塞到嘴裡。這陣笑結束得和開始時一樣突然，我們坐在那裡用手背擦眼淚抹鼻子。我拿起盤子，請她再來一片……表面上，我們恢復了正常的自己——除了幾聲起破壞作用的嗝——但有些事已經改變了。我一向不大喜歡塔克美莎，但在一同大笑的那一刻之後，我們成了朋友。

我說：「你多久才能夠確定自己懷孕了？」

她盯著我。「看情況——從一開始我就知道，第一天就病得像條狗，但是，你知道……每個人情況不一樣，有些女人說她們直到要生了才知道，雖然我不知道她們怎麼可能不知道，我的意思是，就算好像還有月經，每五分鐘就有人用頭撞到你的膀胱，你也應該覺得是個線索。」她一直小心翼翼，講得非常籠統，但始終機靈地看著我。「是他的嗎？」

「對。」我說。

「你確定？」

「確定。」

「不是阿伽門農的？」

「不可能，後門，記得嗎？」

她為我欣喜若狂，遠比我為自己開心許多。

影子逐漸拉長。過了一會兒，男人就要起身去吃晚餐，但在最後的幾分鐘裡——太陽掛在天邊——沒有人動。埃傑克斯在椅子裡轉過身來，朝我們這邊望著。起初，我以為他在看小男孩，小男孩正跳下檐廊臺階，嘴裡喊著：「看我，媽媽！看我！」但接著我看到他的眼睛完全一片空白，不禁打了個寒顫。阿基里斯在椅子上動了動，似乎很想再喝一杯，再來一場比賽，或者做些什麼分散埃傑克斯的注意力。然而，那可怕的茫然日光持續遠望著，穿過小屋，穿過馬廄院子，穿過戰場，到了特洛伊城門和更遠的地方。他並非看著什麼特別的東西，他什麼也沒看，或者看到了虛無。

———

晚餐後，飲酒和音樂繼續在阿基里斯的起居間進行。阿爾西穆斯彈奏七弦琴，奧特米登露了一手令人意想不到的雙笛才華，不過他唱歌時，聽起來就像一頭小公牛剛剛離開母牛身邊，人人都懇求他住口。所有歌曲都是關於戰爭，關於偉人的功勳，這些是阿基里斯喜愛的歌，是成就了他的歌。那天晚上，是帕特羅克洛斯死後我見過他最開心的一晚。

夜深了，小男孩脾氣躁了起來，塔克美莎抱起他，帶他到外面去。她抱著沉甸甸的孩子在院子走來走去，唱歌哄他入睡。搖籃曲是我從小就會的，當我依偎在母親身邊時，母親常常會為么弟唱這首歌，在那樣少數珍貴的時光裡，母親讓我再次變成一個嬰兒。塔克美莎繼續唱著，男人漸漸安靜下來聆聽，她有一副甜美的嗓音。我看著這群人，各個是身經百戰的戰士，竟在這裡聽一個奴隸給她的希臘嬰兒哼唱特洛伊搖籃曲。我頓時領會了一件事——確切地說，是瞥見了，但很久以後我才明白。我想：我們會活下去——我們的歌，我們的故事，他們永遠不會忘記我們。在最後一個打過特洛伊戰爭的戰士死去幾十年後，他們的兒子會記得他們的特洛伊母親唱給他們聽的歌。我們會出現在他們的夢中——也會出現在他們最可怕的噩夢中。

在塔克美莎的輕柔低語和熟睡孩子滿足的長嘆中，歌聲結束了。

「好吧。」埃傑克斯說著拍了拍大腿。「最好走了吧。」

他和阿基里斯緊緊擁抱了很久，但沒有說一句話。然後，我們一同站在檐廊，看著這個小家庭消失在夜色中。

我和阿基里斯一起回到屋裡，我們在火邊坐下。普萊厄姆來訪後不久，我對我們之間的變化的第一印象就得到證實，阿基里斯不再派人來叫我，他直接認為我就是會在。那天晚上我想了很多。回首過去，我覺得我不只一直試圖從營地逃走，也試著從阿基里斯的故事逃走，而我失敗了。因為，毫無疑問，這是他的故事——他的憤怒，他的悲傷，他的故事。我生氣，我悲傷，但不知何故這都不重要。我又一次在這裡，等待阿基里斯決定何時上床，仍然困於他的故事中，仍然在故事中沒有扮演一個真正的角色。

只是那種情況可能將會改變。我凝視著火，知道我必須告訴他，我不知道是什麼讓我保持沉默。其他女人都說：快，告訴他吧，看在老天份上，你還在等什麼？這是我獲得平安的機會，或者說最接近平安的機會，我還記得麗特塔對克里塞伊絲的事說過一句話：如果她給阿伽門農生個兒子，她就可以富足一生。但我不說，因為從我說出那些話的那一刻起，我知道我的生活將再次改變。我將成為一個既是特洛伊人也是希臘人的孩子的母親——未來的母親。過去的忠誠，過去的把握——我少數僅存的東西——將會一點一滴散去。因此我坐在火旁，小口抿著酒，什麼也沒有說。

46

為了得到普萊厄姆想要的停火，他不得不進行漫長艱苦的爭吵。談判是一件複雜又耗時的事，因為他不僅必須說服阿伽門農，也要說服其他國王。況且，既然赫克特已死，特洛伊戰力大減，繼續進攻是無可爭辯的事。然而，他不知道是怎麼辦到，最後成功說服了他們。帕特羅克洛斯一定會為他感到驕傲，就連處處阻撓他的奧德修斯也說：「哎呀，真是意外，我們可以把你培養成一個外交家的——總有一天。」

阿基里斯只是笑著搖頭。

不會有「那一天」。

———

每天早晨，他都站在海灘上，站在堅硬的沙上，睜大眼睛，想第一眼看到他的母親。

起初，她不過是白濛濛薄霧中的一個黑點，接著她涉水穿過淺灘朝他走來，他看到她皮膚上的銀光閃爍。那一刻他既渴望又害怕，因為現在的每一次相會都是一場漫長的告別。他累了，他想結束這一切。他一生都浸在她的淚水中，所以當她最後消失在洶湧波浪中時，他暗自鬆了一口氣。她帶來的水霧立刻開始消散，大海在他的面前展開，那薄薄一層閃閃發光的透明就像癒合傷口上的第一層皮膚。

當他回到營棚時，太陽已經驅散最後一縷的薄霧，營地頓時充滿了生機。一個女人跪在火堆旁，對著一截木頭底下吹氣，將一把乾草扔進火焰。馬在飼料袋裡呼哧呼哧地喘氣，男人在馬的下方彎腰，用長滿老繭的手溫柔地撫摸每一條腿，抬起蹄子檢查石子。沒什麼新鮮，沒什麼特別，過去九年的每個早晨，他都看得到這一幕，但從來沒有看得這般清晰，從來沒有像現在這樣以它所值得的愛來愛它，直到現在。

每天早上，阿爾西穆斯坐在檐廊臺階磨亮他的盔甲。阿基里斯有時也拿起一塊布，陪阿爾西穆斯一塊做——無視奧特米登的震驚表情。偉大的阿基里斯，神一般的阿基里斯，不應該親自磨亮自己的盔甲。不過他喜歡這份工作：節奏分明的動作、去除格外頑固污漬的挑戰、簡單但可實現的回報——發亮的青銅。母親給他這副盔甲時，他幾乎懶得看上一眼，一心只想找到赫克特，置他於死地。如今，他有那麼多的時間可以欣賞盾牌之美：河岸吃草的牛群，繞圈起舞的年輕男女，太陽、月亮和星星，天和地，一場爭吵，一件訴訟，一場婚宴……他不禁要懷疑母親給予的禮物有何含意，這是世上最堅固、最美麗、最精心打造的盾牌，但救不了他，眾神已經決定了他的死亡。每天早晨，這面盾反而提醒他即將要失去的豐富生命。

他一面擦拭盾牌，一面想著母親。不知何故，到了生命的盡頭，反而似乎很自然回到生命的最初，如果可以的話，終點就是起點。小時候，晚餐後他獲准在大廳裡待到很晚，頂著沉重的眼皮與睡意搏鬥。他常常看著她，注意到她的眼睛紅腫。「火的關係。」她常常這麼說。「是煙霧。」但他知道不是。有些夜晚，她幾乎無法呼吸，後來她的皮膚開始龜裂——總是從嘴角開始——接著裂痕加深擴散，最後開始流出分泌物。之後沒多久，她消失了，他就只能在岸邊徘徊，沒精打采，孤獨淒涼，直到她突然又出現了，一把將他摟到懷裡吻著，她的眼神清澈了，皮膚發亮了，烏黑發亮的髮絲散發著鹽味。

可是壞日子越來越多，他的父親常常伸出手撫摸她的手臂——她總是讓他這麼做，一次也沒有抽開身體。只是緊緊依偎在她身邊的阿基里斯，感覺到她的畏縮是一種受到壓抑的暴力。他的母親，她是一個憤怒的女人，對諸神的懲罰憤怒，神把她送到一個凡人的婚床。她是多麼恨，恨人類交配和生育的黏菌，甚至也恨以母乳餵養她的孩子……他想像她——這是想像，還是記憶？——她脖上每一條肌肉都繃緊，竭力不要擺脫這個緊黏著她乳頭的小海葵嘴，那嘴吸走乳汁，吸走血液、希望、生氣，把她更牢固地綁在陸地上。哦，那想像或者記憶中的厭惡在他身上留下印記，他在性愛中從來沒有找到多少樂趣，不管是和男人還是女人。肉體的放鬆，是的……但僅此而已。連帕特羅克洛斯也不得不為他給予或者獲得到的快樂付出昂貴的代價。

他所有的愛，所有的溫柔，都是為了他的父親。他一開始是「珀琉斯之子」——軍隊裡都這麼喊他，這是他最初、也是永遠最重要的頭銜，不過那是他的公眾形象。獨自一人時，尤其是清晨到海邊時，他知道自己逃不開母親的兒子這個身分。她在他還不到七歲時就離去，那是男孩離開女眷住處進入男人世界的年紀，或許這就是他為什麼始終沒有成功完成轉變，即使聽他這麼說會讓與他並肩作戰的人大吃一驚。但他當然不會說出來，這是一種缺陷，一種弱點，他知道要藏好，不可以讓世人知道。只有在夜裡，在半睡半醒之間，他會發現自己又回到她子宮裡鹽水般的黑暗，凡人生活的漫長錯誤終於被抹去了。

隨著自己的死亡逼近，他對帕特羅克洛斯離世的悲傷竟然也減輕了，不再像以前那樣是一種截手缺腳、撕心裂腦的痛苦，而是一種近乎平和的感覺，好像帕特羅克洛斯早他一步走進了隔壁房間。他經常談論他，告訴阿爾西穆斯和奧特米登——兩人都太年輕，記不得戰爭頭幾年的事——已是遙遠年代時期的戰鬥和航海。與布莉塞伊絲獨處時，他則回到戰爭以前，超越了特洛伊，回到他和帕特羅克洛斯共度的童年，一直回到他們的初識。「我從未見過他，但當我看到他時，第一個想法是：我認識你。」

「很幸運，是不是？遇見了他。」

「對我來說，是幸運，我不知道對他而言幸不幸運。面對現實吧，如果他沒遇見我，他可能還活著。」

「我不認為他會選擇不同的人生。」

「不會——但我會為他這麼做的。」阿基里斯聳聳肩。「他很有耐心，他會是個好農夫，一個好國王，他本來就擅長處理非常乏味的事，法庭訴訟等等。」

他和布莉塞伊絲獨處時，有一種帕特羅克洛斯在場的感覺，有時這種感覺非常強烈，很難不對他說話。他從來沒有問過布莉塞伊絲是否感覺到了，因為他知道她也感覺到了。從一開始就是這樣，他們的關係——如果能稱之為關係的話——是通過他們對帕特羅克洛斯共同的愛慢慢建立。

阿基里斯活在當下。他記得過去，不是沒有遺憾，而是越來越沒有怨恨。他很少思考未來，因為他沒有未來。真是不可思議，他居然這麼輕易就接受了這一點。他的生命彷彿在他張開手掌上的蒲公英絨毛，一件非常輕盈的東西，哪怕是最輕微的風，也可以把它帶走。不知從什麼地方，也許是從普萊厄姆那裡，他似乎學到了老人對於死亡的接受態度。知道沒有未來，他真的不介意。

然後有一天早上，他醒來發現床是空的。他習慣了布莉塞伊絲總在那裡，所以起身去找她。他發現她在外面，俯著身往沙地乾嘔。

「怎麼啦？」

「沒事。」

「嗯，怎麼會沒事……」

「我懷孕了。」

花了一點時間才領會。他說：「你確定？」他隱隱約約記得有人說過，女人直到孩子踢她才知道自己懷孕了。真的嗎？他對這類事情一無所知。

她堅定地盯著他的眼睛。「確定。」

他相信她。她不是一個會說謊的女人，她甚至沒有謊稱阿伽門農沒有跟她上床，而說謊其實對她最有利。所以，在幾秒鐘的時間裡，未來立刻變成存在的，儘管他不能成為未來的一部分，他仍然必須認真考慮未來。

這個新生命的概念在他腦裡慢慢形成，隨之而來的是對死亡的恐懼甦醒了。他在黑暗中醒來，渾身是汗，好奇自己的生命究竟會如何結束。關於戰爭中的死亡，沒有什麼他不知道的，他見過最可怕的死亡，因為最可怕的死亡是他造成的。之後，在女人手裡赤身裸體，毫無依靠……儘管只有神知道他為什麼擔心這個，從任何有意義的角度來說，到時他都不會在那裡。

但他確實擔心——在漫長的黑暗中。接著，到了早晨，他就忘記夜晚的脆弱。

在這段期間，他的七弦琴裹在油布，收在一個雕花橡木盒。他不時拿出來，摸摸琴弦，不過最後總是放到一旁。

但是，一天晚上，在十一日長的停火即將結束時，他發現自己在想：我怎麼知道我做不到呢？其實他確實不知道，只有試了才知道。於是他坐下來，把樂器抱在懷裡，挑出他所知道最簡單的曲調：一首孩子的搖籃曲。彈了幾遍後，他跳起來來回踱步，興奮得坐不住了。

從那以後，七弦琴沒有離開過他的手。第二天晚餐後，他在大廳裡和阿爾西穆斯表演二重奏，一首接著一首，隨著夜幕降臨，歌詞變得越來越猥褻，每個人最後都笑得無法自已。後來到他自己的房間，他彈奏幼時喜歡的音樂，戰爭之歌，航海之歌，冒險之歌，英雄的光榮死亡……可以再次彈琴，而非空手坐聽他人演奏，這是多麼快樂的一件事。

布莉塞伊絲在床上看著他。很晚了，非常晚了。「我剛想起來，有件事得做。」他說著站起來，走向大廳。

在簷廊的臺階上，他大聲呼喚阿爾西穆斯。阿爾西穆斯跑來，臉色蒼白，氣喘吁吁，顯然擔心自己犯了什麼錯，大難就要臨頭，比如阿基里斯那張神奇盾牌上發現了一粒灰。阿基里斯給小夥子倒了一杯酒，要他坐下——在大廳裡坐下，因為在布莉塞伊絲面前做這件事不大好——然後開始解釋。阿爾西穆斯很慶幸自己沒有大麻煩，所以只是盯著阿基里斯，分明一個字也沒聽進去。

「如果我死了……」阿基里斯又說了一遍。

至少這句話阿爾西穆斯似乎聽到了，雖然一開始他什麼也沒說，只是雙手做著擋開的動作，好像這是他聽到過最糟的話。咦，如果我能面對，你一定可以吧？阿基里斯心想，開始失去耐心。「如果我死了……我不是說我會死，如果……」阿爾西穆斯看起來非常恐懼。「聽好，我不是有預感還是什麼……」不是預感，是知道。「我只是想為未來制定一些明智的計畫。」

阿爾西穆斯目瞪口呆看著他。

「布莉塞伊絲懷孕了。」啊，那句話聽進去了。「如果我死了，我希望你娶她，然後……」他舉起手。「如果，如果。我要你帶她去見我父親，我希望孩子在我父親的家裡長大。」沉默。「這樣行嗎？」

阿爾西穆斯痛苦地說：「這是找不配得到的榮譽。」

「但是你會這麼做嗎？」

「會。」

「發誓？」

「好，我當然可以發誓。」然後問：「她知道嗎？」

阿基里斯搖搖頭。「不知道，還沒有必要告訴她，只要你和我知道會發生什麼就行。」

他道了晚安，回到自己的起居間，發現布莉塞伊絲坐在床上等他。有那麼一瞬間，他很想屈服，上床和她在一起。但他的心境變了，隨著暗影的降臨，變得越來越陰鬱。

所以他坐到火邊，又拿起七弦琴，想起帕特羅克洛斯死前他正在創作的那首曲子。在他們最後相處的幾個晚上，這首曲子是非常重要的一部份，即使現在，他也不確定自己能不能忍受彈奏它。的確，開頭幾個音符讓他哭了，但幾分鐘後又試了一次，這一次彈到結束為止。只是，沒有結束，沒有，他現在想起來了，一直就是這個問題，不是嗎？他一直完成不了這該死的曲子，帕特羅克洛斯也幫不了忙。「我想不出有什麼問題——我覺得聽起來不錯。」

他又從頭到尾彈了一次，意識到布莉塞伊絲看著他，也意識到——無可否認的強烈意識——帕特羅克洛斯坐在火堆旁的椅子上。在過去幾天，帕特羅克洛斯已經讓步了，尤其從阿基里斯又開始彈琴後，現在每晚都會出現。很難不去問他的想法，但他知道帕特羅克洛斯在想什麼，他永遠知道。「拜託，你就不能彈些快樂一點的嗎？這是一首血腥的輓歌。」

這段記憶讓阿基里斯面露了笑容，他又再次彈了一次這首曲子，只是又到了同一段令人痛苦的音符組合。大風暴後，餘波盪漾，雨滴從懸垂的樹枝滴落，滴滴答答，滴落到下方打著旋的河流……是的，是的，但是接下來呢？

他恍然明白了：什麼也沒有，接下來什麼也沒有，因為就是這樣，這就是結束——它始終都在，只是他還沒有準備好發現它。他想確認一下——因為這一切似乎有點太過簡單，太過輕鬆得到了——他從頭到尾又彈了一遍曲子，不，他是對的，這就是結束。他看向布莉塞伊絲，「就這樣。」他輕拍著仍在振動的琴弦說。「結束。」

47

最後的音符漸漸沉寂，阿基里斯將琴包回油布，輕輕放到一旁。在這一個短暫片刻，時間彷彿暫停，朝我們席捲而來的波浪也許永遠不會碎。

當然，純粹是錯覺，未來正向我們疾馳而來，阿基里斯的生命現在不以週數計算，而是以天數計算。

重返戰場的那天早晨，阿基里斯站在檐廊臺階，大聲呼喊阿爾西穆斯，阿爾西穆斯一如往常跑來，正直的圓臉閃著汗水。他看起來非常驚恐。我還在床上啃著一塊乾麵包，麗特塔告訴我，移動腦袋以前吃點東西，晨間孕吐的感覺就不會出現。嗯，還是有噁心的感覺，但好像有一點幫助，所以我現在會在枕頭下方擺一片麵包皮。不管阿基里斯找阿爾西穆斯做什麼，我猜可能都與我無關，所以用力咽下最後一口，小心翼翼轉過身避開他們。

這時，門開了，一名祭司走進來。沒有預警，沒有比這更隆重的儀式，也沒有更骯髒、更衣衫襤褸的新娘。我下了阿基里斯的床，頭髮散亂站在那裡，身上裹著沾有精液的床單，髮上還有麵包屑。阿爾西穆斯從臉紅到脖子，不停用痛苦的眼神瞄我。有人問過他想要嗎？簡短儀式結束，他退出房間，留下我和阿基里斯獨處。阿基里斯唐突地說：「這樣最好，他是個好人。」也許注意到我非常震驚，他稍微緩和了一點，用拇指和食指托著我的下巴讓我往後仰。「他會對你好的，而且他會照顧孩子。」

幾個小時後，阿基里斯的死訊傳來，他那空蕩蕩的房間也響起少了他的狂嗥。

阿基里斯不會贊成他的死法：海倫的丈夫帕里斯一箭射中他的肩胛骨中間，替赫克特的死報仇。故事還有一個更令人難受的版本：那支箭上有毒。還有人說，帕里斯射中他的腳後跟，他全身上下唯一會受傷的地方。他被壓制在地上，毫無招架之力，最後被砍死。不管怎樣，一個懦夫的武器在一個懦夫的手裡，那一定是阿基里斯的看法，不過我想他可能會從他在肉搏戰中不敗而亡的事實得到一些安慰。

阿基里斯的腳後跟。在根據他衍伸出來的所有傳說中，這是最愚蠢的。他的母親拚命希望讓他成為不死之身，將他浸入冥府的忘川，但她抓住他的腳踝，因此那成了他全身唯一無法抵擋致命傷害的弱點。刀槍不入？他渾身上下可是傷痕累累，相信我，我最清楚。

另一個傳說：他的馬是不死神馬，是他的母親嫁給珀琉斯時眾神賜贈的禮物——你可能會說是出於內疚所餽贈的。據說，在他死後，馬應該會消失。有時我會想著牠們，在一片綠野上懶洋洋吃草，遠離戰爭的喧囂，照料牠們的馬夫很糊塗，從不好奇為什麼他的馬永遠不會老。我喜歡這個故事。

他死後的最初幾天，我坐在他的起居間，聽著在他的葬禮運動會上觀眾的喊聲。屋裡靜靜悄悄，兩把空椅隔著空火爐相對。我不回頭也能意識到身後的銅鏡，意識到——有時你也會如此——自己正讓一個看不見的人凝視著。有人相信，鏡子是我們的世界和陰世之間的門檻，這就是為什麼它們通常在死亡至火化以前會被遮起來。我不只一次很想站起來，拿床單蓋住那面鏡子，因為如果有什麼魂魄有足夠力量從冥府回來，那一定是阿基里斯的魂魄。但我最後決定不蓋上，即使他真的回來了，我也知道他不會傷害我。

他們終於在特洛伊放火焚城的那天晚上——經過整整三天的打劫，才把這座城洗劫一空——阿伽門農舉行了一場盛宴，貴賓之一是阿基里斯的兒子皮洛士，他殺死了普萊厄姆——或者應該說是屠殺

了他。他來到軍營，渴望與他的父親並肩作戰，從他舉得起劍的那一刻起，他就一直在訓練。但當他到達特洛伊時，阿基里斯已經死了。墓塚一個，空屋一間，就是沒有一個活著的父親來迎接他。在大廳吃晚餐時，我看著他搖搖晃晃走過地板，那稚嫩年輕的臉龐由於暴飲和打擊而鬆弛，他盯著一個又一個人，十分期盼這些認識他父親的人、曾與他父親並肩作戰的人說他多麼酷似阿基里斯。哦，他不是很像他嗎？我對天發誓，你會以為是阿基里斯又回來了……但沒人這麼說。

在宴會上，阿伽門農喝得酩酊大醉，結果摔了兩跤，第二次摔倒似乎動搖了他混亂大腦裡的某種東西。受邀坐在主桌的阿爾西穆斯——他在戰鬥中表現相當出色，不管在一座遭到洗劫的城市裡「表現出色」是什麼意思——聽到他向奧德修斯絮絮叨叨。「阿基里斯。」他不停地說。「阿基里斯。」

「他怎樣？」奧德修斯也喝醉了，但仍舊一如往常精明。

「你記得我派你去見他的那次嗎？」

「記——得？」

「我答應給他特洛伊最美的二十個女人……」

奧德修斯等待他把話說清楚。「是——的？」

「嗯，你還不明白，他一定得到她們，不是嗎？」

「唔，未必，他都死了，自然不需要二十個女人——就是一個也有點浪費。」

但阿伽門農堅持阿基里斯必須得到他的那一份。當然，阿伽門農非常害怕——我幾乎不能為此責怪他，我自己背對著銅鏡坐著，也感覺得到阿基里斯仍舊可以是一股十分強大的力量。但阿伽門農的恐懼超出理智，他靠向奧德修斯，搖晃他的肩膀。想想阿基里斯為了那個女孩所引起的麻煩，不過是一個女孩，他就不願繼續作戰，因為他不能擁有她。「他媽的差點害我們輸掉這場戰爭。」

奧德修斯不屑地揮了揮手。「唔，他現在不能害你輸掉這場戰爭了，不是嗎？你贏了。」

「他不能，但他可以讓我們回不了家。」

「我真不知道他要怎麼讓我們回不了家。」奧德修斯已經開始期盼與妻子團圓。「我們只需要風向改變，然後三天的時間，沒別的了。」

然而，隨著夜幕降臨，阿伽門農的恐慌漸漸變得更加明確。阿基里斯一定要一個女孩，而且不是隨便一個女孩，絕對要最好的——「上上之選」。

因此，普萊厄姆的十五歲大處子女兒波麗克西娜被選為祭品。我想起了我在特洛伊時的她，一個結實的小女孩，體格像山中的小馬，腿短，濃密的深棕色頭髮。她是赫庫芭的大家庭中最小的一個，總是跑著追趕她的姐姐，到處都能聽到這個最小的孩子大聲哭喊：「等等我！等我！」

那天晚上，我一直醒著想著她的事。早上我拖著身子爬起來，感受到了她對即將到來的一天的恐懼，但萬萬沒料到會參與她的命運。

早餐前，替荷克米蒂傳信的小女孩飛奔到院子。「荷克米蒂找你。」她上氣不接下氣地說。「她說，你能立刻過去嗎？」也許荷克米蒂病了，我想不出還有其他可能，所以一路跑到內斯特的屋子，或者盡可能用跑的，我剛剛開始出現了懷孕的跡象。我經過的人沒有一個是完全清醒的，他們都還未擺脫前一晚的酒意，內斯特的守衛也不例外。但內斯特自己已經起身穿好衣服。荷克米蒂打手勢，要我跟她到大廳去。

「你聽說了波麗克西娜的事嗎？」

我點點頭。我沒有再說什麼，因為說了也沒有任何意義，因此我們站在昏暗的地方四目相對。然後荷克米蒂說：「內斯特要我陪她，他說她的母親和姐姐們不許去……唉，她不能一個人去。」

她捻著面紗下襬。「你願意和我一起去嗎？」

我盯著她，發現她臉色非常蒼白，滿臉的不安和恐懼——這是在最重要的時刻對我很好的女人。我說：「我當然願意。」

她點了點頭，轉向旁邊的桌子，開始把小塊的蜂蜜蛋糕放在托盤上。「她們沒東西吃。」她的聲音在顫抖，她讓自己忙個不停，這樣就沒有時間思考。我幫她把蛋糕擺好，她把托盤交給內斯特兩個僕人送去競技場。我非常懷疑有人會吃，但我知道她需要做點什麼。我們裝完第二批蛋糕，然後準備面對我們知道必須面對的事。

王室女眷——普萊厄姆的遺孀、女兒與兒媳們——都關在我到達那天晚上被帶去的小屋。裡面擁擠不堪，比以前情況更糟，有的女人擠不進去，在外頭沙地上或坐或臥。頭髮油膩，臉龐瘀青，眼睛充血，外衣也撕破了，她們的家人一定很難認出她們。他們給海倫自己一間小屋，這樣或許也好，如果她和特洛伊女人共處一室，我懷疑她能否撐過這一夜。梅涅勞斯仍舊嚷著要殺她，只是改變了計畫，他預備讓他的同胞殺死她——可能是用石頭砸死——但前提是他要把她帶回家。沒有人信，大家都認為早在那之前她就會爬上他的床。

我們從擁擠的女人之間擠過去，隨處都可看到一個女嬰在吸奶，或者一個小女孩沒精打采在沙地上玩耍。儘管已經不再指望能找到姐姐，我出於習慣還是一張臉一張臉地察看。當我看到女人被押著從戰場沿著泥濘小路走來營地時——像被驅趕到屠宰場的牛一樣，有人跌跤，有人腳步踉蹌，倒下的人在矛柄尾端的重擊下重新站起來——我在人群中找過她。我注意到這群人裡沒有懷孕的婦人，沒有牽手領著小男孩的母親，阿伽門農說到做到。我看著一張張驚惶的臉龐，可是恐懼讓她們看起來幾乎一個樣，我花了很長時間才確定她不在裡面。後來有人告訴我，有一小群婦人看到希臘戰士湧入城門，就從堡壘縱身而下，我無從確定，但立刻想到姐姐也一定在其中，那是艾安希會做的事——正如那不是我會做的事。

在小屋裡，我們找到赫庫芭，波麗克西娜就跪在她的腳邊。赫克特的寡婦安卓瑪姬在她們身邊，眼神茫然。站在我旁邊的女人說，安卓瑪姬剛才得知她被分給了阿基里斯的兒子皮洛士，也就是殺死普萊厄姆的男孩。看她的表情，你可以看出這件事她已經無所謂了，因為不到一小時前，奧德修斯抓住她的幼子胖乎乎的一條腿，把他從特洛伊城垛上扔下去。她唯一的孩子死了，而她今晚就要為她的新主人伸開雙腿，這個新主人是一個滿臉粉刺的青春期男孩，也是殺她丈夫的人的兒子。

看著她，我又聽到阿基里斯那曲輓歌的最後幾個音符。聽了好幾個月，歌詞似乎困在我的腦海裡，不像是一首歌，更像是寄生在我腦中的東西，我多麼討厭它。是的，年輕人戰死沙場是悲劇一樁——我失去四個兄弟，這一點無須誰來告訴我。這是一場值得無數人哀嘆的悲劇，但他們的命運不是最壞的命運。我看著安卓瑪姬，她只能以奴隸的身分過完殘缺的餘生，我心想：我們需要一首新曲子。

如今再也沒有更糟的事能降臨在安卓瑪姬的身上，但赫庫芭腳邊還有波麗克西娜，才十五歲，人生本來應該還很長，而她居然想要安慰她的母親，懇求她不要悲傷。「活著做奴隸，不如死在阿基里斯的墳頭上。」我聽見她說。

哎呀，這些烈性的年輕女子。

荷克米蒂擠到前面，簡短對赫庫芭說了幾句話，接著我們就坐在角落的陰影裡。還不需要我們。

卡珊德拉，普萊厄姆的另一個女兒，在人群邊緣徘徊。她表情扭曲，嘴裡咕咕噥噥，偶爾發出一聲尖叫。我想她的哪個姐妹也許可以設法約束她一下，可就連她自己的親人似乎也對她敬而遠之。她是阿波羅的處女祭司，阿波羅曾經以一吻贈予她精準的預言能力，之後她還是拒絕與阿波羅發生性關係，於是阿波羅便她往嘴中吐了唾沫，所以永遠不會有人相信她的預言。難以置信的是，阿伽門農選擇了她當成他的獎品，天曉得原因，也許他覺得自己得罪阿波羅還不夠吧。她四處引發混亂，到處吵鬧，脖子上的花環已經枯萎，不過還是戴著神的猩紅色幡帶在屋裡跑來跑去，推開任何擋路的人。阿伽門農的助手把她帶走時，大家鬆了一口氣。在最後一刻，她緊緊抱住她的母親，含含糊糊說著什麼網呀、斧子呀一類的東西，預言她和阿伽門農會死在一起，說他選擇了她，就是選擇了死亡。沒有人相信她。於是，她就這樣任由別人將她拖走，口中仍在胡言亂語，神的詛咒糾纏她到最後。

他們經過我的身邊，我聽到一個守衛說：「老天，我可不想那上了我的床。」另一個說：「千萬不要，你永遠都不敢闔眼。」

接下來，輪到安卓瑪姬被帶走。她過度悲傷，所以神思恍惚，感受不到離別的滋味。不過，這對我來說是難受的一刻，因為來接她的是阿爾西穆斯。我想我早就該想到了，他原本侍奉阿基里斯，現在侍奉阿基里斯的兒子，自然會被派來接她。我最近很少見到阿爾西穆斯，其實這幾天我都盡可能躲避他，我不得不和這個男人共度餘生，但如果知道他在特洛伊城亡前最後幾天、幾小時做了什麼，會讓這件事變得更不容易。現在我倒知道了，起碼知道一件事：他就是把安卓瑪姬帶走的人。

他抓住她的胳膊，在我身邊停了下來。我低聲問：「我們還有多久要離開？」

「還早，還沒有人起來。」他的頭猛然朝著波麗克西娜的方向甩了一下。「而且還有……」

哦，是的，我心想，還有那件事。

幾個小時拖拖拉拉過去，希臘營地也在我們周圍慢慢甦醒。所有該說的話都說了，每個人都由於悲傷恐懼而疲憊不堪，希望事情快快結束，但同時又為了自己的心願感到羞愧，因為這是波麗克西娜生命中最後幾分鐘的寶貴時光。

「他可能會改變心意。」荷克米蒂說。

我知道他不會。當然，除非他忘了自己說過什麼，這不無可能，因為他當時已經喝得爛醉。不過就算他忘了，有人會提醒他：為了赫克特的小兒子必須死一事而滔滔雄辯的奧德修斯。此外，阿伽門農是真的害怕阿基里斯，他現在可能比阿基里斯在世時更害怕他，他活著的時候，你至少可以賄賂他，或者試著賄賂——但是話說回來，我想波麗克西娜的死也可以視為一種賄賂。不，他會完成這件事，他會盡其所能讓那狂暴的靈魂留在地底之下。

那些人來時，已經過了中午，他們抓住波麗克西娜的胳膊想把她拖出去，但赫庫芭站起來對抗他們，先盯著一個人的眼睛，然後又盯著另一個人的眼睛，他們最後都因為害怕或羞愧而垂下目光。穿著滿是泥土的皺巴巴長袍，她仍然是赫庫芭，仍然是王后。其實根本不需要強迫，波麗克西娜已經準備好了。她穿著一件原屬於卡珊德拉的乾淨白色外衣，頭髮梳好編成辮子，看上去比實際年齡年幼，但是最後一次擁抱母親姐姐時，她非常冷靜。荷克米蒂和我站到她的身邊，守衛走在前頭，我們拖著腳步，緩緩往門口移動。

我們走出屋子時，聽到赫庫芭發出啼哭聲，就像剛剛看到自己最後一隻幼崽被殺的狼。聽到聲音，波麗克西娜想轉身回去，一個男人粗暴抓住她的胳膊。我走到他面前說：「沒必要這樣。」結果——我不得不說，我吃了一驚——他放開了她。

到海角是一段長長的上坡路，我們在她後方一步遠的位置，準備在她需要時推她一把。我不禁想起那個結實的小女孩，跟在姐姐們後面跑，嘴裡喊著：「等等我！」

如今，有一整支軍隊在等她。

她保持穩定步伐，一直走到阿伽門農站著的墳頭下。皮洛士在阿伽門農的身旁，仍舊十分受寵，他殺死了普萊厄姆，所以得到了在他父親墓前犧牲她的榮譽。不過，如果你懷疑一個十幾歲男孩砍死一個虛弱老人應該得到多少榮譽，這是可以理解的。看到他們兩人站在那裡，波麗克西娜猶豫了。

內斯特上前一步，低聲對荷克米蒂說了什麼，將一把剪刀遞給她。然後，他沒有看我的眼睛，給了我一把刀。荷克米蒂的手不由自主顫抖起來，她想剪斷女孩的髮辮，可剪刀不夠鋒利，刀片只不過卡在濃密的頭髮上。因此，我們只好停下來解開辮子，烈日當頭，又有數千名戰士旁觀，這個工作非常困難。最後，她那由於長時間束縛而捲曲的髮絲從背部一路蜿蜒到了腰間，我們握起一把一把濃密的頭髮，好不容易終於剪了下來，只是完成後，我已經口乾舌燥，抖得幾乎像波麗克西娜本人一樣厲害。我必須不停吞咽口水，才能遏止噁心的感覺。我還記得在足跡踐踏的大地上的黑影，火辣辣曬著脖子的陽光。波麗克西娜毫無預兆站了起來，踉踉蹌蹌往前走幾步，然後開始說話。登時眾人一陣驚駭，也許他們以為她要詛咒他們，人臨死前的詛咒總是威力強大。一個守衛抓住她不放，另一個往她的齒間塞了一條黑布，然後緊緊綁在她的後腦勺，因此她只喊出了阿伽門農的名字，就沒有再繼續說下去。她的雙臂被拉到身後，手腕綁住。剪了頭髮，又捆成那樣，她無法說話，喉嚨深處開始發出尖叫——公牛在獻祭前有時就會發出這樣的聲音。

在我們的正前方，穿著深紅和黑色衣服的祭司在阿伽門農身後站成兩排長長的隊伍，開始向眾神唱讚美詩。

波麗克西娜被拖到前面，強迫跪在墳堆的陰影裡。皮洛士臉色發青，好像病了，他走上前去開始大喊他父親的名字：「阿基里斯！阿基里斯！」然後，他的嗓音陡然一變，「爸爸！」我覺得他聽起來好像一個害怕黑暗的小男孩。他抓住波麗克西娜僅剩的一點頭髮，將她的頭往後一拉，舉起了刀子。

乾淨俐落的一刀。我真的相信她在倒地以前就死了，或者至少我希望她是這樣的，只是我們仍舊不得不眼睜睜看著她死後身軀抽搐痙攣。

沒有其他的儀式。每個人，包括阿伽門農——也許尤其是阿伽門農——都急著離開。不過轉念一想，我不怎麼相信波麗克西娜的死對他會有很大的影響，這可是一個為了能夠順風航向特洛伊而犧牲親生女兒的男人。我看著他轉身走開，看到的是一個什麼也沒學到、什麼也沒忘懷的人，一個沒有尊嚴、沒有榮譽、沒有尊重的懦夫。我想我對他的看法與阿基里斯如出一轍。

我和荷克米蒂站在一邊等男人散去，然後一起下山。我們沒怎麼說話。我想我們都在克制自己，下了決心不去感受。我們一度停下來，回頭看看燃燒的城市，一大團黑煙在堡壘上空翻滾，噴出紅火橙焰。我渾身顫抖，抖得比波麗克西娜死時更厲害。為什麼要看呢？我大可轉移目光或低頭看著地面，不用目睹她死亡的那一刻。但我希望我可以說我陪她到了最後，我想見證。

到了山腳，我們停下來。我們可以回內斯特的小屋，偷喝他的藏酒，喝到這一天結束，喝到酩酊大醉——我想沒人會責怪我們——然而，我們連彼此商量也不用，就直接回到關押特洛伊女人的屋子。屋內現在更熱更臭了，那是哺乳的母親與經期的女孩特有的女性氣味。赫庫芭恍恍惚惚，我們跪在她面前，告訴她波麗克西娜怎樣勇敢地死去，過程乾淨俐落。她點了點頭，雙手絞著膝上的一塊布。我不知道她能理解多少，一名婦女勸她喝酒，但赫庫芭潤濕嘴唇後，就揮手要人把杯子拿走。

在擁擠的小屋待了近一個小時後，我開始感到頭暈，不得不走到外面的競技場。即使是這裡，空氣中也有燒焦和灰燼的味道。遠處，一排排長長的黑船在熱浪中閃閃發光，我看到有個男人從霧霾中向我走來，身影隨著他的腳步晃動著，是阿爾西穆斯。他提著一面亮灼灼的大盾——不是他自己的——另一隻手的臂彎垂著乍看像是一團破布的東西。當他接近時，我看出那是一個死掉的孩子。我往後一退，心想應該跑進小屋警告她們，因為我立刻明白這一定是赫克特的幼子，我不認為還會是誰。但我沒有進去，而是在門口等著阿爾西穆斯。

我們隔著死去的孩子相遇，男人和女人，希臘人和特洛伊人。他告訴我發生了什麼事。安卓瑪姬被帶到皮洛士面前，那男孩現在是她的主人，她跪地懇求他，不要讓她兒子的屍體在特洛伊的城垛下腐爛，把他埋在赫克特旁邊，以他父親的盾牌為搖籃。她的要求很大——不是兩個人花一個小時就能搞定的埋葬，而是交出盾牌。這是阿基里斯在殺死赫克特那天搶來的盾牌，可能是皮洛士從他父親那裡繼承到最寶貴的東西，在未來的世世代代，赫克特的盾應該會在珀琉斯的大廳占據最重要的位置。不過，要給皮洛士一個公道的評價，他答應了，只是不許安卓瑪姬親自替孩子準備下葬，他要她立刻上船，他打算風向一轉就啟航。

「所以……」阿爾西穆斯說。「他在這裡，我過來時，在河裡給他洗了洗，她們沒有時間替他洗身了。」

他跪下來，把小小的身軀從懷裡移到盾牌內側，然後抬進屋裡。

一開始，沒有人注意他，他不過是又一個用肩膀擠過人群的希臘戰士。但後來某人看見了他拿著什麼東西，消息從一個人的舌頭跳到另一個人的舌頭上，緊跟著是第一聲哀鳴。當阿爾西穆斯把他的重負置於赫庫芭腳前時，哀鳴聲逐漸增強，然後又慢慢消失。

面對這種事，赫庫芭完全無法有任何心理準備。她自然知道孫子死了，但知道是一回事——見他的屍體躺在面前地上，小手小腳斷了，頭上有一道深至露出大腦的傷口，則完全是另一回事。她跪在他身邊，開始撫摸他的全身上下，有一度好像要把他抱起來，但還是後退，讓他躺在原本的地方，躺在他父親盾牌的凹面中。我不時覺得她不知道自己在為誰哭泣，她不止一次喊他「孩兒」，好像認為是赫克特躺在那裡——就像她第一次抱在懷裡的赫克特。

阿爾西穆斯低聲說：「我去挖墳墓，我們差不多準備好要開船了，他只是在等風。我知道很困難，但她們動作得快。」

荷克米蒂跑過競技場，從內斯特的屋裡拿來一塊乾淨的亞麻布，我們一起幫忙準備將孩子下葬。幾個女人拿出她們僥倖保存下來的小飾物——沒有被守衛從脖子上扯下來的東西——我們把它們戴在嬰兒的脖子上，這樣起碼讓他有一點王室葬禮的感覺。

小男孩頭皮上的傷口讓赫庫芭非常難受，但她最後還是稍微平靜了。「這個我遮不了。」她不停地說。荷克米蒂拉了一層布蓋住孩子的頭，但沒什麼作用。赫庫芭只是繼續說：「這個我遮不了，這個我遮不了。」她緊攥著外衣的皺褶，茫然望著一張又一張的臉。「這個我遮不了。」

沒辦法，我心想，我們都沒辦法。

冷不防，她坐回到腳跟上，似乎突然又無所謂了，說我們能做的都做了，現在必須離開這孩子，赫克特會在另一個世界照顧他。她放開他時，大家都鬆了一口氣，我直到那時也才知道自己一直屏住呼吸。

阿爾西穆斯帶著幫他挖墳墓的奧特米登回來了，他們一塊抬走了小屍體。

赫庫芭繼續跪著，前後搖晃著身體，空盪盪的雙手來來回回搓著大腿。「這對他們來說並不重要。」她指的是死者。「是否有一個盛大的葬禮，對他們來說並不重要，那通通只是為了活著的人，死人是不管的。」

從那句話以後，她就沉默了，我們都沉默了。不過阿爾西穆斯和奧特米登回來後，氣氛就變了。「你現在得走了。」奧特米登對她說，聲音響亮又清晰，好像認為她可能聾了或瘋了。「奧德修斯準備開船了。」

奧德修斯殺死她的孫子，而她淪為奧德修斯的奴隸。我看著兩個女人攙扶她站起來，她看上去是那麼虛弱，那麼瘦弱——宛如冬日裡的一片葉子，讓大風刮得只剩乾癟的葉脈。我真心認為她活不了多久，走不到船那裡。為了她好，我希望她不要。

來了更多的守衛。這時沒有了客氣，也不考慮是否高齡或虛弱，直接就粗暴地把女人趕進競技場，排隊向船隻前進。我開始往另一個方向走，決定去看墳堆最後一眼，但一個守衛舉起長矛，逼得我退了一步。

「**喂！**」有人說。「你以為你在幹什麼？那是阿爾西穆斯的妻子。」於是，長矛立刻放下。

所以我自由回到了墳堆前，我知道還有一件事必須要做。波麗克西娜的屍體還躺在倒下的地方，白斗篷在她的周圍隨風飄動，這一陣風將會帶我們離開特洛伊。我鼓起勇氣，把她翻過來仰躺，她喉上那道深深的傷口讓她看起來好像有兩張嘴，兩張都沉默無聲。

女子當沉默……

她後腦杓的布結和頭髮糾纏在一起，我慢慢想辦法鬆開塞口的布條，從她的嘴中拿出來。她的眼眸往上望著我，什麼也看不見。完成後，我的牙齒已經在格格打顫，我不得不轉過身去。

我低頭看去，看見在下方很遠的地方，人像一列一列的黑蟻，從舷梯把東西搬上船。營棚現在應該都空了吧，我想像來年冬天營地的情景，狂風呼嘯，吹過空蕩蕩的房間。到了來春，或者再一年以後的春天，樹苗將在溝渠紮根，成為一座總有一天要收回自己土地的森林的先鋒部隊。而海灘上則是什麼也沒有留下，什麼也沒有，只有零星幾根斷桅讓太陽曬得如骨頭一樣白。然而，特洛伊殘破焦黑的塔樓將依然屹立。

我看著墳堆，想說聲再見，向永遠那樣親切的帕特羅克洛斯道別，向阿基里斯道別。那時，我並不為阿基里斯感到悲傷，現在也不會，但我時常想起他。我怎麼不想呢？他是我第一個孩子的父親。但那天跟他說再見很困難，我記得他是如何用手托著我的下巴，左右轉動我的頭，然後走進競技場中央，高舉雙臂說：「謝了，兄弟們，她就行了。」最後，他又再一次托著我的下巴，仰起我的臉：「他是個好人，他會對你好的，而且他會照顧孩子。」那個聲音，總是那麼強勢，淹沒其他所有的聲音。

但我記憶最深的是那些女孩。雅麗安娜在堡壘屋頂向我伸出手，然後轉身一躍，撲向自己的死亡。或是波麗克西娜，不過是幾小時前的事：「活著做奴隸，不如死在阿基里斯的墳頭上。」我站在那裡頂著寒風，感到與她們那種熾烈的純潔相較，自己顯得粗俗、落魄和墮落。但後來我感到寶寶在踢我，把手緊緊按在腹部，心中慶幸我選擇了生命。

阿爾西穆斯焦急地向我招手，朝著我爬上山來，顯然船已經準備好啟航了。我轉身最後看了一眼墓堆，在墨米頓人抬來向死去領袖致敬的大量泥土底下某處，阿基里斯與帕特羅克洛斯埋在一塊，燒焦的骨骸混在一只金甕中。即使從很遠的海上，這個土堆依然清晰可見，紅泥土讓陽光曬得乾透了。它一定永遠會在這裡，儘管上頭的草將會漸漸綠了起來。

阿爾西穆斯就快爬到山頂，而我還沒有想出道別的方法。我想：假設，就假設這麼一次，就一次，在這幾個世紀，狡猾的眾神遵守諾言，阿基里斯以特洛伊城牆下的早逝換取永恆的榮耀……？那些遙遠得難以想像的時代的人，他們會如何看我們？有一件事我是知道的：他們不想要知道征服和奴役的殘酷現實，他們不想得知男人和男孩遭到屠殺，女人和女孩淪為奴隸，他們不想知道我們住在強姦營中。不，他們喜歡更柔和的，也許是一則愛情故事？我只願他們能確定戀人是誰。

他的故事。他的，不是我的。故事在他的墓前結束。

阿爾西穆斯來了，我得走了。阿爾西穆斯，我的丈夫，也許有點傻，但正如阿基里斯所說的，是一個好人。不管怎樣，還有比嫁給一個傻瓜更糟糕的事，所以我轉身背對著墳堆，讓他帶領我到船上去。有一回，就在不久前，我嘗試走出阿基里斯的故事——但失敗了。而今，我自己的故事可以展開了。

作者說明

我要感謝Clare Alexander多年來的鼓勵和忠告，他原是我在Viking Penguin出版社的編輯，近來是我在Aitken Alexander Associates的文學經紀人。Hamish Hamilton出版社的Simon Prosser是一位深富熱忱的編輯和出版人，給了我許多支持。沒有一個作家能擁有比這更好的團隊，我很清楚自己是多麼的幸運。

我還要特別感謝我的編輯Sarah Coward，她總能夠細心入微，又做到委婉周到。

最後，我要感謝我的女兒Anna Barker，她是一個客觀到可怕地步的第一讀者。

導讀

沉默的詩歌

◎劉雅詩（國立臺灣大學外國語文學系副教授）

一場瘟疫，一場爭吵，一位曾貴為皇后的女奴，一場血流成河的戰事，這是特洛伊戰爭的故事，荷馬於西元前八世紀左右譜成貴族男性的詩歌，兩千多年後，派特．巴克（Pat Barker）從女性的角度出發，重新書寫荷馬的故事，為沉默的少女們發聲。

派特．巴克是當代英國重要的小說家，她於一九四三年出生於約克郡，二十六歲開始提筆創作前，曾教授歷史與政治學。她早期的小說著墨於英格蘭北部藍領階級女性的艱困生活，寫作至今，最有名的小說是描寫第一次世界大戰的《重生》三部曲（Regeneration Trilogy）。第一部曲《重生》取材自其祖父於法國壕溝中作戰的過往，這本小說於一九九七年被拍成電影，第二部曲《門中眼》（*The Eye in the Door*）則獲得英國衛報小說獎，第三部曲《幽靈路》（*The Ghost Road*）更於一九九五年獲得英國文壇最高榮譽布克獎。巴克關注戰爭、暴力與災難所直接或間接對人及社會所造成的影響，她也著墨於戰爭中所顯見的人性深度，她寫作探討的議題深入寫實，讓讀者直面事實，有時甚至可能造成讀者的不舒服，但也就是因為小說家對於其所書寫議題的誠實，藉由文字的魔力，引領讀者做更深入的思考，進而窺見事物背後的真實，而不僅只停留於事物的表象。

在寫作中，巴克一直持續思考戰爭的本質與戰爭對於人所帶來的影響，繼《重生》三部曲後，她重新審視西方文學裡最古老也最有名的戰爭——特洛伊之戰，於二〇一八年出版本書《沉默的希臘少女》（*The Silence of the Girls*），並於二〇二一年接續寫出《特洛伊女人》（*The Women of Troy*）。巴克在這兩本小說中探討的是特洛伊戰爭中受到傷害的婦女，她描寫家破人亡的女人、從貴族淪為奴隸的女人、被強暴的女人、被迫與殺夫凶手上床而懷孕的女人，換句話說，她描寫的是戰爭後存活下來的女人。值得留意的是，除了巴克之外，同期女作家不約而同地也重新書寫了荷馬史詩：加拿大作家瑪格麗特・愛特伍（Margaret Atwood）於二〇〇五年以小說《潘妮洛普》（*The Penelopiad*）來敘述《奧德賽》（*The Odyssey*）裡長久以來被忽略的潘妮洛普視角；瑪德琳・米勒（Madeline Miller）則於二〇一八年以女神《瑟西》（*Circe*）的角度來重述《奧德賽》的世界；娜塔利・海恩斯（Natalie Haynes）於二〇一九年所寫的《千船萬艘》（*A Thousand Ships*）則是從特洛伊婦女們的角度來描繪這場戰爭。這些作品讓二十一世紀的讀者重新看見了從女性視角出發的希臘神話故事，在不同的詮釋裡，經過二〇一七年的 #MeToo 運動之後，女性作家們重新賦予神話裡沉默女性發聲的權利，也讓現今的讀者得以用不同的角度來省思荷馬史詩。

《伊里亞德》的世界

自古以來，史詩《伊里亞德》（*The Iliad*）與《奧德賽》傳為盲眼吟唱詩人荷馬之作，不過學者們至今仍無法斷定這兩首詩為荷馬一人之作、或者是口傳文學於時間長河中累積下來之作。這兩首史詩描寫了共處於一個文化圈的希臘人與特洛伊人之間發生的特洛伊戰爭，也在詩作中叩問人生終極的意義與追尋：《伊里亞德》探問在戰爭中，人類存在於世間的意義為何；《奧德賽》則探討承平時期自我與家園的追尋與認同。除了普世價值外，這兩首史詩也展現了古希臘世界裡獨特的文化觀點，其中比較獨特的概念是名聲（*kleos*）與儀式化友誼（*xenia*）。

在《伊里亞德》詩中，對於戰場上的將士們而言，殺戮處處，死亡的陰影無所不在地籠罩著，前一刻還跟自己併肩作戰的夥伴，下一刻便可能倒地不起、永別人世。對於古希臘人而言，死亡代表著靈魂離開肉體，經過埋葬儀式，魂魄進入冥府後，便在冥府裡無意識地四處遊走。在這樣的世界觀裡，肉體與魂魄都無法永恆，唯有名聲會藉由詩歌的形式永遠流傳不朽。而希臘將士們衡量一位戰士是否享有驍勇善戰的名聲，端賴於他是否軍功卓越，獲得與其軍功相稱的物質榮耀（tîmê）。希臘將士們的榮耀不僅是抽象的榮耀，更是物質性的榮耀：在攻陷城池後，軍隊會依照將士們不同的功績而給予不同的獎品，這些獎品包括戰爭後燒殺擄掠來的金銀財寶、青銅三腳爐、駿馬、美女等等，這些實質獎品就是戰士所獲得的物質榮耀。一位戰士越勇敢，砍殺的敵人越多，他所獲得的獎品就會越珍貴，他的物質榮耀就越大，他的名聲也就越響亮。倘若一位戰士的物質榮耀被奪走了，代表他的血汗付出不被尊重，這在以羞恥文化為主導的史詩世界裡是莫大的羞辱，這也就是為什麼阿基里斯（Achilles）的憤怒會是《伊里亞德》的主題，也是這首史詩開頭的第一個字。

阿基里斯的憤怒在《伊里亞德》詩中有數層意義，最開始的憤怒是因為阿伽門農（Agamemnon）

奪走阿基里斯的女奴布莉塞伊絲（Briseis），阿伽門農此舉的意義不僅在於搶走阿基里斯的女人，更是羞辱了他的名聲。布莉塞伊絲是呂耳涅索斯城（Lyrnessus）的皇后，此城是特洛伊城的盟邦，希臘軍在攻陷此城後，大軍將她作為榮譽獎品分給阿基里斯，這是藉由給予物質榮耀對他在此役戰功彪炳的肯定，阿基里斯因此獲得名聲，這也是他參與特洛伊戰爭的最大目的：獲得永垂不朽的榮耀名聲。阿伽門農作為軍隊統帥，率領希臘各城邦的國王與貴族們，因為被阿波羅神所降的瘟疫所迫，不得不將自己的榮譽獎品克里塞伊絲（Chryseis）還給其父，但他不願意等到特洛城陷後再由軍隊分給他新的女奴，更因為不滿阿基里斯對他桀敖不馴的出言與態度，因此他強行奪走阿基里斯的獎品——布莉塞伊絲。對於阿基里斯而言，阿伽門農此舉破壞了整個軍功制度，抹煞戰士們賣命上戰場殺敵的努力，一旦大軍認可戰士軍功後得來的榮譽獎品可以被掌權者任意奪走，那冒著生命危險去奮勇殺敵以獲得軍功的意義又何在？

因此阿基里斯拒戰，任由特洛伊軍隊直逼希臘軍營區，甚至焚燒希臘軍船。他的摯友帕特羅克洛斯（Patroclus）看到希臘同伴們死傷成片，心有不忍，請求阿基里斯借他盔甲，讓他代替阿基里斯上戰場，以震懾特洛伊人。沒想到帕特羅克洛斯在特洛伊牆邊跟特洛伊主戰將赫克特（Hector）對戰時被殺，因而引發了阿基里斯更深層的憤怒。這層憤怒是失去摯友的憤怒、對敵人的憤怒、也是對自身的憤怒，這層憤怒也驅動了《伊里亞德》後半部的情節，讓阿基里斯成為殺神，他無法像個正常人一般地吃、喝、睡、也無法做愛。他深陷於無解的憤怒之中，直到看見如自己老父一般年紀的特洛伊國王普萊厄姆（Priam）前來贖回自己兒子赫克特的屍體，兩人一場哭泣，在同悲大慟的深層哀悼中化開憤怒，阿基里斯才得以回復正常人的狀態，可以吃、喝、睡、做愛，也準備好迎接他做為人的結局：死亡。

在普萊厄姆來到阿基里斯的營帳時，阿基里斯是主人，普萊厄姆是客人，阿基里斯有義務要招待客人，兩人間的關係是一種儀式化友誼。古希臘的人們在城邦之間旅行，夜晚會到與自己出身階級相近的屋宅前投宿，比如貴族會至當地皇宮投宿，商賈則會至平民百姓家投宿。對於主家而言，一旦有人投宿，來者即是客，必須善待來者，在詢問對方姓名家鄉之前，要先提供食宿盥洗等招待，同時在客人離開時，主人還會送上臨別禮物。這樣的做法是確保每位旅者都能夠獲得友善的對待，不會因為投宿的主家有可能是自己或親戚的仇敵而遭到拒絕。儀式化友誼是循環付出的，今天的客人，可能就是明天的主人，藉此確保這套制度能夠長久運行無礙。希臘最有權力的神祇宙斯是儀式化友誼的保護者，他確保這一套制度得以順利運行，誰破壞這套規矩，就會被懲罰。特洛伊戰爭的源頭，就是因為特洛伊王子帕里斯（Paris）破壞了儀式化友誼的規矩，他作為客人，卻拐走主家的女主人海倫（Helen），也帶走一批金銀財寶，因而引發了特洛伊戰爭。

巴克的《伊里亞德》

巴克在這本小說裡從女性的角度來重寫荷馬的《伊里亞德》。荷馬史詩終結於赫克特的葬禮，巴克在小說末尾以尤里庇底斯（Euripides）的希臘悲劇《特洛伊婦女》（*The Trojan Women*）來書寫《伊里亞德》裡沒有提到的部分。小說家從女性觀點來刻劃特洛伊戰爭，在特洛伊城被攻陷後，布莉塞伊絲看著赫克特的遺孀安卓瑪姬（Andromache）被大軍分配給殺夫仇人的兒子為奴，思及她之後得以奴隸的身分度過餘生，布莉塞伊絲說：「我們需要一首新曲子」。這句話即顯現了作者的創作意圖，史詩本為詩歌，特洛伊戰爭不再只是荷馬筆下描寫男性的詩歌，這部小說就是這首新曲子，是屬於女人的詩歌。因此在這部小說裡，阿基里斯不再是史詩裡偉大的、神祇般的阿基里斯，對於婦女們而言，阿基里斯就是個不折不扣的屠夫。巴克以見微知著的方式描繪戰爭：在城牆即將被攻破的時刻，女人們聽到的是阿基里斯可怕無情的喊殺聲，聞到的是女人們拖兒帶女集中避難下混雜的汗味、奶味、嬰兒尿布與月經的味道。婦女們在城寨中避難，只能無助地看著整座城被擄掠攻陷，眼睜睜地看著自己的丈夫、兄弟、兒子被殺死，看著自己即將成為這些敵軍的奴隸，卻除了自盡之外別無任何抗拒的方法。戰爭對於女性的意義不是戰死，而是家毀城亡後的生存選擇，是苟活還是自殺，是在於如何面對殺夫滅兄的敵人，如何面對作為奴隸的一生。

然而巴克筆下的女性也並非全然脆弱無助，在布莉塞伊絲即將被當成榮譽獎品分發時，巴克描寫她用自己的心靈力量，在心裡重建起她失去的家園。在布莉塞伊絲的心靈景象裡，呂耳涅索斯城無損，宮殿猶在，農夫們在忙碌的街道上販售貨物，婦女們在井邊洗衣，她的夫君與兄弟們仍在世，布莉塞伊絲用自己的心靈力量，將希臘軍隊趕回海上。是這樣堅韌的心靈力量讓戰爭中的女性得以繼續面對接下來的人生，她們曾是貴族，過著出入大街必戴面紗、身邊必有人陪伴的生活，但現在她們身為奴隸，在大庭廣眾下赤裸裸地不戴面紗、供人使喚，她們成為「物品」，沒有自己的自由意志，喪失了身為人的身分，只剩下功能：提供食物、侍酒、庶務、織衣、醫療照護與性愛服務的功能。在這個父權至上、男性為尊的社會裡，女孩們沒有辦法言說，正如同小說裡男人們的觀點：「女子當沉默」。阿伽門農的女兒，為了讓大軍艦隊換得航向特洛伊的風，被其父獻祭於祭壇上；特洛伊公主波麗克西娜（Polyxena）於城破後被獻祭於阿基里斯墳前，她的喉嚨被一刀劃開，如同兩個嘴巴，都無法發出聲音，只能永遠沉默。

布莉塞伊絲是這群女人的縮影，戰敗後，她不再是個握有實權的皇后，她變成女奴，她是阿基里斯的榮譽獎品。對阿基里斯來說，她是個物品，他會用「它」來稱呼她，她的存在證明他軍功彪炳。然而對阿伽門農來說，她在他營帳裡的存在則證明他的權力高於阿基里斯，因此他要求她在餐宴間侍酒，藉此展現誇耀他的權力。但當阿基里斯拒戰，希臘軍節節敗退，布莉塞伊絲發現自己變成了另一個海倫，成為男人起爭端的緣由，變成戰爭裡被歸罪的對象。藉由布莉塞伊絲之口，巴克深入地刻劃女人在特洛伊戰爭中的處境。當特洛伊國王普萊厄姆在《伊里亞德》裡說出名言：「我做了前人從未做過的事，我親吻殺死我兒子的人的雙手」，巴克讓布莉塞伊絲在這本小說裡道出女人的沉痛：「而我做了在我之前無數女人被迫做的事，我向殺死我丈夫和兄弟的人張開雙腿」。

儘管巴克用誠實的筆觸描述戰爭的殘酷與無奈，她在史詩外的模糊空間裡仍留下了悲憫。巴克不只描寫女人，她也描寫男人脆弱的一面，比如戰爭如何在男人身上留下創傷後壓力症候群。希臘陣營裡軍功僅次於阿基里斯的埃傑克斯（Ajax），白日裡的呆滯目光彷彿直視虛無，半夜裡則會作可怕的噩夢，將枕邊人當成敵人來戰鬥。小說裡的阿基里斯也有自己的創傷，他從小被迫面對母親離家的傷痛。他的母親海之女神忒提絲（Thetis）被迫下嫁凡人，只因預言顯示其子將會比孩子的父親更偉大，因此原先追求忒提絲的宙斯（Zeus）便將她嫁給珀琉斯（Peleus）國王。忒提絲生下孩子後離開這樁不愉快的婚姻，阿基里斯的童年從此便被陰影籠罩。因此當阿基里斯在布莉塞伊絲身上發現忒提絲的影子，他開始不再只視她為玩物，而是對她說了第一句話，並在她的面前展現了他的需求與渴望，布莉塞伊絲似乎填補了那個七歲小男孩面對失去母親陪伴的空窗，不再只是個單純的性奴。故而阿基里斯也尊重布莉塞伊絲的選擇，在她要逃跑時裝作視而不見。作為女奴，布莉塞伊絲竟擁有選擇的權利，她在有機會逃離希臘軍營時選擇留下，選擇陪伴在阿基里斯的身旁，選擇繼續待在他的故事裡，也在發現自己懷孕後，選擇了沉溺，沒有主動地告訴阿基里斯這件事。這些曖昧的空間，是巴克對於史詩裡戰爭殘酷面的悲憫。

除此之外，巴克更藉由詩歌來舒緩戰爭現實的殘酷，歌聲在這本小說裡佔有很重要的位置，小說裡有英雄之歌、永生榮耀之歌、頌歌、輓歌等。阿基里斯自己就是個音樂家，他會撫七弦琴吟唱詩歌裡永恆不朽的榮譽。當阿基里斯死後，布莉塞伊絲撫著肚裡的胎兒，慶幸自己當初在城破時選擇了生命，特洛伊女子們或許喪失了自己的家園，但是藉由她們傳唱給希臘孩兒的搖籃曲，藉著特洛伊母親們吟唱的詩歌，特洛伊的文化永遠留存。

在悲傷的最深處，只有詩歌留下，撫慰受創的心靈。《伊里亞德》是男人的詩歌，《沉默的希臘少女》則是女人的故事，受創的女人，淪為奴隸的女人，這是特洛伊戰爭裡女人們永恆的詩歌。

附錄

派特·巴克談《沉默的希臘少女》

在《人性污點》(*The Human Stain*)中,菲利普·羅斯(Philip Roth)將《伊里亞德》定義為歐洲文學的根源。他說歐洲文學始於一場爭鬥,涉入的雙方都是有權有勢的大人物:一個是希臘大軍總司令阿伽門農,他率眾圍攻特洛伊;另一個則是有希臘最偉大戰士之稱的阿基里斯。兩個「凶暴強悍的傢伙」爭什麼?與酒吧鬥毆的起因一樣原始,他們爭的是一個女人。嚴格來說是一個女孩,一個從她父親身邊被偷走的女孩,一個在戰爭中遭到綁架的女孩。

我肯拿起《伊里亞德》來讀,應該就是這段文字終於說服了我。我過去遲遲不讀,因為猜想連篇累牘的貨運清單會令人生厭,而荷馬生動逼真地描繪傷口,又繪聲繪色地摹寫殺戮,恐怕也要令我反感。這兩點我果然都猜中了,幸好還有詩歌、人物和戲劇衝突彌補了這兩點。

史詩以這場口角拉開序幕,兩個男人發表了激昂的長篇大論,險些爆發肢體暴力,不過慷慨陳詞最終還是淪為了奚落和羞辱。雄辯高談確實是精彩絕倫——但我首次閱讀時印象最深的卻是沉默,因為那群命運即將被他人決定的女孩子們沒有一言半語。那時我就知道了,總有一天我要寫出來,我要寫出那些被噤聲的女孩的經歷。

有時得苦思好幾個月才能得到一個新角色的聲音，但布莉塞伊絲的聲音從一開始就在那裡，似乎迫不及待想讓別人聽見。如果必須暫停寫作一段時間，她總是在那裡等著我回來。休息之後再提筆，通常有一種粥涼掉了的感受，寫這部小說時卻完全沒有這種感覺。

為什麼我選擇了布莉塞伊絲？在《伊里亞德》提到的所有女孩之中，她的命運最具戲劇色彩。阿基里斯洗劫了呂耳涅索斯，連同其他女人女孩一同俘虜了她。她不只早已結婚，甚至貴為呂耳涅索斯的王后，但在城邦淪陷的次日，軍隊把她當成「榮譽獎」送給了阿基里斯，表揚他的戰功彪炳——在攻打呂耳涅索斯期間，他手刃了六十個人，包括布莉塞伊絲的丈夫與她的四個兄弟。當晚，她莫可奈何睡在阿基里斯的床上。在四十八小時內，從王后變成性奴隸，還有比這發展更快、更具戲劇張力的變化嗎？

和其他所有的女人一樣，布莉塞伊絲的口吻有種現代感。記得沒錯的話，有一位評論家對海倫的現代口吻略感震驚，青銅器時代晚期的上流社會女性會那麼說話嗎？也許不會，但話說回來，海倫不能算是青銅器時代晚期的上流社會女性，她根本不是歷史人物，他們沒有一個是。阿伽門農、阿基里斯、赫克特、普萊厄姆、海倫——他們都不曾存在，所以撰寫歷史小說的規則完全不適用於這部小說，不合時宜的措辭用語是可以接受的，比如阿基里斯的手下在晚宴後高歌英國流行的橄欖球歌曲。來自神話的人物可以走入我們的世界——歷史總是過去；神話才是現在——無論現在是克里斯托弗·馬婁（Christopher Marlowe）的英格蘭，還是二十一世紀的英國。

布莉塞伊絲絕對是主導角色，但我還是必須找出刻劃阿基里斯的方式——這是一個令人望之生畏的任務，畢竟他是世界文學中了不起的人物。多年前，我讀了美國精神病學家喬納森·謝伊（Jonathan Shay）所寫的《阿基里斯在越南》（*Achilles in Vietnam*）。謝伊治療有創傷後壓力症候群（PTSD）的越南退伍軍人，他利用自己從《伊里亞德》中獲得的領悟，進一步理解患者的病況。謝伊發現，阿基里斯在摯友帕特羅克洛斯死後的心境，與他許多病人所經歷的狂暴狀態雷同——在那種心境下，恐懼、自我保護的本能、克制、同理心和同情心都消失了，人成了殺人機器。在狂亂之中，他們可能折磨、屠殺與肢解囚犯，這正是阿基里斯在帕特羅克洛斯死後的行徑。從這個角度來理解阿基里斯，會更容易與他產生聯繫。

到了最後，我最大的難關是他的母親：海神忒提絲。我原本打算一個神也不寫，但忒提絲是特例，因為少了她，我們不可能理解阿基里斯。阿基里斯永遠處於模糊的中間地帶，他來自遙遠的北方，來自希臘世界的邊緣，占據一個介於人與神、土地與海洋之間的空間——這都是因為他的母親。她必須登場還有另一個原因，回想你這一生認識的難以相處的男人，你會驚訝地發現，有許多人的母親具女神般的地位。

寫一本書時，書名可能在任何階段蹦出來，我的經驗通常是在初稿接近尾聲的時候。不過也可能遲遲沒有靈感，出版社和作者只好來來回回討論各種可能——這件事有點讓人洩氣。有時，你想到一個還沒有任何書籍用過的好標題。我很早就想到了《*The Silence of the Girls*》，在真正開始動筆前就想到了，但這不是一個能夠普遍受到喜愛的書名，尤其是在美國，用「女孩」形容過了青春期的女性容易引起爭議，在很多情況下稱女性「女孩」，更是一種侮辱，不過打算晚上出門玩樂的女性，倒是很樂意自稱是女孩。最後，這個書名留下來了，這件事確定時，我已經開始創作續集《*The Women of Troy*》，所以心裡特別地高興。在第一部中，女孩們受了驚嚇，不許發聲，但到了第二部，她們很快就會成為你不容小覷的女性。

（本文為《衛報》授權，原文刊載於二〇二一年九月七日）

大師名作坊184

沉默的希臘少女

作者—派特．巴克
譯者—呂玉嬋
編輯—張瑋庭
封面插畫—Sarah Young
視覺設計—Richard Bravery
美術設計—蔡南昇
內頁排版—極翔企業有限公司

副總編輯—嘉世強
董事長—趙政岷
出版者—時報文化出版企業股份有限公司
108019臺北市和平西路三段二四〇號三樓
發行專線—（〇二）二三〇六—六八四二
讀者服務專線—〇八〇〇—二三一—七〇五
（〇二）二三〇四—七一〇三
讀者服務傳真—（〇二）二三〇四—六八五八
郵撥—一九三四四七二四時報文化出版公司
信箱—10899臺北華江橋郵局第99信箱
時報悅讀網—http://www.readingtimes.com.tw
電子郵件信箱—liter@ readingtimes.com.tw
法律顧問—理律法律事務所　陳長文律師、李念祖律師
印刷—綋億印刷有限公司
初版一刷—二〇二一年十二月三十一日
定價—新臺幣四〇〇元
（缺頁或破損的書，請寄回更換）

沉默的希臘少女/派特．巴克（Pat Barker）著；呂玉嬋譯．– 初版．–
臺北市：時報文化, 2021.12
面；公分．–（大師名作坊；184）
譯自：The Silence of the Girls
ISBN 978-957-13-9826-6

873.57　　110020860

ISBN 978-957-13-9826-6
Printed in Taiwan